Christiane Franke
Blutrote Tränen

LEDA

Christiane Franke
Blutrote Tränen
OstFrieslandkrimi

1. Auflage 2007
2. Auflage 2011

ISBN 13: 978-3-934927-94-0

Leda-Verlag, Kolonistenweg 24, D-26789 Leer
info@leda-verlag.de
www.leda-verlag.de

Lektorat: Maeve Carels
Titelgestaltung: Andreas Herrmann
Gesamtherstellung: Bercker Graphischer Betrieb GmbH & Co. KG
Printed in Germany

Christiane Franke

Blutrote Tränen

OstFrieslandkrimi

LEDA

Das Buch

Ihren Einstand in Wilhelmshaven hat sich Oberkommissarin Christine Cordes anders vorgestellt. Der Tod eines hoch angesehenen Museumsdirektors wäre ein Anlass, ihr Können zu zeigen. Stattdessen kämpft sie gegen eine Kollegin, die fauchend ihr angestammtes Revier verteidigen will, und eine Familie, die den Tod des Vaters offenbar betrauern möchte, ohne ihn aufgeklärt zu sehen - und schließlich gegen den eigenen Ehemann. Christine könnte etwas gebrauchen vom Trost und Segen, den der *Bernstein-Petrus*, Dr. Beenkes neues Ausstellungsstück, im Mittelalter in Hooksiel gespendet haben soll. Wenn sie die wertvolle Skulptur nur fände ...

1

Dienstag

Gerda Schneider kämpfte die letzten Meter gegen den Sturm, bevor sie ihr Rad vor dem *Nordseemuseum* abstellte. Heute blieb sie nicht stehen, um über den Jadebusen zu schauen, heute wollte sie nur schnell ins Warme. Raus aus dem Wind, der Januarkälte. Sie lief über den schmalen Metallsteg zum Nebeneingang und stutzte, als sie merkte, dass er unverschlossen war.

Das war in den fünf Jahren, in denen Gerda hier putzte, noch nie vorgekommen. Auch die Alarmanlage war nicht aktiviert. Dafür begannen jetzt in Gerda Signalglocken zu klingen. Sollte sie reingehen oder lieber über ihr Handy die Polizei benachrichtigen?

Ach was, sagte sie sich, vielleicht ist einfach ausnahmsweise der Direktor schon da, oder seine Sekretärin ist früher gekommen als sonst … Gerda nahm all ihren Mut zusammen. Sie ging die Treppe zu den Büros hoch. »Frau Nienhauer? Dr. Beenke?«

Keine Antwort.

Sie öffnete die Tür zum Sekretariat. Ihr Magen verkrampfte sich, als ihr ein eigenartiger, Übelkeit erregender Geruch entgegenschlug. Gerda riss die Hand vor den Mund. Ihr Blick fiel auf die Tür zwischen Sekretariat und Direktionsbüro. Sie stand offen – das war normalerweise anders.

Mit gemischten Gefühlen trat Gerda näher.

Und erstarrte.

Dr. Beenke saß auf seinem Drehstuhl, den Kopf auf der Schreibtischoberfläche. Doch er schlief nicht.

Er war tot. Ohne Zweifel. Blut war um seinen Kopf herum auf den Tisch geflossen, und nun wusste Gerda, was für ein Geruch in der Luft hing. Die Hand immer noch vor Mund und Nase, ging sie die wenigen Schritte zurück bis zum Schreibtisch der Nienhauer. Erst als sie den Telefonhörer schon fast in der Hand hatte, besann sie sich, zog ihr Handy aus der Tasche und drückte die 110. Schließlich wollte sie keine Fingerabdrücke verwischen.

*

Kriminaloberkommissarin Christine Cordes fuhr rasant die Peterstraße entlang. Immer wieder musste sie abbremsen, denn der Wilhelmshavener Verkehr unterschied sich doch erheblich von dem in Hannover.

Christine freute sich auf den Einsatz, auch wenn es dabei um einen Toten ging. Sie freute sich, weil sie die Ermittlungen leiten sollte, das wenigstens hatte Hendrik Siebelt, ihr Chef, ihr am Telefon gesagt. Sie gehörte erst seit sechs Wochen zur Wilhelmshavener Truppe. Jetzt konnte sie zeigen, was sie draufhatte.

Die Wochenenden vor ihrem Dienstbeginn war sie zusammen mit ihrem Mann Frank sämtliche wichtigen Straßen der Stadt abgefahren, als bereite sie sich auf eine Taxischein-Prüfung vor. Christine hatte einen Hang zu Perfektion. Sie wollte sich vor ihren neuen Kollegen nicht dadurch blamieren, dass sie bei jeder Fahrt einen Stadtplan zu Rate ziehen musste.

Frank arbeitete schon seit zwei Jahren als Anwalt in einer hiesigen Kanzlei. Zuerst hatten sie gedacht, es sei nur für eine überschaubare Zeit, und hatten vorläufig eine Wochenendehe geführt. Doch als Frank vor einem Dreivierteljahr die Partnerschaft angeboten worden war, hatte er zugegriffen. Christine war die Versetzung nach Wilhelmshaven zwar schwer gefallen, aber die Aussicht auf ein geregeltes Leben mit Frank hatte sie entschädigt. Als sie nach nur kurzem Suchen im Maadebogen ein Haus fanden, hatte sie sich auf ihr neues Heim und den neuen Job gefreut.

Die Umstellung auf ein normales Alltagsleben schien allerdings nicht so einfach zu werden, wie sie gedacht hatte. Frank kam oft so spät nach Hause, dass eigentlich noch kein großer Unterschied zu vorher erkennbar war. Aber zumindest konnte sie sich jetzt jede Nacht an ihn kuscheln, nicht mehr nur an Wochenenden.

Im Job lief es dagegen nicht so gut. Der Grund dafür saß jetzt eisig schweigend auf dem Beifahrersitz: Christines Kollegin Oda Wagner.

Natürlich hatte Christine nicht erwarten können, hier gleich eine Freundin zu finden wie ihre Kollegin Gudrun in Hannover. So etwas musste sich schließlich erst entwickeln. Aber auf offenkundige Ablehnung war sie nicht gefasst gewesen.

Oda Wagner hatte sich nicht gefreut, weibliche Verstärkung zu bekommen, das hatte sie gleich am ersten Tag deutlich gemacht.

»Das Büro ist viel zu klein für zwei«, hatte sie gesagt und demonstrativ den Raum verlassen. Wobei sie recht hatte, das Zimmer platzte aus allen Nähten. Einen Besuchertisch gab es nicht, hinter Wagners Stuhl stand auf einem halbhohen Aktenschrank das Faxgerät der Abteilung, die Regale quollen über vor Ordnern.

Das alles wäre nicht so wild gewesen, wenn die Chemie zwischen Wagner und ihr gestimmt hätte. Aber Wagner betrachtete sie offenbar als Störenfried.

»Sie können jetzt rechts parken«, kam es frostig vom Beifahrersitz.

Christine bog auf den Parkplatz unterhalb des Museums.

Als sie ausstiegen, zog sie ihren Mantel über dem Kostüm enger um sich. Es war lausekalt, dazu trug der in Wilhelmshaven allgegenwärtige Wind erheblich bei. Christine fror, als sie die Treppen hinauf zur Promenade und über die Metallbrücke zum Museum gingen. Neidisch betrachtete sie Wagner, die zu einer dicken Lederjacke einen überdimensionalen Strickschal trug. Ich werde meine Kleidungsgewohnheiten wohl überdenken müssen, dachte Christine, als die Kälte an den Perlonstrümpfen unter dem Rock hochstieg.

*

Im Museum wimmelte es von den weißgekleideten Kollegen der Kriminaltechnik. Oda registrierte erfreut, dass die Cordes kaum einen von denen kannte. Sie würde die neue Kollegin garantiert nicht vorstellen. Ha, das fehlte noch …

Sie griff in ihre Jackentasche, zog die Vinylhandschuhe heraus und streifte sie über. Oda hatte in jeder ihrer Jacken solche Handschuhe, ebenso wie Kunststofftütchen, in die schon mal das eine oder andere Beweisstück wanderte. Allerdings auch die eine oder andere Zigarettenkippe, denn selbst wenn Oda auf der Straße mal rauchte, ließ sie die Reste nicht dort liegen. Und eine abgebrannte Kippe zurück in die Schachtel zu stecken – igitt …

Mit einem Seitenblick sah Oda, dass sich Cordes Plastikschoner über die Pumps gezogen hatte. Sah ja wirklich klasse aus. Die musste es wohl oberrichtig machen, was wollte die denn beweisen?

Oda öffnete den Reißverschluss ihrer Lederjacke und lief die Treppe hinauf zum Tatort, wobei sie immer zwei Stufen auf einmal nahm. Sollte Cordes doch hinterherstöckeln, das war ihr egal.

Im Flur zwischen zwei Bürotüren sah Oda ihr Spiegelbild in einem verglasten Ausstellungsplakat. Mechanisch strubbelte sie sich durch ihr kurzes Haar. Eigentlich war sie nicht zufrieden mit den roten Strähnchen, die zwischen dem Schwarz hervorblitzten, aber das Rot würde binnen kurzem verblassen. Zur Not konnte sie sich immer noch eine Tönung im Supermarkt kaufen und zu Hause in die Haare schmieren. Schlimmeres als Grün würde wohl nicht rauskommen, und das passte zumindest zu der Partei, die sie wählte.

Als sie Gerd Manssen sah, den Chef der Kriminaltechnischen Abteilung, der erstaunliche Ähnlichkeit mit dem Schauspieler Uwe Friedrichsen hatte, schob sie den Gedanken an ihre Frisur beiseite. »Moin, Manssen. Schon was rausgefunden?«

»Keine Tatwaffe, wenn du das meinst. Spuren jede Menge, aber ihr müsst euch in Geduld fassen.«

Oda grinste. »Das ist ja nichts Neues.« Sie ging zu dem Schreibtisch hinüber, an dem der Tote saß, den Kopf mit den braunen, von einzelnen Silberstreifen durchzogenen Haaren auf der gläsernen Platte. Cordes unterhielt sich bereits mit Dr. Krüger.

Wie war die so schnell hinter ihr hergekommen? Mit Rollerblades unter den Pumps, oder was? Aber klar, die konnte nicht abwarten. Wollte die Sache an sich reißen, nur weil Siebelt ihr den Fall übertragen hatte ... Cordes sah das Ganze wohl als Profilierungsmöglichkeit. Doch da hatte sie die Rechnung ohne Oda Wagner gemacht. Oda würde sich nicht reinpfuschen lassen, nicht von so einer.

Sie betrachtete den Schreibtisch. Fuhr dabei mit der Zunge über die unteren Zähne. Nicht schlecht. Schlicht und edel. Große Glasplatte mit Metallbeinen. Zwei Rollcontainer, ebenfalls aus Metall, standen darunter. Oda öffnete versuchsweise eine der Schubladen. Nicht verschlossen. Und ordentlich. Das war ja schon mal ein Anfang. Auch die Glasfläche war aufgeräumt, da lag nichts. Sah aus wie in einem dieser Hochglanz-Möbelprospekte. Stahlgraues Telefon, Flachbildschirm, eine blitzend saubere Tastatur davor, ein chromgerahmtes Foto von zwei jungen Menschen daneben. Einzig störend, aber irgendwie auch wie ein Stillleben, der Tote mit dem Kopf in der Blutlache. Er trug eine beige Cordhose mit Ledergürtel, ein Tweedsakko mit Lederflecken an den Ellbogen, und unter dem Sakkokragen blitzte ein weißes Hemd hervor. Der aufgeräumte Schreibtisch bedeutete vermutlich, Beenke hatte Feierabend machen wollen und war aufgehalten worden. Durch wen?

Oda wandte sich an Krüger, der gerade seinen Koffer zusammenpackte. Er wirkte wie ein Bubi, daran änderte auch die Glatze nichts, die er sich sicher nur hatte rasieren lassen, um seriöser zu erscheinen. Doch arroganter Schnösel blieb arroganter Schnösel. Damit passte er hervorragend zu Cordes.

»Genaues ergibt die Obduktion. Ich werde mir Mühe geben, sie so schnell wie möglich durchzuführen. Zunächst kann ich nur Folgendes sagen: Da wollte jemand auf Nummer sicher gehen und hat mehrmals zugeschlagen. Wobei der erste Schlag gegen die Stirn erfolgt sein muss. Sehen Sie ...« Krüger hob den Kopf des Toten an. »Die Platzwunde ist genau über der Nasenwurzel. Die anderen Schläge erfolgten auf den Hinterkopf.« Er ließ Beenkes Kopf wieder auf die Schreibtischplatte sinken. »Aber nicht jeder Schlag hat zu Blutungen geführt. Das

Tatwerkzeug war ein stumpfer Gegenstand, die Todeszeit liegt zwischen 17 und 20 Uhr gestern.«

»Gibt es Kampfspuren, hat er sich gewehrt?«

»Auf den ersten Blick habe ich jedenfalls keine festgestellt.«

»Also wird er seinen Mörder gekannt haben«, sagte Cordes.

»Tja, davon würde ich auch ausgehen, wenn man mich fragt. Aber ... mich fragt ja niemand.« Krüger zwinkerte Cordes zu, nahm seine Tasche und wandte sich zur Tür. »Details kommen mit dem Obduktionsbefund.«

Wieder in Richtung Cordes gesagt. Ignoriert mich einfach, dieser Blödmann, dachte Oda. Was der kann, kann ich auch. Ohne ein weiteres Wort ging sie nach nebenan, um mit der Sekretärin zu sprechen.

*

Christine blieb allein mit dem Toten zurück.

Sieht aus, als hätte er Blut geweint, dachte sie, während sie sich mit dem Rücken an die Fensterfront stellte. Sie wollte diesen Raum in sich aufnehmen, erfühlen, welche Geheimnisse er barg.

Sofort spürte sie den Windzug, der durch die Fensterrahmen mit ihrer Einfachverglasung hereinkam und einen Hauch von Wattenmeer und Salzwasser mit sich trug. Aber auch Kälte, die unangenehm durch ihre Kleidung drang.

Der Raum maß bestimmt fünfundzwanzig Quadratmeter, die Fensterfront ging zum Jadebusen hinaus. Christine hätte bei dem Cordhosenträger Beenke, der zum weißen Hemd eine dunkelbraune Fliege trug, die aus Holz statt aus Stoff gearbeitet war, eher an englische Möbel gedacht. Er passte nicht so richtig in dieses Büro. Der nüchterne Raum war überwiegend in hellen Farben gehalten, Chrom und Glas beherrschten ihn.

Christine schaute sich das Foto neben dem Computermonitor näher an. Zwei junge Erwachsene, denen man die Ähnlichkeit ansah. Nicht nur untereinander, sondern auch mit dem Verstorbenen. Also mussten es seine Kinder sein. Doch warum stand hier kein Foto von seiner Frau? Wagner hatte doch gesagt, dass Dr. Beenke verheiratet war.

Auch Christine hatte bislang noch kein Foto von ihrem Mann auf ihrem neuen Schreibtisch stehen. In Hannover war es eine Aufnahme gewesen, die sie von Frank an der Mosel gemacht hatte. Da stand er unbeschwert lachend vor einem Weinstock. Bei all dem Trubel hatte sie noch keine Zeit gefunden, das Bild auszupacken. Sie nahm sich vor, es heute noch herauszusuchen und aufzustellen, als gutes Omen, sozusagen.

Sie machte einen Schritt in den Raum hinein. Nein, Geheimnisse gab es hier wohl nicht, eher den Widerspruch zwischen gediegener Gemütlichkeit im äußeren Erscheinungsbild und dem nüchternen Büro.

Gab es diese Widersprüche auch in Beenkes Privatleben? Sie grübelte noch darüber nach, als Mitarbeiter des Bestattungsunternehmens eintrafen, um den Leichnam in einem Zinksarg abzutransportieren.

*

Oda hatte die Putzfrau bereits vernommen und nach Hause geschickt, als Christine Cordes das Sekretariat betrat.

Oda saß hinter dem Schreibtisch der Sekretärin, die auf einem Stuhl davor kauerte wie ein Häuflein Elend. Ina Nienhauer nahm, so schien es Oda, erleichtert zur Kenntnis, dass Cordes sich einen Stuhl neben ihren heranzog.

Nein, Oda würde der Cordes diesen Fall nicht überlassen, das sollte die gleich merken. Hätte ja nicht noch in Beenkes Büro bleiben müssen. Wäre sie mitgekommen, hätte sie die Chance auf den einzig richtigen Platz in einer Vernehmungssituation gehabt. Nein, Oda korrigierte sich, auch dann hätte sie Cordes auf den Nebenplatz abgedrängt.

Nun gut, dachte sie, wollen wir der Tussi aus Hannover mal zeigen, wie hier der Hase läuft.

»Frau Nienhauer«, begann Oda, »von Frau Schneider, der Putzfrau, wissen wir bereits, dass die Nebentür nicht verschlossen und auch die Alarmanlage nicht eingeschaltet war, als sie heute Morgen kam. Wann sind Sie gestern gegangen?«

»Gegen sechs. Da lebte Dr. Beenke aber noch.« Ina Nienhauer rieb sich verlegen die Hände. Oda registrierte, dass sie keinen Ehering, wohl aber einen kleinen Goldring mit Brillantsplittern trug. Demnach war sie nicht verheiratet. Gehörte sie, ebenso wie Oda, in die Riege der geschiedenen Frauen? Doch das war reine Spekulation.

Die Sekretärin hatte ihre besten Tage sicher hinter sich, Oda schätzte sie auf Ende vierzig, aber sie war modern mit Jeans und Bluse gekleidet. Die mittelbraunen Haare saßen akkurat. Ina Nienhauer machte einen absolut zuverlässigen Eindruck. Eben den einer guten Sekretärin. Dass sie jetzt ein wenig durcheinander wirkte, war verständlich.

»Dr. Beenke wollte noch bleiben«, sagte Frau Nienhauer, »denn er erwartete Besuch von Herrn Diersen. Dem Vorsitzenden des Kuratoriums. Als ich mit meiner Arbeit fertig war, habe ich Dr. Beenke Tschüss gesagt und unten im Nebeneingang die Tür hinter mir ins Schloss fallen lassen. Man kann von meinem Büro aus einen Summer drücken, der diese Tür öffnet, von außen kriegt man sie nicht auf. Von daher ist es also nicht schlimm, wenn der Nebeneingang unverschlossen ist.«

»Wie war denn Dr. Beenkes Verhältnis zu Herrn Diersen?«, fragte Cordes. Sie hatte einen in Leder gebundenen Block auf den Knien.

Wichtigtuerisch, dachte Oda. Konnte die sich denn nichts merken? Oda rollte mit den Augen.

»Angespannt. Die mochten sich nicht.« Frau Nienhauer knetete ein Taschentuch zwischen den Händen.

»Meinen Sie, es könnte zwischen den beiden Männern zum Streit gekommen sein?«

»Dazu kann ich wirklich nichts sagen.« Sie hörte auf, das Taschentuch zu kneten. »Wäre ich nicht … hätte ich nicht …«

»Ist ja schon gut. Beruhigen Sie sich.« Oda fand Gefühlsaufwallungen fremder Leute peinlich. Man musste sich doch beherrschen können. »Ist Ihnen in der letzten Zeit irgendetwas an Dr. Beenke aufgefallen? War er anders als sonst? Fühlte er sich vielleicht bedroht?« Sie drehte einen Bleistift zwischen den Fingern. Im Gegensatz zu Cordes brauchte Oda sich keine Notizen zu machen. Sie war stolz auf ihr gutes Gedächtnis.

War außerdem einfacher, in einer der Hirnschubladen zu kramen, als in Zettelwirtschaft zu wühlen.

»Nein«, antwortete Frau Nienhauer. »Bedroht hat er sich nicht gefühlt. Im Gegenteil. Er ist mehr als zufrieden gewesen. Er hat nämlich vor kurzem das Prunkstück der künftigen Ausstellung *Kirche, Kunst und Küste* erhalten. Er hatte so lange nach diesem *Bernstein-Petrus* gesucht ... Als er ihn endlich vor sich gehabt hat, da war er wie ... wie der glücklichste Mensch der Welt.«

Sie stand auf und holte ein Foto im Din-A5-Format. »Das ist der *Petrus*.«

Oda konnte nichts Besonderes an dieser Figur erkennen. Sie schätzte sie auf cirka zehn Zentimeter im Original, aber da konnte sie sich auch täuschen. Die Figur war mittelbraun und zeigte Simon Petrus so, wie ihn sich Kinder vorstellen mochten: sitzend, kurze, leicht gelockte Haare, dazu einen starken Bart und natürlich das lange Gewand. In der herunterhängenden linken Hand hielt er ein Netz, die rechte lag auf seinem Schoß und hielt einen Schlüssel.

»Was ist an dem nun so besonders?«, fragte sie Frau Nienhauer, die sich wieder setzte.

»Na ja, dieser *Petrus* stammt von dem holländischen Bildhauer Adriaen de Vries. Bis vor einiger Zeit war nicht bekannt, dass es diese Figur überhaupt gibt. De Vries war auf dem Weg zum Dänenkönig Christian IV., als er vor der Küste Hooksiels Schiffbruch erlitt. De Vries ist als Meister des Frühbarock bekannt. Er hat nur ein einziges Mal mit Bernstein gearbeitet. Als Dankeschön für die Hooksieler wegen seiner Rettung.« Die letzten Worte hauchte Ina Nienhauer fast andächtig.

»Und weiter?« Oda verlor allmählich die Geduld.

»Ja, also, John, ich meine Dr. Beenke, stieß bei seinen Vorbereitungen und Recherchen für die neue Ausstellung auf Unterlagen, aus denen hervorging, dass der *Petrus* lange als unbedeutendes Stück in der Kirche zu Pakens gestanden hat. Während des Zweiten Weltkrieges verschwand er jedoch. Sein Wiederauftauchen wird eine Sensation für die Kunstwelt sein.«

»Klasse.« Oda versuchte sich beeindruckt zu zeigen, bezweifelte aber, dass ihr das gelang. »Doch das ist ja nun nicht ganz so bedeutsam. Ich nehme an, dieser *Petrus* ist sicher verwahrt?«

»Ja, er …«

»Na, dann wenden wir uns doch lieber den wichtigen Sachen zu, schließlich haben wir einen Mord aufzuklären.«

Sofort sackte Ina Nienhauers Kopf nach vorn.

»Wie lange sind Sie schon Dr. Beenkes Sekretärin?« Cordes mischte sich ein. Ihr Tonfall war so sanft, dass in Oda das Frühstück wieder hochzukommen drohte. Spielte die jetzt ‚Guter Bulle, Böser Bulle' und wollte Oda in die Rolle des Bösen drängen? Da würde sie nicht mitspielen. Blöde Kuh, die.

Ina Nienhauer jedoch schien sich über den sanften Tonfall zu freuen, zumindest entlockte er ihr ein trockenes Schluchzen. »Seit 1992. Seit der Eröffnung des Museums. Wir kamen gleich gut miteinander aus.«

»Na wunderbar«, brachte sich Oda wieder ins Spiel. Sie erntete einen missmutigen Blick ihrer Kollegin, aber das war ihr egal. Im Gegenteil, sie feixte innerlich. »Da haben Sie ja mehr Zeit mit Ihrem Chef verbracht als seine Frau. Sie werden ihn fast genauso gut, wenn nicht sogar noch besser gekannt haben, stimmt's?«

»Na ja, zwischen Dr. Beenke und mir war das ja rein beruflich.« Ina Nienhauer blickte ernst auf. »Also fachlich und so kannte ich ihn wirklich gut. Seine Frau wohl nicht, die hat sich ja nie für Johns Arbeit interessiert.« Der Tonfall wurde abschätzig.

»Nicht?« Pure Neugier floss aus Odas Stimme, ohne dass sie es verhindern konnte.

»Nein. Frau Beenke war immer nur zu den Ausstellungseröffnungen hier, wenn sie sich im Glanz ihres Mannes sonnen konnte. Aber so zwischendurch … das kann man in all den Jahren an einer Hand abzählen. Tomke, Dr. Beenkes Tochter, war oft hier. Die hat sich sehr für die Arbeit ihres Vaters interessiert. Aber Frau Beenke? Nein.« Ina Nienhauer schüttelte nachdrücklich den Kopf.

»Kommen wir noch mal auf den Kuratoriumsvorsitzenden Diersen zurück«, sagte Oda, »schließlich war er ja wohl der

Letzte, von dem wir wissen, dass er Dr. Beenke vor seinem Tod noch gesehen hat. Sie sagten, das Verhältnis sei angespannt gewesen. Können Sie das ein bisschen deutlicher ausdrücken?«

»Also, das ist mir jetzt unangenehm«, sagte die Sekretärin. »Schließlich will ich ja keinen anschwärzen.«

»Tun Sie ja auch gar nicht. Sie geben uns einfach die Informationen, die wir für unsere Arbeit brauchen.«

Ina Nienhauer begann zu erzählen. Es sei fast jedes Mal zum Streit gekommen, wenn Diersen hier war, sagte sie. Diersen wolle sich in Dr. Beenkes Aufgaben einmischen und das habe der sich nicht gefallen lassen. Diersen sei ja noch nicht lange im Amt gewesen, aber er habe sich aufgespielt, dass es wirklich nicht auszuhalten gewesen sei. Wegen jeder kleinen Budgetüberschreitung habe er Dr. Beenke angepflaumt.

»Manchmal hat er gedroht, er werde dafür sorgen, dass Dr. Beenke seinen Job loswird.« Frau Nienhauer schnaubte laut in das Taschentuch, dann steckte sie es in den Bund ihrer Jeans. Igitt, dachte Oda angeekelt.

»Hat Dr. Beenke sich von diesen Drohungen einschüchtern lassen?«

»Nein!« Entrüstet lehnte Frau Nienhauer diesen Gedanken ab. »Von so einem wie Diersen ließ er sich doch nicht einschüchtern. Im Gegenteil, er hat den Spieß umgedreht und seinerseits mit Kündigung gedroht.« Sie lächelte. »Da hätte Diersen aber ganz schön alt ausgesehen vor dem Rest des Kuratoriums. Schließlich lief das Museum nur dank Dr. Beenkes Engagement so gut.«

»Und?«, fragte Oda.

»Na, Diersen hat gleich eine knappe Meldung an den *Wilhelmshavener Kurier* gegeben; Sie glauben ja nicht, was danach hier los war. Sämtliche Kuratoriumsmitglieder riefen an, um Dr. Beenke zum Bleiben zu bewegen. Da hatte Diersen sich ins eigene Fleisch geschnitten. Danach war er noch unfreundlicher.«

»Okay. So weit haben wir jetzt alles.« Oda warf einen Blick zu Cordes, die widerwillig nickte. Beim Aufstehen ließ Oda unbemerkt ihr Schüsselbund auf den Boden sinken.

»Wenn Ihnen noch etwas einfällt, Sie wissen ja, wo Sie uns erreichen«, sagte Cordes im Hinausgehen und steckte Ina Nienhauer ihre Visitenkarte zu. Klar, die muss das letzte Wort behalten, dachte Oda. Das passte zu ihr.

Als sie den Flur entlanggegangen und an der obersten Treppenstufe angekommen waren, drehte Oda sich noch einmal um. »Ich komm gleich nach«, rief sie Cordes zu, »ich hab was vergessen.«

An der geöffneten Tür zu Beenkes Büro stutzte sie. Ina Nienhauer bückte sich hinter dem gläsernen Schreibtisch über eine geöffnete Schublade des linken Rollcontainers. Offenbar suchte sie etwas. Sie blickte überrascht auf und errötete, als Oda eintrat.

»Hab irgendwo mein Schlüsselbund verloren, muss mir wohl aus der Tasche gerutscht sein.« Oda lief durch die Verbindungstür ins Sekretariat. Kurz darauf kam sie mit dem Schlüsselbund in der Hand zurück.

Ina Nienhauer nickte nur, immer noch rot im Gesicht. Volltreffer, dachte Oda, und lief fröhlich wieder hinaus. Sie hatte es ja schon die ganze Zeit im Gefühl gehabt, dass die Sekretärin nicht alles gesagt hatte. Jetzt war sie sich sicher. Aus der Nienhauer war noch mehr rauszuholen.

*

Nur knappe zehn Minuten später bogen sie in die Kantstraße ein. Das Gespräch, das ihnen jetzt bevorstand, gehörte zu jenen Bereichen ihrer Arbeit, auf die Christine liebend gern verzichtet hätte. Sie würde sich nie daran gewöhnen können, Todesnachrichten zu überbringen.

Die schmale Straße war bereits zugeparkt, also fuhr Christine um die Ecke in den Birkenweg. Drei Jungen radelten laut lachend an ihnen vorbei. Keiner von ihnen trug einen Helm. Christine schüttelte den Kopf. Wenn das ihre Kinder wären... Sie wollte sich gerade an Wagner wenden, um eine entsprechende Bemerkung zu machen, als sie sah, wie Oda den Kindern zuwinkte.

»Ist einer davon Ihrer?«, fragte Christine.

»Nö. Sind Nachbarskinder.« Wagner öffnete die Wagentür und stieg aus.

Dann eben nicht ... Christine schnappte sich ihre Tasche, schloss den Wagen ab und lief hinter Wagner her. Der Bürgersteig war gegen die Glätte mit grobkörnigem Granulat gestreut. Christine hoffte, dass keines der kleinen Steinchen den Weg in einen ihrer Schuhe fand. Das passierte ihr im Winter ständig, führte zu Laufmaschen in den Strumpfhosen und war wirklich nur ärgerlich. Vor allem, wenn man mit so jemandem wie Wagner unterwegs war. Sie konnte sich deren spöttisches Grinsen jetzt schon vorstellen.

»Nicht schlecht«, sagte Christine, als sie das Privatgrundstück von Dr. Beenke betraten. Sie liefen auf eine rot geklinkerte Villa mit weißem Putzvorbau zu. Der Weg war mit grauem Granit gepflastert, der Garten schien einem Fachmann anvertraut worden zu sein. Es sei denn, die Hausfrau hätte ein wahrhaft grünes Händchen und ein Faible für Gartenarbeit.

»Sie wohnen doch auch hier im Villenviertel?«, fragte sie Wagner.

»Tja, aber nicht in so 'nem noblen Schuppen. Ich wohne zur Miete. In der Holtermannstraße. Hab da auch eine schöne Wohnung, aber die hält natürlich keinem Vergleich mit dem hier stand.« Wagner drückte den Klingelknopf. »Dann wollen wir mal.«

Es dauerte, bis die Tür geöffnet wurde. Die Frau, die ihnen gegenüberstand, machte nicht den Eindruck, eine begeisterte Gärtnerin zu sein. Das fast feenhafte Wesen wirkte nahezu durchscheinend in ihrem weißen, bodenlangen Kaftan. Christine schätzte sie auf Ende fünfzig, aber das mochte täuschen. Hätte das volle, auf die Schultern fallende Haar eine andere Farbe als das silbrige Grau gehabt, hätte Frau Beenke sicher jünger ausgesehen.

»Ja bitte?«, fragte sie unsicher.

»Kriminaloberkommissarin Cordes und Kriminaloberkommissarin Wagner. Kripo Wilhelmshaven.« Christine hatte ihren Ausweis schon gezogen, als Wagner noch in den Tiefen ihrer Jacke suchte. »Guten Morgen. Frau Beenke?«

»Ja?« Es klang misstrauisch.

»Wir müssen mit Ihnen reden. Dürfen wir eintreten?«

Die Fee trat einen Schritt zurück. Christine fühlte sich unwohl, als sie ihr durch den rundbogigen Flur ins Wohnzimmer folgten, das die perfekte Kulisse für diese Frau bot. Weiße Wände, raumhohe Fenster, üppige Farne zu beiden Fensterseiten. Der Blick hinaus zeigte den penibel gepflegten Garten. Einen Hinweis, dass Dr. Beenke, der Cordhosen- und Fliegenträger, hier gelebt hatte, suchte Christine vergebens.

Zwar war auch der Couchtisch aus Glas, wie der Schreibtisch im Museum, mehr Parallelen gab es jedoch nicht. Zarte Ölgemälde in quadratischer Form zierten die Wände; Blumenmotive, eindeutig weiblichen Geschmacks.

Frau Beenke hatte sich in einen Sessel drapiert und bat die beiden Beamtinnen, auf der Couch Platz zu nehmen.

Hoffentlich hat die Wagner keinen Fleck an der Jeans, überlegte Christine, als sie sich auf dem weißen Alcantara niederließen. Nicht, dass die das Sofa versaute. Sie räusperte sich, griff in ihre Tasche und legte Block und Kugelschreiber auf den staubfreien Glastisch neben eine silberne Vase mit weißen Lilien.

»Wir müssen Ihnen leider mitteilen, dass Ihr Mann tot ist.« Sie sah die Witwe kurz an. Ja, diese Momente gehörten eindeutig zu den schwersten ihres Jobs.

Frau Beenke schluckte. »Tot?«

»Er wurde heute Morgen im Museum gefunden.«

»Natürlich im Museum. Wo sonst?«

Christine stutzte. Der weiche Tonfall blieb. Hatte die Frau die Tragweite dessen, was sie ihr gerade gesagt hatte, gar nicht mitbekommen? Christine warf einen Seitenblick zu Wagner. Sie war irritiert, denn auch Wagner sagte nichts. Die saß einfach da und schaute die Witwe an. Pietätlos, dachte Christine.

»John lebt für das Museum«, sagte Annegret Beenke. »Er ist ständig dort, wissen Sie? Er verbringt mehr Zeit im Museum als zu Hause.« Sie zuckte mit den Schultern. »John hätte das Museum heiraten sollen.« Frau Beenke erhob sich. »Entschuldigung, ich habe vergessen zu fragen, ob ich Ihnen etwas zu trinken anbieten kann. Ich habe einen grünen Tee fertig, aber auch ein Nescafé ist kein Problem.«

»Frau Beenke.« Christine drückte die Witwe sanft in den Sessel zurück. »Ihr Mann ist tot.«

»Ja, das sagten Sie bereits.« Annegret Beenke stand wieder auf. »Entschuldigen Sie mich bitte für einen Moment, ich bin sofort wieder bei Ihnen.«

Ehe Christine oder Wagner etwas sagen konnten, hatte die Witwe den Raum verlassen. Christine warf ihrer Kollegin einen fragenden Blick zu, aber die verzog nur die Mundwinkel.

Nach ein paar Minuten kam Annegret Beenke zurück, ein Taschentuch in der Hand. Sie setzte sich, als sei nichts geschehen, als seien die beiden Polizistinnen lediglich auf einen Plausch vorbeigekommen.

Wieder ergriff Christine das Wort. »Ersten Ermittlungen zufolge wurde Ihr Mann ermordet. Erschlagen.« Sie beugte sich vor, wollte ihr Mitgefühl zum Ausdruck bringen. Doch Annegret Beenke zog sich bis an den hintersten Rand ihres Sessels zurück.

»Erschlagen?« Endlich kam eine Reaktion. »Ich habe gedacht… – Wer … Warum … Wann?«

»Der Arzt vermutet, gestern zwischen siebzehn und zwanzig Uhr. Was hatten Sie denn gedacht, Frau Beenke, woran Ihr Mann gestorben sein könnte?«

»John hatte Blutdruckprobleme. Er musste Tabletten nehmen. Ich habe gedacht, er hätte einen Herzinfarkt erlitten.«

»Haben Sie ihn denn nicht vermisst, heute Nacht?«

Typisch Wagner, dachte Christine. Die konnte aber auch überhaupt kein Feingefühl aufbringen. Obwohl, recht hatte sie schon. Eine Frau musste doch merken, wenn ihr Mann nachts nicht neben ihr lag.

»Wir haben getrennte Schlafzimmer, wissen Sie, da kommt es schon mal vor, dass wir uns einen Tag nicht sehen. Oder auch zwei. Ich gehe immer früh zu Bett. Meistens kam John erst, wenn ich schon oben war. Und oft war er morgens fort, bevor ich aufstand.« Ein schwaches Lächeln huschte über ihre Züge.

»Gab es jemanden, mit dem Ihr Mann Streit hatte?«, fragte

Christine. »War er wütend auf jemanden? Gibt es irgendetwas, das Ihnen in letzter Zeit aufgefallen ist?«

»Aufgefallen? Nein. Mir ist nichts aufgefallen. Wie denn auch?« Die sanfte Stimme bekam einen bitteren Unterton. »Ich sagte doch, mein Mann war Gast im eigenen Haus.«

Christine unterdrückte den Impuls, Annegret Beenkes Hände tröstend zu umfassen. »Also führten sie keine gute Ehe?«, fragte sie statt dessen.

»Kommt darauf an, was Sie unter einer guten Ehe verstehen.« Frau Beenke lachte auf. »Wir haben uns nicht geschlagen, wenn Sie das meinen, aber wir standen uns auch nicht mehr sehr nah. Jeder von uns hatte seinen Interessenbereich. John das Museum und ich ehrenamtliche Tätigkeiten in dem einen oder anderen Verein. Seit unsere Kinder aus dem Haus sind, haben wir kaum noch Berührungspunkte. Wir leben ... lebten ... nebeneinander her. Das Haus ist ja groß genug, wir haben uns arrangiert. Leider arrangiert.«

Die Witwe hob den Kopf, begegnete Christines Blick und diese fühlte, wie etwas ihre Seele berührte. Annegret Beenkes Augen erinnerten an einen Bergsee. Tief und unergründlich. Ich spinne, dachte sie. Wann habe ich jemals solche Gedanken gehabt. Noch dazu bei einer Frau.

Bevor sie weitere Fragen stellen konnte, störte Wagners knarzende Stimme die Atmosphäre: »Wo halten sich denn Ihre Kinder auf?«

*

»Na, das war ja nicht viel«, sagte Christine eine halbe Stunde später, als sie zurück im eigenen Büro waren. Jede von ihnen hatte einen Becher Kaffee vor sich. Für Christine war es bereits der zweite. Sie hatte zu Hause keinen Kaffee gehabt und lechzte danach. Obwohl Baldrian sicher angebrachter gewesen wäre, so wie sie sich über ihre Kollegin ärgerte. Da hatte sie gerade eine gute Grundstimmung für ein tiefer gehendes Gespräch mit Annegret Beenke gelegt, schon funkte Wagner dazwischen und Frau Beenke verschloss sich wie eine Auster. Es war nicht viel zu retten gewesen, sie waren kurz darauf aufgebrochen.

»Sie sind zu lasch rangegangen«, behauptete Oda. »Hätten mehr aus ihr rauskitzeln müssen.«

»Ach, das müssen Sie gerade sagen … so rücksichtsvoll, wie Sie sich verhalten haben! Warum haben Sie dann nicht weiter nachgehakt, als Frau Beenke dicht gemacht hat?« Christine war sauer.

»Ich wollte mal gucken, wie Sie in Hannover solche Fälle handhaben. Dachte, ich könnte noch was lernen.« Oda Wagner grinste abfällig. »Aber mit Lernen ist wohl nichts. Ich an Ihrer Stelle hätte die Witwe festgenagelt.«

»Haben Sie denn nicht gemerkt, dass sie total neben sich stand? Meine Güte, wir kamen nicht nur mit der Nachricht, dass ihr Mann tot ist, wir mussten ihr auch noch erklären, dass er ermordet wurde. Da kann man ja gar nicht von normalen Umständen ausgehen. Sie haben wirklich kein Taktgefühl.« Christine war es leid, höflich mit Wagner umzugehen, das hatte die Kollegin nicht verdient. Die tat es ja selbst mit anderen auch nicht.

»Vielleicht hat Frau Beenke Alkoholprobleme und war schon leicht angeschickert. So einen Eindruck machte die jedenfalls.«

»Dass Sie ihr das unterstellen!« Christine war erbost. »Außerdem riecht man so was doch.«

»Sind Sie wirklich so naiv, Kollegin? Ich denke, Sie kommen aus der Großstadt. Es gibt Spirituosen, die riecht man nicht. Wodka zum Beispiel.«

»Da kennen Sie sich wohl ziemlich gut aus, was?« Christine wurde langsam auch giftig.

Sie erhob sich, um den Becher ein drittes Mal zu füllen, als die Tür aufging und Siebelt hereinkam. Durch seine kräftige Statur wirkte der Raum sofort überfüllt, was aber auch an dem intensiven Duft seines Rasierwassers liegen konnte.

»Mmh. Kaffee. Krieg ich auch einen?« Siebelt setzte sich auf die Schreibtischkante. Er nahm von Christine einen Becher entgegen. »Nun, was gibt's zu berichten?«

Wortlos schob Wagner ihrem Chef Kondensmilch und Zukker zu und sah die Kollegin auffordernd an.

Ja, bin ich denn hier in einem Test, dachte Christine. Spielen die ein Spiel und ich kenne die Regeln nicht? Was soll das, dieses Hin- und Hergeblicke zwischen Siebelt und Wagner?

Sie fasste zusammen, was sie in Erfahrung gebracht hatten. Wagner malte unterdessen kleine Smileys auf ihre Schreibtischunterlage, das Werbegeschenk einer Bank.

»Jedenfalls wohnt die Tochter hier am Ort, der Sohn auf Spiekeroog, und der war auch die letzten Tage nicht hier, wenn man der Witwe glauben kann. Er hat dort ein Hotel, das *Deichblick*«, schloss Christine. »Also werden wir gleich mal zur Tochter fahren.«

»Sie werden sich die Tochter allein vornehmen müssen, Frau Cordes. Oda, du musst noch mal mit dem jungen Mann sprechen, der den Überfall in der Marktstraße gemeldet hat. Das erscheint mir nicht ganz koscher.«

»Och, Siebelt, können das nicht Nieksteit oder Lemcke übernehmen?«

»Die sind grad zu einer Schlichtleiche gefahren. Also, auf auf, bring mal Licht in diesen mysteriösen Raubüberfall!« Siebelt schob sich vom Schreibtisch und drückte Christine den leeren Becher in die Hand. »Ach, Ihren Bericht brauche ich spätestens heute Nachmittag. Die Presse sitzt mir schon im Nacken, schließlich war John Beenke ja nicht irgendwer. Mit ein paar Fakten will ich schon aufwarten können. Dr. Krüger hat mir übrigens versprochen, den Obduktionsbefund rüberzufaxen.« Er ging zur Tür, drehte sich dort aber noch mal um. »Kitzeln Sie alles aus der Tochter raus. Das haben Sie doch in Hannover gelernt?«

Blödmann, dachte Christine, als er den Raum verließ. Aus dem Augenwinkel sah sie das schmale Lächeln ihrer Kollegin. Alle beide Blödmänner.

Oda Wagner öffnete ein Fenster und nahm ihre abgetragene Lederjacke vom Haken. »Tja, dann will ich mal ... Die Luft hier drinnen ist ja sowieso etwas dick, da tut ein wenig frische Luft gut.« Sie ging zur Tür. »Sehen Sie zu, dass Sie mit der Tochter nicht so harmlos wie mit der Mutter umgehen.« Schwupps, war sie verschwunden.

Christine setzte sich. Dumme Kuh, dachte sie und schaute

die drei leeren Kaffeebecher an. Bin ich denn jetzt auch noch die Spülhilfe?

Was meinten Siebelt und Wagner eigentlich, mit wem sie es zu tun hatten? Sie hatte in Hannover einige Jahre und recht erfolgreich gearbeitet, doch hier wurde sie behandelt, als käme sie frisch von der Schule. Christine griff zum Telefon und wählte die Nummer ihrer alten Abteilung in der Landeshauptstadt. Erst wenn sie ihrer Freundin Gudrun ihr Leid geklagt hatte, würde sie ihren – und nur ihren – Kaffeebecher in die Küche bringen, bevor sie sich Beenkes Tochter vornahm.

*

Christine bog an der Sparkasse rechts ab und fuhr an der Nordseepassage vorbei in Richtung Virchowstraße. Sie hielt zwischendurch beim Extramarkt, um ein Brot zu kaufen. Ihr knurrender Magen hatte sie daran erinnert, dass ihre Bestände zu Hause nicht mal eine Maus ernähren könnten.

Als sie am Grodendamm Segelboote liegen sah, lächelte sie. Vielleicht ist es doch gar nicht so schlimm hier, dachte sie. Im Sommer muss es einfach herrlich sein.

Zwei Minuten später hatte sie das Haus erreicht, in dem Tomke Beenke wohnte. Nach ihrem Telefonat mit Gudrun hatte sie kurz bei Tomke angerufen, um sich zu vergewissern, dass Beenkes Tochter zu Hause war.

Eigenartigerweise war Tomke sofort an den Apparat gegangen. Christine hatte ihrer verweinten Stimme angehört, dass sie die traurige Nachricht schon erhalten hatte. Von wem? Von ihrer Mutter? Warum war Tomke dann nicht sofort zu Annegret Beenke gefahren?

Christine stellte den Wagen in der Parkbucht vor dem Avantgarde-Haus ab, einem Apartmentkomplex aus roten Backsteinen und viel Glas. Nicht schlecht, dachte sie, da werden wohl die Eltern ordentlich zur Miete zubuttern müssen. Ihren Informationen nach arbeitete Tomke noch nicht so lange beim *Wilhelmshavener Kurier*, dass sie sich von ihrem Gehalt eine Wohnung in dieser Lage hätte leisten können.

Christine stieg die Stufen zum Eingang hoch und klingelte.

Fast augenblicklich wurde der Summer gedrückt. Als sie im vierten Stock aus dem Aufzug trat, war die gegenüberliegende Tür geöffnet. Die junge Frau in der Wohnungstür konnte sie schon am verweinten Gesicht als Tochter des Opfers erkennen.

»Mein Beileid«, sagte Christine.

»Danke.« Tomke Beenke bat die Kommissarin in die Wohnung. Durch einen kurzen Flur gelangten sie ins Wohnzimmer, dessen Ausblick Christine für einen Moment die Sprache verschlug. Unterhalb des Fensters robbte sich das Meer ans Ufer heran, auf der anderen Seite des Jadebusens waren Dangast und die Windkrafträder in Butjadingen durch einen leichten Seenebelschleier zu erkennen.

»Schön haben Sie es hier«, sagte Christine ehrlich, fast, als hätte sie den Grund ihrer Anwesenheit vergessen.

»Finden Sie?« Tomke hörte einen Moment auf zu schniefen und lächelte kurz. »Mein Vater hat die Wohnung gekauft. Ich bin eigentlich nur Mieterin. Na ja, die normale Miete zahle ich nicht ... Ist schon nicht schlecht, hier zu wohnen. Gibt Schlimmeres.« Tomke zog die Nase hoch und ließ sich auf einen der beiden roten Sessel fallen. Christine blieb noch einen Moment am Fenster stehen, dann setzte sie sich auf den anderen.

»Ich kann gar nicht fassen, dass er tot ist«, flüsterte Tomke.

»Ja. Das glaube ich.« Christine vermutete, dass Tomke nicht wegen des Todes ihres Vaters Schwarz trug. Sie war das genaue Gegenstück zu ihrer weiß durchscheinenden Mutter. Tomke hatte blauschwarz gefärbte Haare, trug verwaschene schwarze Jeans und ein T-Shirt mit der Aufschrift »Saltatio Mortis« über einem ebenfalls schwarzen Sweatshirt. Merkwürdig. Saltatio Mortis. Hieß das nicht Totentanz?

»Er fehlt mir jetzt schon.« Tomkes Tränen liefen ungehindert.

Tomke war größer als Annegret, kräftiger, hatte eindeutig mehr Ähnlichkeit mit dem Vater als mit der Mutter. Christine ließ ihr Zeit, setzte ihre Beobachtungen fort. Ihr Blick blieb an zwei Fotos in schmalen Silberrahmen hängen, die auf einer schwarz gestrichenen alten Kommode standen. Neben den

Fotos stand eine mit Wachs beträufelte Flasche, auf deren Hals eine halb abgebrannte schwarze Kerze steckte. Über der mit einem roten Laken verhüllten Couch hing ein auf Leinwand gemaltes Pentagramm.

»Haben Sie das gemalt?« Christine zeigte auf das Bild.

»Ja, mit Acrylfarbe. Man sieht es, nicht? Ist etwas stümperhaft, doch es schützt mich vor dämonischen Mächten.«

»Ich dachte, ein Pentagramm wäre ein Symbol für die Anbetung Satans.«

»Nur, wenn eine Spitze nach unten zeigt. Bei zwei nach unten gerichteten Spitzen schützt es. Aber das wissen die meisten Leute nicht.«

Christines Blick kehrte zu den Fotos zurück. Auf einem waren Tomke und ein junger Mann zu sehen, auf dem anderen Tomke und ihr Vater. Auch die Tomke auf den Bildern war schwarz gekleidet, ein dunkler Schatten neben dem distinguierten John Beenke und dem saloppen Jüngeren. Alle hatten die gleiche Mundpartie, das gleiche Lächeln. Also ist der Jüngere der Bruder, schloss Christine.

»Haben Sie eine Ahnung, wer Ihren Vater umgebracht haben könnte?«

Tomke wischte sich mit dem Ärmel ihres Sweatshirts über Augen und Nase. »Nein. Wirklich nicht. Ich habe gedacht, ich weiß alles über meinen Vater, aber … ich habe mich wohl geirrt.«

Christine zog den Lederblock aus der Tasche, klappte ihn auf und spielte mit dem Stift in der rechten Hand. »Wie war denn Ihr Verhältnis zu ihm?«

»Gut. Wir haben uns prima verstanden.« Schniefen.

»Und Ihr Bruder?«

»Max? Der auch. Wie das eben so ist zwischen zwei Männern. Eher mehr auf Distanz. Aber Max ist ja jetzt auf Spiekeroog. Er leitet da das Hotel *Deichblick*. Ist ein kleines Hotel. Zwanzig Zimmer. Hat Max alle renovieren lassen.«

»Ich weiß. Ihre Mutter sagte das bereits.«

»Klar. Wie hätte ich daran nur zweifeln können. Mutter ist mehr als stolz auf Max. Das war sie immer schon.« Der Unterton war gelangweilt.

Christine ging nicht auf diesen Ton ein, sie konnte später immer noch nachhaken. »Ich nehme an, der junge Mann dort auf dem Foto ist Ihr Bruder?«

»Ja, das ist Max. Das Foto ist auf Spiekeroog entstanden, am Tag nach der Eröffnung seines Hotels. Und auf dem anderen Bild ... das ist mein Vater.«

»Ein schönes Foto«, sagte Christine sanft. »Die Nachricht vom Tod Ihres Vaters, hat die Sie auf der Arbeit erreicht?«

»N... nein«, jetzt zögerte Tomke. »Ich bin gestern aus dem Krankenhaus gekommen und muss erst nächste Woche wieder zum Dienst. Meine Mutter hat mich angerufen, als Sie dort gegangen sind.«

*

Im Foyer der Polizeiinspektion betrachtete ein Mann die Fahndungsplakate. Christine eilte an ihm und dem kleinen Glasfenster vorbei, hinter dem der Kollege Thomsen seinen Dienst versah. Was er ihr nachrief, hörte sie durch die dicke Panzerglasscheibe nicht, die den Eingangsbereich vom eigentlichen Polizeitrakt trennte. Christine musste dringend aufs Klo. Sie hätte zwar auch bei Tomke Beenke gehen können, doch das wollte sie nicht. Beckenboden- und Blasentraining, hatte sie sich gedacht, als sie die Muskeln während der Rückfahrt anspannte. Nun lief sie, so schnell es ging, die schmale Treppe in den zweiten Stock hoch. Sie warf Jacke und Tasche auf ihren Schreibtisch, schenkte ihrer verdutzten Kollegin ein kurzes Grinsen und hetzte zur Toilette.

Erleichtert kehrte sie kurze Zeit später zurück.

»Na, den Mörder schon gefasst?«, feixte Nieksteit, der ihr auf dem Flur entgegenkam.

»Klar, er sitzt schon mit Hand- und Fußfesseln im Verlies«, gab Christine schmunzelnd zurück. Der schlaksige Nieksteit war der Einzige, den sie sofort ins Herz geschlossen hatte. Er sah immer aus, als käme er direkt aus dem Bett, verknittert und meist mit einem Fleck auf dem Sweatshirt. Seine roten Haare erinnerten ebenso wie sein verschmitzter Gesichtsausdruck eher an Pumuckl als an einen Kommissar.

»Und … wie sieht es wirklich aus?« Niekstеit öffnete die Tür zu der kleinen Personalküche und zündete sich gleich eine Zigarette an. In den Büros war das Rauchen seit einiger Zeit nicht mehr gestattet, daher traf man Niekstеit oft in diesem engen Raum an, in den er seine Akten einfach mitnahm.

»Was du machst, ist nicht gesund«, mahnte Christine. Wie eine Mutter, dachte sie, dabei waren sie gleich alt. Auch wenn ihr Kollege jünger als sechsunddreißig aussah.

»Ach, an irgendetwas stirbt jeder«, kam die laxe Antwort. »Einer wird überfahren, der andere stirbt am Herzinfarkt, einer an Altersschwäche und andere werden ermordet. Also, hast du schon 'ne Spur?«

»Du weißt doch, wie das ist.« Christine bemühte sich, nicht zu tief einzuatmen. Der Qualm hing so dick in der Küche, dass sie befürchtete, jeden Moment würde der Brandmelder lospiepen. »Wenn keiner am Tatort steht und ruft ‚Hallo, ich war's', dann dauert es ein wenig, bis man den Täter hat. Ist schließlich erst ein paar Stunden her, seit die Leiche gefunden wurde.«

»Du schaffst das schon.« Niekstеit drückte die Kippe in den randvollen Aschenbecher. »Lass dich bloß nicht von Oda verunsichern. Die ist es nicht gewohnt, neben sich noch eine Frau in der Abteilung zu haben.« Er verdrehte die Augen. »Und was für eine …«

»Ach, Spinner!« Christine gab Niekstеit eine kleine Kopfnuss und ging zurück in ihr Büro.

»Waren Sie so lange auf dem Klo?«, war Odas erster Kommentar. »Sie werden schon erwartet.«

»Von wem?« Christine hängte die Jacke an den Haken, stellte die Tasche beiseite und sah ihre Kollegin fragend an.

»Von der Presse, meine Liebe«, kam es so falsch, dass es Christine fast schlecht wurde. Das ist Neid, vermutete sie, purer Neid. Sie kann es nicht verknusen, dass Siebelt mir den Fall übertragen hat.

»Ach, schon lange?«

»Bestimmt zwanzig Minuten.« Oda Wagner übertrieb gerne. »Siebelt ist nicht da. Also werden Sie sich wohl drum kümmern müssen. Gibt's denn schon was zu berichten?« Oda beugte ihren voluminösen Busen über den Schreibtisch.

»Nein, nicht wirklich. Ist der Pressemensch im Besprechungszimmer?«

Wagner nickte. »Soll ich mitkommen? Ist ein Neuer. Den hab ich noch nie hier gesehen. Kommt wahrscheinlich auch aus Hannover. So wie der auftritt ...«

»Lassen Sie mal, ich schaff das schon allein.« Christine lächelte genauso falsch. Dieser Fall war ihre Chance, sich hier in Wilhelmshaven zu beweisen, und die würde sie sich nicht verderben lassen.

*

Im Besprechungszimmer roch es nach Kaffee. Irgendwer hatte eine Thermoskanne, Tassen, Zucker, Milch und Kekse auf den furnierten Eichentisch gestellt, der, wie das restliche Mobiliar des Raumes, aus den fünfziger Jahren zu stammen schien. Bekanntlich war das Geld bei den Behörden immer knapp; an der Einrichtung wurde am ehesten gespart. Wir können froh sein, dass wir überhaupt schon Computer haben, statt noch auf klapprigen Schreibmaschinen rumzuhacken, dachte Christine.

Der Mann, der am runden Tisch auf einem Block herumkritzelte, war der, den Christine vorhin flüchtig unten im Foyer gesehen hatte. Sie versuchte das falsche durch ein echtes Lächeln zu ersetzen und streckte ihm die Hand hin. »Christine Cordes, guten Tag, Herr ...«

»Töpfer. Jürgen Töpfer.« Der Mann stand auf. »Vom *Wilhelmshavener Kurier*. Aber machen Sie jetzt bloß keinen Witz über meine Urahnen. Die kenne ich schon alle. Die Witze, nicht die Ahnen.«

Christine schmunzelte. »Nehmen Sie doch wieder Platz. Sie sind auch neu in Wilhelmshaven, sagte meine Kollegin?«

»Ach, hat sie das sofort erkannt?«

»Sie hat einen Blick für Auswärtige.« Christine setzte sich ebenfalls. »Womit kann ich Ihnen helfen?«

»Es geht um den Mord an Dr. Beenke, wie Sie sich denken

können. Wir hätten gern Informationen. Schließlich interessiert unsere Leser, was ihm zugestoßen ist.«

»Tja, außer, dass er tot ist, kann ich Ihnen im Moment nicht viel sagen.« Christine goss Kaffee in die Tassen und schob dem Journalisten Milch und Zucker rüber. Ihr Magen knurrte. Sie griff rasch nach einem Keks.

»Sie tappen also noch im Dunkeln. Keine erste heiße Spur?«

»Haben Sie schon oft in Mordfällen recherchiert?« Christine zog die Augenbrauen hoch und gab ihrer Stimme einen etwas tieferen Tonfall. »Oder waren Sie bislang eher für Klatschspalten und Ahnenforschung zuständig?«

»Hehe, junge Frau. Nicht so biestig.« Lächelnd trank Töpfer einen Schluck. »Natürlich kenne ich mich in Mordfällen aus. Wie auch in den Klatschspalten. Mit Ahnenforschung weniger. Und natürlich weiß ich auch, was Sie mir jetzt sagen wollen: Aus ermittlungstechnischen Gründen können Sie mir keine Einzelheiten sagen. Stimmt's?«

»Sie haben es erfasst. Aber warum drehen wir den Spieß nicht um und Sie verraten mir, was Sie über Dr. Beenke wissen? So als Mord- und Klatschreporter werden Sie doch eine Menge über das Opfer sagen können.« Christine nahm noch ein zweites Vanillekipferl. Das Knurren hörte langsam auf, ihr Magen freute sich, etwas zu tun zu haben.

»Bedauernswerterweise kann ich Ihnen da auch nicht weiterhelfen.« Töpfer hob die Schultern. »Bin ja auch erst seit kurzem in der Stadt. Da fehlt mir das Insiderwissen. Aber ich höre mich natürlich um. Werde noch mal die Kollegen der Redaktion befragen und im Archiv nachforschen. Auf jeden Fall verspreche ich, Sie anzurufen, wenn ich etwas erfahre. Kann ich davon ausgehen, dass Sie mich auch informieren?«

Sein aufgesetzt naiver Hundeblick entlockte Christine ein Schmunzeln. »Ich fürchte, davon können Sie nicht ausgehen. Aus …«

»… ermittlungstechnischen Gründen. Ich weiß«, seufzte Töpfer.

»Ja dann …« Christine erhob sich und auch Töpfer schnappte seine Sachen. »Je eher daran, desto eher davon, sagt meine

Oma immer.« In der Tür zögerte sie kurz. Töpfer, der damit nicht gerechnet hatte, wäre fast mit ihr zusammengestoßen. »Aber wissen Sie was?« Sie zog Stirn und Nase in Falten, als sie ihm vergnügt zuflüsterte: »Wenn ich den Täter habe, rufe ich Sie sofort an.«

*

»Was hatten Sie denn mit dem zu flüstern?«, fragte Wagner, die gerade aus der Küche wollte, als Christine ihr mit den beiden Kaffeetassen entgegenkam.

»Ach, nichts Wichtiges. Ich habe ihm nur versprochen, ihn anzurufen, wenn ich den Täter habe.« Christine lächelte.

»Scheint Ihnen ja sehr sympathisch zu sein, der Typ.« Wagners Lippen wurden spitz.

»Tja, zwei Neulinge in einer Stadt, da rückt man schon gegen die Front der Einheimischen etwas zusammen.« Christine stellte die Tassen in die Geschirrspülmaschine und ging hinter Oda Wagner her in ihr Büro. »Ich werde mal bei dem Kuratoriumsvorstand anrufen. Ist der Obduktionsbefund aus Oldenburg schon da?«

»Nein, aber Dr. Krüger hat zu Siebelt gesagt, wir können heute Nachmittag mit dem Ergebnis rechnen.«

»Gut. Dann rufe ich Diersen noch an, bevor ich gleich zu Tisch gehe.«

»Gibt's wieder Grünfutter?« War es Neid oder Häme, was da aus Wagners Stimme sprach?

»Sicher. Wie immer.« Den Zusatz, schließlich wolle sie nicht auch wie ein laufender Kubikmeter aussehen, verkniff sich Christine.

2

Diersens Sekretärin empfing Christine im eleganten, mit Kirschbaum-Inventar und blauem Veloursteppich ausgestatteten Empfangsbereich der Kanzlei im zweiten Stock des Sparkassengebäudes an der Gökerstraße. Christine hatte bequem auf dem großen Parkplatz zwischen Aldi und der Bank geparkt, denn dienstags am frühen Nachmittag war dort wenig los. Die warten alle auf den Angebotsmittwoch, hatte Christine gedacht, fast dankbar, dass Beenke nicht mittwochs ermordet aufgefunden worden war.

Die Brünette stöckelte auf Stilettos durch einen mit weißer Glasfaser tapezierten Flur und ließ sie in ein Büro eintreten, dessen Großzügigkeit Christine spontan neidisch machte. Wenn sie da an ihr eigenes dachte ... Dieses hier schätzte sie auf mindestens dreißig Quadratmeter. Ein riesiger Schreibtisch bildete das Zentrum, zwei elegante Sessel standen davor. Über einem Sideboard an der linken Wand hing ein Ölgemälde mit Segelschiffen auf aufgewühlter See. Die rechte Wand wurde ebenso wie die dem Flur zugewandte Seite von Einbauschränken und Regalen voller Aktenordner ausgefüllt. Überflüssiger Schnickschnack fehlte, der Raum strahlte männliche Dominanz und Nüchternheit aus, wenngleich ein anderer als der typische Kaffeeduft im Zimmer hing. Rasierwasser war es jedenfalls nicht.

Auch der dunkelhaarige Mann hinter dem Schreibtisch überraschte Christine. Sie hatte damit gerechnet, dass der Kuratoriumsvorsitzende im gleichen Alter wie Dr. Beenke war, sah sich jedoch einem Mann gegenüber, der die Vierzig vielleicht gerade überschritten hatte.

»Wie schön, dass Sie es ermöglichen konnten, sich nach meinem Terminplan zu richten.« Der Anwalt kam mit ausgestreckter Rechter lächelnd auf Christine zu. »Damit haben Sie mir sehr geholfen.« Sie schüttelten sich die Hand. »Denn so kurzfristig den Mandantentermin zu verlegen, wäre schwierig gewesen.«

Christine hatte ihre Mittagspause vorgezogen und gekürzt, da Diersens Sekretärin am Telefon erklärt hatte, es sei für ihren Chef unmöglich, einen Termin zu verschieben. Anwälte, hatte sie gedacht. Halten sich immer für etwas Besonderes. Nur mein Frank nicht. Diersen führte Christine zu einem der Sessel und setzte sich wieder hinter seinen Schreibtisch.

»Darum hoffe ich, dass Sie jetzt auch mir helfen können.« Christine lehnte sich entspannt zurück. »Bestimmt haben Sie schon gehört, dass Dr. Beenke heute früh tot im Museum aufgefunden wurde?«

Der Anwalt nickte betrübt. »Ja. So was verbreitet sich wie ein Lauffeuer. Grauenhaft. Wer kann das nur getan haben?«

»Wir stehen noch am Anfang unserer Ermittlungen. Aber vielleicht waren Sie es ja und möchten nun ein umfassendes Geständnis ablegen?« Christine sah ihr Gegenüber unverbindlich an.

»Geständnis? Ich?« Diersen lachte kurz. »Warum sollte ich Beenke umbringen?«

»Wer weiß? Unstimmigkeiten? Hahnenkämpfe?«

»Ach, hören Sie auf.« Die Nonchalance verschwand. »Natürlich gibt es dann und wann mal Unstimmigkeiten zwischen der Museumsleitung und dem Kuratorium. So etwas gibt es überall und jeden Tag. Aber werden deshalb gleich alle Museumsdirektoren oder Kuratoriumsmitglieder umgebracht? Nein.« Er hob die Hände wie ein Priester beim Segen. »Ich gebe zu, Beenke und ich, wir standen uns nicht sonderlich nahe. Wir schätzten uns, was das Fachliche anging, aber darüber hinaus verband uns nichts. Gut, natürlich waren wir oft auf den gleichen Veranstaltungen, das ist nun mal so in Wilhelmshaven. Man trifft sich, das ist unausweichlich. Aber auch nicht schlimm. Es ist das Schöne an dieser Stadt, dass sie so intim ist. Wissen Sie, ein guter Freund von mir hält sich mehrere Monate im Jahr in Ascona auf. Anfangs hat er es genossen, quasi inkognito zu sein. Inzwischen vermisst er die zufälligen Treffen, die zu Gesprächen oder einem kurzen Kaffeehausbesuch führen. Er ist sich des Wertes einer kleinen Stadt, in der jeder jeden kennt, jetzt bewusst.«

»Jeder jeden? Ich denke, da gibt es sicher nur gewisse Kreise, in denen man sich kennt.«

»Nun ja, ich kann eben nur von den Kreisen ausgehen, in denen ich mich bewege.«

Arroganter Schnösel, dachte Christine, sagte aber: »Kommen wir zurück zum Thema. Gab es denn in letzter Zeit besondere Unstimmigkeiten zwischen Ihnen und Dr. Beenke?«

»Nicht mehr als die üblichen«, antwortete Diersen. »Es gab jedes Mal ein Hin und Her vor neuen Ausstellungen. Beenke wollte immer mehr Geld, als im Etat vorgesehen war. Dabei haben auch wir nur begrenzte Mittel zur Verfügung.« Er lächelte süffisant. »Wir können eben nicht so mit unserem Geld aasen wie der Staat.«

Christine ignorierte die Spitze. »Gab es für die geplante Ausstellung *Kirche, Kunst und Küste* ungewöhnlich hohe finanzielle Ansprüche von Seiten Dr. Beenkes?«

»In der Tat.« Diersen legte die Fingerspitzen aneinander. »Dr. Beenke wollte in diesem Fall den Etat um einiges überziehen. Selbstverständlich kam es da zu Differenzen.«

»Und diese Differenzen führten gestern zu einer tödlichen Auseinandersetzung.« Christine fragte nicht, sie stellte fest.

»Wie bitte?«

»Immerhin waren Sie der Letzte, der Dr. Beenke lebend gesehen hat. Sieht so aus, als seien Sie derzeit mein Hauptverdächtiger.« Christine lächelte charmant.

»Moment!« Diersen war sichtlich entrüstet. »Also, ich sitze ja nicht allein im Kuratorium. Auch die anderen waren dagegen, dass Beenke ständig den Etat überzog. Ich war nur der, der den engsten Kontakt zu Beenke hatte. Fragen Sie doch Merkens, Burmann und Fischer.«

»Das werde ich tun, Herr Diersen. Darauf können Sie sich verlassen.«

»Er lebte noch, als ich ging, glauben Sie mir«, sagte Diersen. »Es muss noch jemand nach mir da gewesen sein.«

»Ja? Wer?«

*

Tomke Beenke saß auf ihrer Couch und starrte aus dem Fenster auf die graubraune Nordsee. Die Elemente schienen sich austoben zu wollen, der Wind nahm Orkanstärke an. Auf *Radio Jade* kamen Durchsagen, dass der Parkplatz vor dem Seewasseraquarium vorsorglich für parkende PKW gesperrt worden war. Unterhalb ihres Fensters, auf der sicheren Erhöhung des Deiches, standen jedoch einige Fahrzeuge. Menschen, die sich aus dem geschützten Auto heraus das Naturschauspiel ansehen wollten. Tomke hatte die Ärmel ihres schwarzen Pullovers bis zu den Fingerknöcheln gezogen. Sie griff nach ihrem Becher, in dem der Tee schon fast kalt geworden war.

»Kannst du dir vorstellen, dass er jetzt nicht mehr für uns da ist?«, fragte sie ihren Bruder, der auf einem der Sessel saß. »Nie mehr?«

»Er war noch nie für mich da.« Max Beenke sprach nüchtern, ohne erkennbare Emotionen. Er hatte weder geweint, als er bei Tomke ankam, noch gab es äußerliche Kennzeichen der Trauer. Max trug seine üblichen Blue Jeans, dazu ein weiß-blau gestreiftes Hemd und ein Sakko, das er allerdings abgelegt hatte, als er sich setzte. Seine dunkelblonden Haare, die Tomke liebevoll als straßenköterfarben bezeichnete, waren kinnlang und hinter die Ohren geklemmt. Tomke war schon immer stolz auf ihren großen Bruder gewesen. Wenn sie ihn nun ansah, regte sich ein Funken Bedauern in ihr. Bedauern darüber, dass er keine feste Freundin hatte, denn Max hätte so viel zu geben. Sicherlich war da die eine oder andere Freundin gewesen, aber es hatte nie lange gehalten. Tomke wünschte Max, dass er endlich die große Liebe fand, eine Frau, von der er wusste, dass sie zu ihm gehörte. Vielleicht gab es ja auf Spiekeroog eine, obwohl Tomke bislang nichts von ihm gehört hatte, was auch nur ansatzweise auf Verliebtsein hinwies.

»Natürlich war Papa für dich da, Max«, rügte sie ihn. »Genau wie für mich.«

»Für dich. Ja. Da war er immer da. Wenn seine Principessa etwas hatte, dann sprang er. Aber bei mir? Wann war er jemals ein Vater für mich? Wann hatte er Zeit? Da war immer erst seine Arbeit, dann kamst du und dann lange nichts mehr.«

»So darfst du nicht reden, Max!« Tomkes Stimme nahm einen leicht hysterischen Tonfall an. »Er hat dich genau so geliebt wie mich. Das weiß ich.«

»Gezeigt hat er es nie.«

»Vielleicht wart ihr euch zu ähnlich«, sagte Tomke besänftigend. »Ihr habt beide die gleiche Art, seid starrköpfig und wollt euren Willen durchsetzen. Und ihr habt es ja auch immer geschafft. Auf die eine oder andere Weise.«

»Quatsch, mit unserem Vater habe ich nicht die geringste Ähnlichkeit. Ich will sie auch gar nicht haben. So wie er wollte ich nie werden. Aber das ist ja nun hinfällig. Ich muss mich nicht mehr nach seinen Ansprüchen richten, mich nicht mehr von ihm an der Erfolgslatte messen lassen. Ich bin frei.« Max atmete tief durch.

»Max!« Tomke weinte. »Du darfst nicht so sprechen, das macht mir Angst.«

Sofort beugte sich Max vor und streichelte ihre Hand. »Das will ich nicht, Tomke, du brauchst keine Angst zu haben. Ich passe von nun an auf dich auf. Wirst sehen, wir können auch sehr gut ohne Papa leben.«

»Aber ...«

»Schhhhh ...« Max setzte sich zu ihr auf das Sofa und nahm sie in den Arm. Tomke schmiegte sich an ihn. Sie ließ ihren Tränen freien Lauf. Es tat gut. Sie fühlte, wie sie etwas ruhiger wurde.

*

Christine parkte ihr Peugeot Cabrio auf der Auffahrt ihres Hauses. Frank war noch nicht da, zumindest stand sein Auto nicht in der Garage. Es war spät geworden, sie hatte ihren Vorsatz, noch Aufschnitt zu kaufen, auf morgen verschieben müssen. Na, zumindest das Brot war frisch, die Reste von Käse und Schinken würden für heute Abend reichen. Oder vielleicht hatte Frank ja noch Lust essen zu gehen, obwohl er in der letzten Zeit immer müde und abgekämpft aus dem Büro kam. Er kniet sich viel zu sehr in seine Arbeit, dachte Christine, als sie den Schlüssel aus der Tasche kramte und die Tür aufschloss. Im Moment hatten sie fast genauso wenig Zeit füreinander wie früher, als sie noch in Hannover wohnte. Aber das würde sich sicher einspielen.

Als sie das Licht im Flur anmachte, verglich sie unwillkürlich ihr Heim mit dem der Beenkes. Natürlich war der Maadebogen keine so exklusive Wohnlage wie das Villenviertel, hier wohnten überwiegend jüngere Familien. Und selbstverständlich konnte man den Neubau mit Sprossenfenstern in der Knut-Rasmussen-Straße nicht mit der Villa in der Kantstraße vergleichen. Ganz sicher käme niemand auf die Idee, ihre Einrichtung in einem Hochglanzmagazin für schöneres Wohnen abzulichten, aber ihr Haus strahlte Gemütlichkeit aus. Wärme. Man sah ihm an, dass hier gelebt wurde. Auch wenn der sichtbare Beweis dafür gerade aus dem Korb mit leeren Flaschen bestand, den sie heute morgen vergessen hatte mitzunehmen.

Christine zog ihre Pumps aus, ging die hölzerne Treppe hinauf ins Schlafzimmer und tauschte das Kostüm gegen den kamelfarbenen Nickianzug, den sie in der letzten Vorweihnachtszeit bei Tchibo gekauft hatte. Dann lief sie wieder nach unten, nahm aus ihrer Tasche einen Umschlag und legte ihn auf den Wohnzimmertisch. Nach dem Gespräch mit Diersen war sie noch einmal in die Polizeiinspektion gefahren. Der Pathologiebefund hatte im Faxeingang gelegen. Da sie wusste, dass Siebelt das Protokoll am nächsten Morgen auf seinem Schreibtisch liegen haben wollte, hatte sie den Bericht zunächst außer Acht gelassen und ihre Notizen in den PC getippt. Christine hatte nach dem Abitur in einem Schreibmaschinenkurs das Zehn-Finger-System gelernt. Oft musste sie schmunzeln, wenn sie sah, wie andere Kollegen sich mit ihren Vier-Finger-Hacksystemen über die Tastatur hermachten.

Sie dimmte das Licht, zündete die beiden Kerzen auf dem Tisch an und setzte sich mit angezogenen Beinen auf die Couch. Einen Moment betrachtete sie den weißen DIN-A4-Umschlag. Ob der Inhalt sie weiterbringen würde?

Sie zog die Blätter heraus, auf denen Dr. Krüger seinen Bericht verfasst hatte.

Neben der Wunde an der Stirn gab es Spuren von vier

Schlägen auf Beenkes Hinterkopf. Einer davon war so stark gewesen, dass er zu den Gehirnblutungen geführt hatte, die durch ein bisher wohl unbemerktes Aneurysma verstärkt worden waren. Körpertemperatur und Mageninhalt begrenzten die Todeszeit auf die Zeitspanne von 17.30 bis 19.00 Uhr. Außerdem konnten im Intimbereich des Toten Spuren von Gleitmittel sichergestellt werden.

Dr. John Beenke, der verheiratete Museumsdirektor, hatte vor seinem Tod Geschlechtsverkehr gehabt. Christine war baff. Mit seiner Frau hatte Beenke sicher nicht geschlafen, so wie die von ihrer Ehe erzählte. Sicher hätte sie es erwähnt, wenn sie noch mittags mit ihrem Mann zusammen gewesen wäre.

Christine legte den Bericht beiseite. Wo Frank nur blieb … Es war schon fast halb neun. Sie überlegte, ihn über sein Handy anzurufen, wusste aber, dass er das Telefon nur ungern mitnahm. Meistens ließ er es irgendwo liegen. Überwiegend zu Hause. Oder in der Kanzlei. Oft hatte sie es im Haus klingeln gehört, wenn sie versucht hatte, ihn anzurufen. Nein, Frank war absolut kein Freund der modernen Technik. Mit seinem Computer stand er beinahe auf Kriegsfuß, benutzte ihn zu Hause nie und konnte im Büro auch nur die Programme bedienen, die für seine Arbeit unerlässlich waren.

Ob sie einfach mal im Büro anrufen sollte? Christine griff zum Telefon, das neben ihr auf der schon leicht speckigen dunkelbraunen Ledercouch lag. Frank liebte diese Couch. Mehrmals hatte Christine versucht, ihn zu einer neuen Garnitur zu überreden, doch er beharrte darauf, dass dieses Teil blieb. Sie hatten es für ihre erste gemeinsame Wohnung in Hannover gekauft, als er noch Student und das Geld knapp gewesen war. Frank machte sich nicht viel aus Luxusgütern oder eben, leider, auch nichts aus gepflegter Wohnkultur. Wenn er abends zu Hause war, zog er gleich seinen Schlafanzug unter den marineblauen Bademantel, während Christine erst einen Hausanzug wählte. Das sei unnützes Umziehen, meinte Frank, im Schlafanzug fühle er sich genauso wohl. Außerdem müsse, wer abends unverhofft zu Besuch käme, damit rechnen, den Hausherrn schon bettfertig vorzufinden. Punkt. Basta. Ende.

Dieses Möbel gehörte zu ihm. Er würde sich mit Händen und Füßen wehren, falls jemand auf den Gedanken käme, es auszutauschen. Dabei hatte Christine letztens erst im Prospekt eines Möbelhauses eine wunderbare Garnitur in Eierschalfarbe gesehen … Sie seufzte, wählte seine Nummer in der Kanzlei, doch auch nach neunmaligem Läuten nahm niemand ab. Wahrscheinlich war Frank schon auf dem Heimweg.

Ihr Magen meldete sich. Sie ging in die Küche und schmierte Brote. Zum Glück waren noch vier Tomaten im Kühlschrank, die sie viertelte, mit Basilikumblättern dekorierte und an den Tellerrand legte. So sah es nicht ganz so armselig aus. Franks Teller deckte sie mit Zellophanfolie ab, ließ ihn stehen und kuschelte sich im Wohnzimmer wieder auf die Couch.

Sie musste eingenickt sein, denn sie zuckte zusammen, als Frank den Fernseher anmachte und sich in den Sessel fallen ließ. Ein Blick zur Uhr zeigte ihr, es war kurz nach zehn.

»Hey«, sagte sie zärtlich, setzte sich auf und beugte sich zu ihm. »Krieg ich denn gar keinen Kuss?«

Frank wandte ihr unbeteiligt das Gesicht zu, sie küsste ihn auf den Mund und streichelte ihm über die Wange. »Ist ja schon wieder so spät geworden.«

»Kann ich auch nichts dran ändern.«

»Das war doch kein Vorwurf, Frank.«

»Hmm.« Ihr Mann starrte auf den Fernseher, in dem eine Comedy-Sendung lief.

Christine lehnte sich enttäuscht wieder zurück. Was war denn falsch daran, so etwas zu sagen? Überhaupt hatte sie in letzter Zeit das Gefühl, sie machte in Franks Augen alles falsch. Es lief nicht richtig. Gerade, als sie zu einem neuen Satz ansetzen wollte, stand Frank auf.

»Ich geh ins Bett. Bin hundemüde.«

Kein Kuss, nichts. Das leere Rotweinglas blieb neben dem Teller auf dem Tisch stehen.

Ein paar Minuten versuchte Christine noch, sich auf die Show zu konzentrieren, doch dann drückte sie die Aus-Taste der Fernbedienung. Sie räumte das Geschirr in die Küche, ging ins Bad und schminkte sich ab.

Natürlich hatte sie Frank und auch sich selbst eine Umgewöhnungszeit an das Wiederzusammenleben eingeräumt. Aber diese Zeit müsste inzwischen doch vorbei sein, dachte sie, während sie sich auszog.

Im Schlafzimmer brannte schon kein Licht mehr, Frank schlief. Sei nicht so mädchenhaft, Ehen sind nun mal so, hörte sie die Stimme ihrer Oma, als sie hellwach im Bett lag. Nimm endlich die rosarote Brille ab, Kind.

*

»Sieh an, sieh an«, sagte Siebelt am nächsten Morgen, als Christine ihm in seinem Büro gegenübersaß. »Da hatte der Beenke also eine Geliebte.«

Er zündete sich eine Zigarette an – auch er hielt sich nicht an die Nichtrauchervereinbarung. Bislang hatte sich noch keiner beschwert.

Siebelt gab großzügig Zucker in seinen Kaffeebecher und lehnte sich zurück, wobei der braune Schreibtischstuhl gefährlich unter seinem Gewicht schwankte. Er war einer der Menschen, denen man ansah, dass sie gern genossen. »Ich bin einfach zu klein für mein Gewicht«, war seine Standardantwort, wenn er mit seinem Schmerbauch aufgezogen wurde. »Natürlich wissen wir noch nicht, wer diese Geliebte ist?«, fragte er.

»Nein. Noch nicht.« Auch Christine trank einen Schluck aus ihrem Becher. »Aber ich denke, da werden wir bei der Nienhauer noch mal nachhaken. Meistens wissen die Sekretärinnen ja mehr, als sie zugeben.«

»Was sagt der Obduktionsbericht?«

Christine fasste zusammen und schloss mit den Worten: »Tja. Da hat jemand eine ziemliche Wut auf Beenke gehabt. Ich stelle mir das so vor: Beenke und unser Mörder geraten wegen irgendetwas heftig in Streit, in dessen Verlauf der Täter zu dem Tatwerkzeug greift. Beenke hat auf dem Schreibtischstuhl gesessen, das zeigt der Schlagwinkel. Denn die Schläge wurden von oben ausgeführt. Dieser Schlag war noch nicht tödlich, schreibt Krüger in seinem Bericht. Außerdem hat Beenke den

Kopf noch mal gehoben, wie die Gerinnungsspuren zeigen. Vielleicht hat er dann noch etwas gesagt, das zu den tödlichen Schlägen geführt hat. Ich halte es für eine Affekttat, keinen gezielten Mord.«

»Ach, hören Sie auf.« Wagner war hereingekommen, stemmte ihre Arme auf die Schreibtischplatte und beugte sich vor. »Wenn ich jemandem mit einem Gegenstand derart auf den Kopf schlage, dann will ich doch, dass er stirbt. Kommen Sie mir nicht mit Affekt. Das ist Nonsens.«

»Sehe ich auch so«, meinte Siebelt. »Spätestens nach dem ersten Schlag muss der Täter gewusst haben, dass ihm Konsequenzen drohen. Deshalb hat er weiter zugeschlagen. Der erste Schlag, ja – das kann noch Affekt gewesen sein. Danach war es Mord.«

Wieder mal zwei gegen einen, dachte Christine. Warum kann Siebelt sich nicht einmal auf meine Seite stellen? Kann denn nichts rund laufen? Nicht der Beruf und nicht das Privatleben?

»Wie ist das mit der Tatwaffe«, fragte er, »ist die irgendwo aufgetaucht?«

»Nein. Das gesamte Museum und auch die unmittelbare Umgebung sind abgesucht worden. Fehlanzeige.«

»Schade. Das hätte es um einiges einfacher gemacht. Aber kommen wir noch mal zu der ominösen Geliebten.« Siebelt lehnte sich auf seinem Stuhl zurück.

»Die Witwe hat gestern nichts in dieser Richtung gesagt.« Wagner warf einen schrägen Seitenblick auf Christine. »Ich habe mich nicht eingemischt, weil ich dachte, Frau Cordes kitzelt schon alles aus ihr raus. Aber …« Wagner hob die Schultern. »Ich jedenfalls wäre härter rangegangen.«

So eine hinterhältige Schlange! Christine schäumte innerlich. »Na ja, Frau Beenke sprach zwar von keiner guten Ehe, aber wahrscheinlich hat sie nichts von einer anderen Beziehung gewusst.«

»Und wenn sie es doch gewusst hat?«, sinnierte Siebelt. »Ergäbe ein klassisches Motiv. Mord aus Eifersucht.«

»Nein. Dazu ist die Frau rein körperlich gar nicht in der Lage. Außerdem …«

»Was, außerdem?« Christines Chef schnippte die Asche in einen Aschenbecher und sah sie über die Gläser seiner randlosen Brille hinweg auffordernd an.

»Außerdem kann ich mir nicht vorstellen, dass Frau Beenke zu derart heftigen Gefühlen fähig ist. Andererseits habe ich auch den Eindruck, dass da was nicht stimmt.« Sie griff zur Thermoskanne und schenkte sich Kaffee nach. »Sie auch?« Siebelt nickte. Auch Wagner streckte ihren Becher hin. Am liebsten hätte Christine hineingespuckt, aber das gehörte sich ja nicht.

»Was meinst du, Oda?« Siebelt richtete das Wort an ihre Kollegin. Klar, er traute Christine allein nicht viel zu. Sollten sie doch den Kram alleine machen. So langsam kam Christine sich veräppelt vor.

»Frau Cordes hätte härter rangehen können«, sagte Wagner lakonisch.

»Aber das ist nicht richtig«, fuhr Christine dazwischen. »Man kann einer Frau nicht die Nachricht über den gewaltsamen Tod ihres Mannes überbringen und sie dann hart in die Zange nehmen. Das ist ohne jede Pietät. Die Frau war überhaupt nicht in der Lage, ernsthaft zu begreifen, was geschehen ist. Außerdem war es bestimmt nicht das letzte Mal, dass ich mit ihr gesprochen habe.«

»Ich hatte den Eindruck, dass Frau Beenke unter Tabletten- oder Alkoholeinfluss stand.« Wagner gab den zweiten Löffel Zucker in ihren Becher.

»Und?«, Siebelt sah Christine fragend an.

»Dazu kann ich nichts sagen. Eine Fahne hatte Frau Beenke jedenfalls nicht.« Christine fühlte sich elend. Plötzlich hatte sie entsetzliche Sehnsucht nach ihrer alten Dienststelle.

Siebelt stand auf. »Schieben Sie das Mitleid mal beiseite und fühlen Sie der Frau richtig auf den Zahn. Die weiß mehr, als sie zugeben will. Glauben Sie mir.« Er warf einen Blick auf seine Uhr und trank den Becher im Stehen aus. »Wird Zeit, ich habe jetzt gleich einen Termin außer Haus.«

Auch Christine erhob sich. Siebelt hatte ständig Termine außer Haus. Sie wunderte sich, wie ihr Chef es schaffte, trotzdem über alles informiert zu sein und auch zur rechten Zeit den passenden Tipp geben zu können. Wahrscheinlich traf er sich mit den »richtigen« Leuten – durchaus mal tagsüber auf dem Golfplatz in Mennhausen, wie sie hatte munkeln hören – und bekam auf diesem Wege Informationen, die ihr gerade im aktuellen Fall sehr nützlich sein konnten.

Christine zuckte mit den Schultern. Das war wohl das Geheimnis der Chefs. Egal. Sie würde jetzt noch mal ins Museum fahren und mit der Sekretärin sprechen. Bestimmt wollte die Wagner wieder versuchen, sie auszustechen.

*

»Okay, Kollegin, dann quetschen wir die Gute mal aus wie 'ne Zitrone.« Oda Wagner knallte die Tür des Passats zu, den Christine unterhalb des Museums geparkt hatte, und schlang sich den Schal um den Hals. Christine lächelte amüsiert. War ja ein irres Teil. Überdimensional und kunterbunt.

Wagner fing diesen Blick auf. Ihr Ton wurde ein wenig spitz, als sie sagte: »Klasse, nicht? Hat mein Sohn vor Jahren im Textilunterricht gestrickt. Er hatte dabei so 'n Spaß, dass das Ding einfach zu lang geworden ist. Ist aber ja besser als zu kurz, oder? Auf jeden Fall wärmer.«

Sie liefen die Stufen hinauf. Heute war es noch kälter. Das Meer plätscherte träge ans Ufer und verdeckte den schmalen Sandstrand. Kaum ein Spaziergänger hatte Lust verspürt, sich durch die feuchtkalte Luft zu quälen, zumal der Wind die gefühlte Temperatur unter den Gefrierpunkt drückte. Christine war froh, dass der Weg so kurz war, sonst hätte sie sich die Watte in die Ohren stecken müssen, die sie in der Manteltasche trug. Als Kind hatte sie ständig Mittelohrentzündungen gehabt, die Empfindlichkeit war sicher eine Folge davon.

Die Schritte der beiden Frauen verursachten ein kleines Konzert auf der Metallbrücke. Christine ließ aufatmend die Schultern sinken, als sie die zwar nicht warme, aber zumindest windstille Halle des Museums betraten.

An der Kasse saß ein junger Mann. Nachdem ihre Kollegin sich gleich vorgedrängt und sich filmreif mit »Kripo Wilhelmshaven« vorgestellt hatte, grinste der Jüngling Christine an, als wollte er sagen: Die sieht auch zu viel fern, oder? Doch er nickte auf die Frage, ob Frau Nienhauer anwesend sei, und wies mit der Hand in Richtung der Büros.

Schon auf dem Flur hörten sie die aufgebrachte Stimme der Sekretärin: »Nein, natürlich sage ich davon nichts. Geht ja niemanden was an ...«

Christine wollte stehen bleiben, um dem Gespräch zu lauschen. Doch Wagner stürmte auf die Tür zu, klopfte kurz und riss sie im gleichen Moment auf.

Ina Nienhauer saß mit dem Hörer in der Hand am Schreibtisch. Ärgerlich über die Störung sah sie kurz auf, stockte und beendete mit: »Ich krieg grad Besuch, melde mich später wieder«, das Gespräch.

»Moin, Frau Nienhauer.« Wagner zog den Reißverschluss ihrer Jacke auf und streckte der Sekretärin derart schwungvoll die Hand entgegen, dass Christine schon befürchtete, sie würde abfallen. »Wir haben noch ein paar Fragen.«

Wagner meinte also, das Kommando übernehmen zu müssen. Blöde Ziege, dachte Christine.

Auf burschikose Art würde man Frau Nienhauer nicht knacken können. Die Sekretärin verzog das Gesicht. Ihr war immer noch anzusehen, das sie nicht begeistert war. Mit wem sie wohl telefoniert hatte? Und was war es, was sie nicht sagen würde? Vor allem, wem?

Ina Nienhauer bat die Polizeibeamtinnen in Beenkes Büro und bot ihnen Tee an.

»Wie es sich für eine gute Sekretärin gehört«, grinste Wagner, als Frau Nienhauer kurz das Büro verließ. »Schade, dass uns keine zur Verfügung steht ...«

»Wir haben unsere Kaffeemaschine, die tut's genauso«, brummte Christine. Etwas schärfer fügte sie hinzu: »Ich wäre Ihnen im Übrigen sehr verbunden, wenn Sie es jetzt endlich mir überlassen würden, die Fragen zu stellen. Falls ich was vergessen sollte, können Sie ja immer noch einhaken.« Sie wollte sich den Fall um keinen Preis aus der Hand nehmen lassen. Wollte beweisen, dass sie ihre Sache gut und schnell zu einem befriedigenden Ende brachte. Wollte es den Kollegen, aber auch sich selbst beweisen.

»Ist ja gut.« Wagner verzog den Mund. »Aber denken Sie dran: wie 'ne Zitrone!«

*

»Ist Ihnen noch etwas eingefallen?« Christine rührte in ihrem Tee, was ihr ein Naserümpfen der Sekretärin einbrachte. Schließlich gab es hier im Norden ein Ritual, mit dem man Tee genoss: zuerst den Kluntje, dann den Tee, zuletzt ein Wulkje Sahne in die Tasse, dann wurde getrunken. Rühren hielt man bei echten Friesen oder Ostfriesen für stillos.

Obwohl es gerade einmal elf Uhr war und eigentlich Tageslicht das Büro des Museumsdirektors hätte erhellen müssen, waren sie auf elektrische Beleuchtung angewiesen. Das Licht schien warm und anheimelnd. Trotzdem fröstelte Christine, als ströme feuchte Kälte durch die Fugen des alten Gebäudes.

Wagner hatte sich demonstrativ zurückgelehnt, natürlich nicht in der Tasse gerührt, und beobachtete das Geschehen.

»Nein.« Zurückhaltung, gepaart mit ein wenig Abwehr, lag in Ina Nienhauers Stimme. »Ich denke, ich habe Ihnen alles gesagt.«

»Haben Sie noch mal nachgesehen, ob etwas entwendet wurde? Die Einnahmen der Kasse vielleicht?«, fragte Christine.

»Nein, wir haben hier nie Geld. Ein bisschen Wechselgeld, klar, aber die Tageseinnahmen werden abends in den Nachttresor der Bank geworfen. Hier gibt es nichts zu holen.« Ina Nienhauer stockte kurz und verbesserte sich. »Außer den Kunstwerken natürlich. Aber die sind ja alarmgesichert. Das fängt schon an zu piepen, wenn einer zu dicht mit der Nase rangeht. Da wäre die Hölle los, wenn jemand versucht hätte, ein Exponat zu stehlen. Außerdem hängen ja noch alle.«

»Gut.« Christine holte Block und Kuli aus ihrer Tasche und legte beides auf den Tisch. Schluss mit lustig, hieß das, jetzt wird's ernst. »Als Erstes hätte ich gern Dr. Beenkes Terminkalender. Und sein privates Telefonregister.«

Ina Nienhauer stand auf, holte beides aus einem der Rollcontainer und reichte sie Christine, die nickte und die schwarzen, ledergebundenen Unterlagen in ihre Tasche steckte. »Dann wollen wir noch mal auf Ihr Verhältnis zu Dr. Beenke kommen. Sie sagten, es sei gut gewesen?«

»Ja. Wir haben außerordentlich gut zusammengearbeitet.« Die Sekretärin spielte mit ihrem Ring.

»Und außerhalb der Arbeit?«

»Wie meinen Sie das?«

»Haben Sie sich außerhalb der beruflichen Zusammenarbeit auch mit ihm getroffen?«

»Nein.« Barsch. Abweisend.

»Nein?« Christines Ton blieb freundlich. »Nicht mal mittags zum Essen? Oder eine abendliche Einladung als Dankeschön für die Zusammenarbeit? Kein Glas Wein nach Feierabend im Sommer nebenan auf der Promenade in einem der Straßencafés? Kein Weihnachtsessen? Nichts?« Sie schüttelte nachdenklich den Kopf. »Also, das verstehe ich nicht. Sie haben doch gesagt, Sie hätten ein gutes Verhältnis zu Dr. Beenke. Dennoch gab es absolut nichts Privates? Das finde ich eigenartig.«

»Na ja ... also, wenn Sie so etwas meinen ... Natürlich haben wir mal ein Glas Wein zusammen getrunken. Oder mal mittags gemeinsam gegessen. Ich dachte nur ...«

»Was dachten Sie?«

»Ach, nichts. Ich bin wohl ein wenig durcheinander. Das müssen Sie entschuldigen. Ist ja schließlich nicht leicht, wenn ein Mensch, den man so gemocht hat, von einem Tag auf den anderen ... nicht mehr da ist. Ermordet wurde.« Ina Nienhauer wischte sich mit einem Taschentuch die Nase und griff zur Kanne. »Möchten Sie noch?«

Die beiden bejahten. Gerade, als das heiße Getränk in die erste Tasse floss, fragte Christine: »Wussten Sie eigentlich, dass Dr. Beenke eine Geliebte hatte, Frau Nienhauer?«

Ina Nienhauer zuckte zusammen, der Tee lief neben der Tasse auf den Tisch. Sie stellte die Kanne ab, sah sich suchend um, ging in ihr eigenes Büro und kam mit einer Packung Tempos zurück, die sie zum Aufwischen benutzte. Keine der drei Frauen sprach ein Wort, Christine sah, dass Ina Nienhauer einen Kampf mit sich ausfocht. Als sich die Sekretärin wieder setzte, die beschmutzten Tücher im Mülleimer lagen, sprudelte es aus ihr heraus.

»Ja. Die Hellmann. Seit anderthalb Jahren ist sie seine Geliebte, dieses blonde Gift. Hat John richtig aus dem Ruder gebracht, es war fast nicht mehr zu ertragen, wie gut er gelaunt war, wenn er von einem Treffen mit ihr kam oder zu einem ging. Und diese ständigen Telefonate. Widerlich. Er hat nicht mal die Zwischentür zugemacht, wenn er ihr Süßholz ins Ohr geraspelt hat. Aber ich bin dann aufgestanden. Hab oft auch die Tür geknallt. Damit er merkte, so ging das nicht. Hat ihn aber trotzdem nicht gestört.« Ina Nienhauer redete sich in Rage, die Mundwinkel nach unten gezogen, verbittert. »Die Hellmann hat sogar die Dreistigkeit besessen, ihn hier im Büro aufzusuchen. Nicht nur ab und zu, nein, sie kam oft. Offiziell hieß es dann, sie müssten arbeiten. Dass ich nicht lache. Schließt man beim Arbeiten die Tür ab? Macht man beim Arbeiten so komische Juchzgeräusche? Und überhaupt, was kann so eine schon arbeiten? Ich meine, wie kann sie mit jemandem wie John arbeiten können? Das ist unvorstellbar.«

»Haben Sie die Adresse von Frau Hellmann?«, fragte Christine. Sie selbst fiel wohl, wie sie innerlich schmunzelnd vermutete, nicht in Nienhauers Kategorie von ‚blondem Gift'.

»Aber klar.« Ina Nienhauer stand schwungvoll auf, griff zu Blatt und Stift und notierte die Adresse. »Vielleicht war es ja gar nicht der Diersen? Vielleicht war die Hellmann noch hier, es gab Streit und sie hat ihn umgebracht? Vielleicht wollte er endlich Schluss machen mit ihr und das hat sie nicht verkraftet?«

»Ein bisschen zu viele Vielleichts, finden Sie nicht auch? Aber natürlich werden wir das überprüfen.« Christine nahm den Zettel entgegen und sah, wie Wagner griente.

Endlich kommt Leben in die Bude, schien ihr Blick zu sagen.

*

»Das haben Sie gut gemacht«, sagte Oda Wagner mit Widerwillen in der Stimme, als sie zurück zum Wagen liefen. »So von hinten durch die Brust.« Sie rieb sich die Hände. »Dann wollen wir mal auf zum blonden Gift.«

Christine setzte sich ans Steuer. »O ja, die war richtig wütend. Aber es war auch etwas Verletztes dabei. Sie muss ihn wirklich sehr gemocht haben.« Sie fuhr in die Siebethsburger Straße, in der die Geliebte laut Frau Nienhauers Angaben wohnte.

»Vielleicht war die Nienhauer ja auch scharf auf den Beenke und konnte nicht verknusen, dass der eine andere nahm.« Oda Wagner freute sich. »Die muss echt gekocht haben, wenn die Hellmann ins Büro rauschte. Auf die bin ich nun wirklich gespannt.«

Alexandra Hellmann hatte ihre Wohnung in einem weißen Putzbau mit grünen Fensterrahmen und zum Teil zu Loggias umgebauten Balkonen. Auf dem Bürgersteig davor streckten Platanen ihre kahlen Äste auffordernd gen Himmel, als wollten sie mit Hilfe des leichten Windes die Sonne herbeiwinken. Hier, mitten in der Stadt, war es milder, bis hierher kam die Kälte nicht, die das Meer mit sich brachte.

Neben der Klingelleiste im Hauseingang hing ein weißes Kunststoffschild mit der Aufschrift *Alexandra Hellmann, Astrologin und Medium*.

»Sieh an.« Wagner lächelte herablassend. »Die Gute deutet also die Sterne. Na, dann mal los. Ob die Sterne ihr gesagt haben, was für eine Art von Besuch sie jetzt bekommt?«

»Frau Wagner!« Christine sah ihre Kollegin warnend an. »Halten Sie sich bitte zurück. Lassen Sie mich das Gespräch führen, denn ...«

»... schließlich ist das mein Fall«, äffte Oda Wagner ihre Kollegin nach.

»Das auch, aber ich wollte eigentlich sagen, ich habe eben eine andere Vorgehensweise. Daran müssen Sie sich gewöhnen.«

»Wie viel die bringt, haben wir ja gestern bei der Witwe gesehen.« Wagner zog die Mundwinkel verächtlich herunter.

Du mich auch, dachte Christine. Sie drückte den Klingelknopf. Der Summer ertönte augenblicklich.

Alexandra Hellmann wohnte im zweiten Stock. Sie stand schon in der Tür, als die beiden die letzte Treppenstufe genommen hatten.

Christine wusste nicht, was genau sie erwartet hatte, als sie zuerst die Beschreibung der Geliebten von Frau Nienhauer erhalten und dann vorhin unten das Schild *Astrologin und Medium* gesehen hatte. Die Frau, die ihnen entgegensah, entsprach weder dem einen noch dem anderen typischen Bild. Auch das Wort ‚Gift' wäre Christine nicht eingefallen. Zumindest nicht auf den ersten Blick. Alexandra Hellmann trug die blondgelockten Haare kurz, hatte eine Jeans und einen beigen Rollkragenpulli an. Ob sie sich in wallende Kleider hüllte, wenn sie Klienten erwartete?

»Es geht um Herrn Dr. Beenke, Frau Hellmann«, begann Christine, als sie im Wohnzimmer an einem runden Tisch aus Kiefernholz saßen. »Er ist tot.«

»Ermordet«, fügte Oda Wagner hinzu.

»Nein. Das kann nicht sein.« Die Astrologin schüttelte ungläubig den Kopf. »Nein.«

Christine und Oda schwiegen.

Alexandra Hellmann sog Luft ein, als gäbe es für lange Zeit keinen Sauerstoff mehr. Sie öffnete und schloss den Mund in dem verzweifelten Bemühen, nicht zu weinen. Die Stille im Raum war auf eigenartige Weise hörbar.

Schließlich fragte Christine: »Wann haben Sie Dr. Beenke das letzte Mal gesehen, Frau Hellmann?«

»Gesehen?« Sie legte den Kopf in den Nacken und biss sich auf die Lippe. »Am Montag. Wir haben zusammen zu Mittag gegessen.«

»Wo?«

»Hier, ich hatte gekocht. Wir kannten uns an diesem Tag siebzehn Monate, das wollten wir feiern.«

»Mittags?«

»Warum nicht mittags? John hatte am Abend noch einen Termin, da hätte er nicht kommen können.«

»Mit Diersen. Das wissen wir. Und außerdem war er verheiratet«, warf Wagner trocken ein.

»Ja, das auch. Wir haben unser Verhältnis nicht an die große Glocke gehängt.«

»War ja für ihn auch einfacher.« Christines Stimme war nach wie vor sanft. »Obwohl, im Museum waren Sie häufig, wie Frau Nienhauer uns erzählte. Dort wusste man Bescheid. War denn keine Rede davon, dass er sich von seiner Frau trennen wollte? War das für Sie nicht wichtig?« Christine lehnte sich zurück, wollte Entspannung und Aufforderung zum Erzählen signalisieren.

»Wichtig? Nein. Für mich war es gut, so wie es war. Harmonisch, liebevoll, wir haben viel zusammen gelacht, wissen Sie. Es kommt nicht darauf an, dass man nach außen hin zeigt, wie glücklich oder unglücklich man ist. Man muss es innerlich sein. Es gibt so viele Dinge, mit denen man sich beschäftigen muss, die einen belasten, da sollte man das Glück genießen und nicht fordern.«

»Wie alt sind Sie, Frau Hellmann?«

»Vierunddreißig. Warum?«

»Da haben Sie keinen Wunsch nach eigener Familie, eigenem Mann und vielleicht auch Kindern? War Ihnen eine Nebenrolle in Dr. Beenkes Leben genug?«

»Das war keine Nebenrolle. Wir haben viel füreinander empfunden, auch wenn er die meisten Nächte in der Kantstraße verbrachte. Liebe zeigt sich nicht nur durch körperliche Anwesenheit.«

»Gab es etwas, das Herrn Beenke in letzter Zeit belastete?« Wagner hatte anscheinend die Faxen dicke und wollte zur Sache kommen.

Alexandra Hellmann sah zu ihr hinüber, als nähme sie Christines Kollegin zum ersten Mal wahr. »Nein. Es gab nichts. John war ausgeglichen, zufrieden. Privat und beruflich. Schließlich war es uns gelungen, den *Petrus von Hooksiel* für die Ausstellung *Kirche, Kunst und Küste* zu bekommen.«

»Frau Nienhauer hat den *Petrus* erwähnt«, schaltete sich Christine wieder ins Gespräch ein.

Die Astrologin nickte. »Ich weiß ja nicht, was sie Ihnen bereits erzählt hat, aber der *Petrus* ist nicht nur die einzige

Bernsteinskulptur, die Adriaen de Vries jemals gemacht hat, sie war auch lange Zeit verschollen.«

»Verschollen?«

»Ja.« Alexandra begann lebhaft mit den ungeschmückten Händen zu gestikulieren. »Den Aufzeichnungen nach stand sie seit Ende des sechzehnten Jahrhunderts in der Kirche zu Pakens. Sie diente vielen Menschen als Zuflucht und Trost, ihr wurden sogar heilende Kräfte nachgesagt. Aber in der Nazizeit, so um 1943 herum, verschwand die Skulptur. Es gab keinen Hinweis, wo sie sich befinden konnte. John hat alle Hebel in Bewegung gesetzt, um den Aufenthaltsort des *Petrus* heraus zu finden, aber ... nichts. Niemand wusste zu sagen, wann genau und wohin er verschwand.«

»Sie sagten, es sei Ihnen beiden gelungen, die Skulptur aufzuspüren. Inwiefern waren Sie denn daran beteiligt?« Christine beugte sich nach vorn.

»Tja ...« Ein verlegenes Lächeln huschte über das Gesicht der Geliebten. »Ich bin nicht nur Astrologin, sondern habe auch mediale Fähigkeiten.«

»Ach nee«, sagte Wagner. Sie erntete einen warnenden Blick von Christine.

»Lachen Sie ruhig darüber. Ich kann mich in einen Trancezustand versetzen und Dinge sehen, die andere nicht wahrnehmen oder sehen. Ich bewege mich dann auf einer anderen Bewusstseinsebene.« Nichts Leises, Sanftes lag in Alexandras Stimme, sie sprach sachlich, als ob sie über ein Kochrezept reden würde.

Christine runzelte die Stirn. Warum fielen ihr in letzter Zeit immer nur solche Vergleiche ein. Dabei kochte sie gar nicht gern. Außerdem hatte sie heute Morgen relativ gut gefrühstückt. Sich sogar ein Müsli gemacht. Vielleicht komme ich in die Wechseljahre, dachte sie, obwohl ich ja eigentlich noch zu jung bin. Oder es ist die Luftveränderung, die mich hier an der Küste den Hunger deutlicher spüren lässt.

»Und auf dieser Bewusstseinsebene haben Sie den *Petrus* gesehen?« Sie fühlte sich verulkt, da konnte Frau Hellmann noch so sachlich sprechen.

»Ich sagte ja, Sie mögen lachen«, antwortete die Astrologin,

»aber es gibt Ebenen, von denen die meisten nichts wissen. Weil sie sich nie damit beschäftigt haben. Die Mehrzahl der sogenannten zivilisierten Völker achtet nicht mehr auf Intuitionen oder innere Stimmen, geht ihren Alltagsgeschäften nach und wundert sich, dass sie ausgepowert und müde ist. Nur wenige lauschen auf die Bedürfnisse ihres Körpers und ihrer Seele. Auch die Seele bedarf der Pflege. Nehmen Sie mal die Naturvölker. Da gibt es oftmals noch die Fähigkeit zur besonderen Wahrnehmung. Oder Indien. Auch hier treffen wir auf Menschen, die sich loslösen können von ihrer sterblichen Hülle, die auf andere Ebenen gehen. Das bekannteste Beispiel sind Fakire. Die kennt ja nun wirklich jedes Kind.«

»Also, entschuldigen Sie bitte.« Oda Wagner wurde sauer. »Sie wollen doch nicht allen Ernstes behaupten, Sie hätten auf irgendeiner Ebene gesehen, wo der *Petrus* stand, das dann fröhlich Dr. Beenke mitgeteilt, und der brauchte den bloß noch abzuholen? Sie wollen uns wohl auf den Arm nehmen.«

»Nein, das möchte ich wirklich nicht. Aber Sie haben gefragt und ich habe geantwortet. Vielleicht beschäftigen Sie sich mal ein wenig mit Reiki oder anderen Formen der Energiearbeit, Arbeit mit Engeln zum Beispiel, da gibt es interessante, aber auch unterhaltende Bücher zu diesen Themen. Ich kann Ihnen gern welche empfehlen.«

»Kommen wir zurück zu Dr. Beenke.« Auch Christine wurde das Ganze jetzt langsam zu bunt. »Er war ausgeglichen, liebevoll, hatte keinen Streit mit niemandem, schon gar nicht mit Ihnen, und liegt jetzt einfach so im Leichenschauhaus, weil zufällig jemand vorbeikam und ihn erschlug. Wollen wir das so festhalten?« Sie griff zum Stift. Aus den Augenwinkeln sah sie das verblüffte Gesicht ihrer Kollegin. Das hätte die Wagner ihr wohl nicht zugetraut. Aber bitte, wenn die Beziehung zwischen dem Opfer und der Astrologin so eng war, dann müsste die doch am besten wissen, wo es Unstimmigkeiten gab. Außerdem ... »Wenn Sie auf dieser anderen Ebene sogar verschollene Kunstwerke aufspüren können, dann bitte ich Sie jetzt, auf dieser Ebene mal nachzufragen, wer denn der Mörder Ihres Geliebten ist. Würde uns eine Menge Arbeit und Zeit ersparen.«

»So einfach geht das natürlich nicht.« Die Stimme der Astrologin blieb sachlich.

»Gut, dann wenden wir uns wieder den irdischen Problemen zu, die Dr. Beenke gehabt haben könnte. Wie war das Verhältnis zu seiner Ehefrau, seiner Tochter und seinem Sohn? Was hat er Ihnen über seine Arbeit erzählt, wo gab es Probleme mit dem Kuratorium? Und wo waren Sie am Montag in der Zeit zwischen siebzehn Uhr dreißig und neunzehn Uhr?«

*

»Ich muss schon sagen, zwischendrin war sie gar nicht so schlecht«, sagte Oda Wagner einige Zeit später zu dem qualmenden Niesteit. Christine hörte die letzten Worte, als sie, ihren Becher in der Hand, die Tür der ‚Räucherbude' öffnete. Auch Wagner hatte eine Zigarette in der Hand.

Christine stellte den Becher in die Spüle. »Hier gibt es ja kaum noch Sauerstoff!« Unter dem Protest der anderen öffnete sie das Fenster.

»Es ist schon so mancher erfroren«, mäkelte Niesteit, »aber noch keiner erstunken.«

»Aber erstickt«, beharrte Christine. »Stell dich mal nicht so an.«

»Du musst dich auf diese andere Bewusstseinsebene bringen«, grinste Niesteit, »dann kriegst du den Mief hier drin gar nicht mit. Oda hat mir das von der Astrologin erzählt. Leg dich doch auch mal auf 'ne Couch, sag dreimal ›Ommmm‹, falte die Hände, such die andere Ebene und im Nu hast du alle Mörder gefasst.« Er nickte aufmunternd. »Bestimmt können wir dem Alten dann auch ein eigenes Zimmer für dich aus der Tasche leiern. Mit roter Couch oder so.«

»Spinner.« Christine spülte ihren Becher und ging hinüber in ihr Büro. Der Kaffee war gerade durchgelaufen, noch im Stehen trank sie den ersten Schluck. Wie eine Süchtige, dachte sie, als sie merkte, wie gut ihr das Koffein tat. Ich muss wohl doch den Konsum etwas reduzieren. Andererseits, irgendein Laster muss der Mensch ja haben.

Ihr PC zeigte Mail-Eingänge an. Christine freute sich, als

sie sah, dass Gudrun geschrieben hatte. Mindestens drei Mal in der Woche tauschten sie sich auf diese Art aus und hielten einander auf dem Laufenden. Ich weiß fast mehr über Gudrun als über Frank, fiel ihr auf, als sie las, dass ihre Freundin den beantragten Urlaub genehmigt bekommen hatte. Aber heute Abend, da werde ich uns etwas Schönes kochen. Sie griff zum Telefon und wählte Franks Nummer.

»Cordes«, meldete sich ihr Mann.

»Ich bin's, Christine. Was hältst du von einem leckeren Essen heute Abend? Ich dachte, ich mache uns Schweinemedaillons mit Champignons, dazu einen Salat, und hole aus dem *Wein-Depot* eine schöne Flasche Rotwein?«

»Keine schlechte Idee. Aber rechne nicht zu früh mit mir. Kann kurz nach acht werden.«

Irrte sich Christine oder klang Frank gar nicht begeistert? »Ist gut, ich freu mich schon«, sagte sie. Als er nur »bis dann« antwortete und auflegte, schüttelte sie den Kopf. Das Abendessen wird uns gut tun. Wir werden Musik auflegen, uns mal wieder richtig unterhalten und dann miteinander ins Bett gehen.

Das verscheuchte die komischen Gedanken. Sie seufzte und begann ihren Bericht zu tippen.-

*

Als das Telefon klingelte, kam Oda gerade von der Mittagspause zurück.

»Er ist weg«, meldete sich eine aufgeregte Frauenstimme.

»Wer ist weg?« Oda schüttelte den Kopf. Dass sich die Leute nicht angewöhnen konnten, sich mit Namen zu melden!

»Der *Petrus*.«

»Aha. Na, der sitzt doch schon seit langem neben Jesus und Gott«, meinte Oda.

»Nein, doch nicht *der* Petrus. Der *Bernstein-Petrus*!«

Nun erkannte sie Ina Nienhauers Stimme. Oda ließ sich auf ihren Stuhl plumpsen. »Sie meinen die Skulptur?«

»Genau! Sie ist verschwunden. Herr Diersen war gerade hier, weil wir an den Tresor mussten. Da haben wir festgestellt, dass er weg ist, der *Petrus*.«

»Fehlt sonst noch etwas?«

»Nein. Nur der *Petrus*.«

»Aber gestern sagten Sie doch, es sei so weit alles vorhanden.«

»Ja, da hatte ich auch noch keine Ahnung! Der Tresor war doch verschlossen. Er ist nicht aufgebrochen worden, sonst hätte ich ja sofort Alarm geschlagen.«

»Wir kommen gleich vorbei.« Oda drückte eine Taste, um das Gespräch zu beenden. Sie wählte die interne Nummer der Spurensicherung. Manssen meldete sich. »Habt ihr auch die Fingerabdrücke am Tresor genommen?«, fragte Oda.

»Nein, der steht doch im Keller. Es gab keinerlei Veranlassung, da hinzugehen. Die Sekretärin meinte, alles sei in Ordnung.«

»Nichts ist in Ordnung. Ein wichtiges Exponat ist verschwunden. Und das war im Tresor.«

»Na, dann wird Beenke das wohl rausgeholt haben.«

»Beweg deinen Hintern, Manssen, das ist eine heiße Sache. Das Ding ist ein Vermögen wert. Womöglich haben wir hier das Motiv, nach dem wir bisher gesucht haben.«

»Und deine neue Kollegin?« Oda hörte förmlich, wie sich Manssens Mundwinkel zu einem breiten Grinsen verzogen.

»Die bringe ich natürlich auch mit, du Blödmann.«

*

Diesmal mussten Christine und Oda an der *Nordseepassage* vorbei zum Museum fahren, denn der Sturm hatte einen Baum in Höhe der Adalbertstraße auf die Peterstraße krachen lassen. Die Feuerwehr war mit Hochdruck dabei, das Verkehrshindernis zu beseitigen. Überall mischte sich das Heulen des Windes mit »Tatütata«. Zerbrochene Dachziegel auf den Bürgersteigen unterstrichen die ungemütliche Stimmung.

Im Museum trafen die beiden Frauen auf Manssen und drei seiner Kollegen, die nicht nur am Tresor, sondern im gesamten Kellerraum mit Rußpulver auf Fingerabdrucksuche gingen.

»Wie sieht es denn aus?«, fragte Christine.

Wagner lehnte sich gelangweilt gegen eine Wand. Der große

Raum war durch Neonröhren erleuchtet. Überall standen Bilder unterschiedlichster Größe herum. Für diesen Raum gab es eine eigene Alarmanlage, an der dicken Stahltür waren zusätzliche Sicherheitsschlösser angebracht. Wer hier rein wollte, musste entweder ein Meisterdieb sein oder aber das Recht dazu haben.

»Tja, wie Frau Nienhauer schon sagte, weder der Raum noch der Tresor sind aufgebrochen worden, es gibt keinerlei Einbruchspuren. Die Fingerabdrücke werden wir mit Beenkes vergleichen, aber wir brauchen auch noch die von Diersen und den anderen Leuten, die sonst noch Zutritt zu diesem Raum haben. Ist Diersen noch oben? Dann können wir die Abdrücke gleich nehmen.«

»Ich werde mal nachsehen.« Christine ging an der lächelnden Wagner vorbei ins erleuchtete Treppenhaus. Modrig roch es hier. Trotz des Lichtes wurde es Christine unbehaglich. Der Sturm wehte mit solcher Kraft um das Gebäude, dass sie sich am liebsten ins Bett verzogen hätte, Watte in den Ohren und alle Schotten dicht. Hoffentlich war bei ihrem Haus alles in Ordnung. Sie lief durch die Eingangshalle die andere Treppe hinauf, die ins Obergeschoss führte, und klopfte kurz an Ina Nienhauers Tür, bevor sie eintrat. »Hallo, ist Herr Diersen noch da?«

»Sitzt nebenan. Auf *seinem* Stuhl.«

Christine registrierte, dass Ina Nienhauer beileibe nicht einverstanden mit Diersen war. Sie ging durch die Verbindungstür, diesmal ohne anzuklopfen.

»Tja, so schnell sieht man sich wieder«, sagte sie, als sie vor dem Schreibtisch stehen blieb, der heute keineswegs aufgeräumt, sondern nach viel Arbeit aussah. Nach chaotischer Arbeit, die sie Diersen an sich nicht zugetraut hatte, die sie eher von Wagner kannte.

Heute trug Diersen einen eisgrauen Anzug mit Weste, das weiße Hemd blendete fast. Er passte perfekt in diese Kulisse. Nicht hinein passte jedoch die Längsfalte, die sich nun auf seiner Stirn bildete. Sein Blick wurde eisig, der Ton war schneidend, als er fragte: »Was gibt es denn noch?«

»Die Kollegen von der Spurensicherung brauchen Ihre Fingerabdrücke, um sie mit denen auf dem Tresor zu vergleichen. Sie müssen also noch bleiben. Bei der Gelegenheit können wir uns ein wenig unterhalten.« Christine setzte sich. Hier zog es noch kräftiger als am Vortag. Sie befürchtete fast, die Fenster würden jede Sekunde aus den Rahmen brechen. »Einen Moment bitte.« Sie holte ihr Handy aus der Tasche und rief bei Wagner an. »Er ist noch hier«, sagte sie, »Sie können also Manssen hochschicken.«

»Werde ich jetzt erkennungsdienstlich behandelt?«, wollte Diersen mit spöttischem Blick wissen.

»Müsste das so sein?«, fragte Christine zurück, während sie ihr Handy verstaute.

»Kommt drauf an, von wem.« Sein Blick wanderte ihren Körper hinab.

Christine war froh, heute eine Hose und keinen Rock angezogen zu haben. Sie fühlte sich beschmutzt. Doch bevor sie etwas sagen konnte, ertönte von der Seite Wagners Stimme.

»Dann mal her mit den Flossen.«

Noch nie war Christine so froh gewesen, ihre Kollegin zu sehen, die jetzt mit Manssen im Schlepptau auf den Schreibtisch zutrat. Christine lehnte sich erleichtert zurück. Irgendetwas musste einfach faul sein mit diesem Mann.

»Na, da haben Sie es sich ja schon richtig bequem gemacht.« Wagners Stimme dröhnte durch den Raum. »Wollen Sie künftig auch noch das Museum leiten, Herr Diersen?« Sie verschränkte die Arme vor der Brust, während Manssen das schwarze Kissen und die Karte für die Fingerabdrücke auf den Tisch legte.

Unbehaglich starrte Diersen auf die Utensilien.

»Also?«, fragte Wagner.

»Also was?«

»Wollen Sie auch noch den Posten des Direktors übernehmen?«

»Das könnte ich gar nicht«, sagte Diersen, während Manssen ihm die Finger einen nach dem anderen aufs Papier drückte. »Weder zeitlich noch sonst. Es wird schwer sein, einen Kunsthistoriker zu finden, der in Dr. Beenkes Fußstapfen treten kann. Aber …« Diersen richtete sich auf. Er warf Manssen, der gerade den letzten Abdruck vornahm, einen grimmigen Blick zu. »Ich werde natürlich interimsweise den Laden hier übernehmen. Was soll ich anderes tun?«

»Sie Armer«, spottete Wagner und reichte Diersen Feuchttücher, mit denen er seine Finger säubern konnte.

Als Manssen gegangen war, setzte sich Wagner neben Christine auf den anderen Stuhl.

Christine fühlte sich inzwischen wohler. Noch bevor Wagner das Ruder wieder an sich reißen konnte, fragte sie: »Wo ist der *Bernstein-Petrus* geblieben, Herr Diersen?«

»Woher soll ich das wissen? Als wir, das heißt Frau Nienhauer und ich, heute Morgen an den Tresor gingen, war er fort.«

»Aber Frau Nienhauer hat doch gar keine Zugangsberechtigung zu Raum und Tresor, oder?«

»Zu dem Tresor nicht, das stimmt. Aber den Code zum Raum, den hat sie schon. Das ist einfacher, gerade bei Umbauten zu neuen Ausstellungen. Da musste Beenke nicht jedes Mal mit, konnte sich um andere Dinge kümmern. Außerdem hat sich Frau Nienhauer in den ganzen Jahren als äußerst zuverlässig erwiesen. Aber an den Tresor, nein, da kamen nur Dr. Beenke und ich ran. Selbstverständlich habe ich den Tresorcode für den Notfall in meinem Safe deponiert. Ich nehme an, dass Dr. Beenke es ebenso gehandhabt hat.«

»Also kann es durchaus sein, dass Frau Nienhauer den Code doch kannte?«, fragte Wagner interessiert.

»Das entzieht sich meiner Kenntnis.« Diersen erhob sich. »Als ich heute den Tresor öffnete, war die Skulptur jedenfalls nicht mehr da. Sie war das Einzige, was fehlte. Und nun entschuldigen Sie mich bitte. Ich habe mich hier schon länger aufgehalten als geplant.«

»Moment noch«, sagte Christine lächelnd. »Was wollten Sie denn überhaupt an dem Tresor?«

»Unterlagen, meine Liebe.« Diersen lächelte überlegen zurück. »Ich benötigte Unterlagen.«

»Aus dem Tresor?«

»Es gibt Papiere, die kann man nicht so einfach im Aktenschrank aufbewahren. Versicherungspolicen für besonders hochwertige Exponate zum Beispiel.«

»Warum brauchten Sie gerade heute eine dieser Policen?«

»Weil eben manchmal alles zusammentrifft. Es kam der Anruf eines Eigentümers, dass seine Leihgabe auf dem Rücktransport beschädigt wurde. Deshalb brauchte ich die Police. Ich muss mich ja mit der Versicherung in Verbindung setzen.«

»Name und Adresse des Leihgebers?« Wagners knapper Wortschuss.

»Ja, also … der Leihgeber ist … warten Sie einen Augenblick.« Er suchte in dem Chaos auf dem Schreibtisch, wobei er zum ersten Mal ein wenig fahrig wirkte. »Moment, ich habe es gleich.« Umständlich griff er nach einem Stift und notierte einen Namen und eine Telefonnummer auf einem Zettel. »Bitte schön.«

Wagner schnappte ihn Christine vor der Nase weg, ohne ihr den Hauch einer Chance zu lassen. Mit einem gelassenen »Sie gestatten doch?« griff sie anschließend nach dem Telefon.

Obwohl Christine innerlich wegen der Dreistigkeit ihrer Kollegin schäumte, beobachtete sie Diersen. Das Fahrige war vorbei, er war die Ruhe selbst.

»Ach, und wann kommt er wieder?«, hörte sie Oda ins Telefon sagen. »Aha. Wissen Sie denn etwas über das beschädigte Bild? … Nicht? Schade … Danke jedenfalls, wir melden uns noch einmal.« Damit legte sie den Hörer auf.

»Ist nicht da, Ihr Leihgeber. Ich könnte schwören, Sie haben das gewusst. Aber keine Sorge, wir bleiben am Ball.«

*

Es dämmerte bereits, als Max Beenke mit auf dem Rücken verschränkten Armen am Wohnzimmerfenster seines Elternhauses stand. Der Sturm hatte auch vor dem gepflegten Garten der Beenkes nicht Halt gemacht, doch da der Gärtner im Spätherbst die Bäume beschnitten hatte, störten nur wenige abgebrochene Äste das Bild.

Als es klingelte, zuckte er zusammen, ging jedoch nicht zur

Tür, sondern starrte weiter in die Dämmerung. Erst als er seine Mutter sagen hörte: »Darf ich vorstellen, mein Sohn Maximilian«, drehte er sich um.

Was er sah, erstaunte ihn. Da waren zwei Frauen, die auf den ersten Blick unterschiedlicher nicht hätten sein können: eine große Hosenanzugträgerin mit langem, am Hinterkopf aufgestecktem Haar und eine kleinere, lässigere Frau, deren rote Strähnen im dunklen Haar eher zu Tomke gepasst hätten. Polizistinnen, vermutete Max. Er ging lächelnd auf die Frauen zu.

»Tja, da meine Mutter Ihnen bereits gesagt hat, wer ich bin, brauche ich mich nicht noch einmal vorzustellen.« Galant wies er auf die Sitzgruppe. »Nehmen Sie doch Platz. Was können wir denn für Sie tun?«

»Ich bin erstaunt, Herr Beenke, dass Sie heute hier sind«, sagte die Lässige.

»Nun ja, wenn der Vater so plötzlich stirbt ...« Max hob die Hände.

»Ich meine eher wegen des Wetters. Im Radio habe ich gehört, dass viele Fähren ihren Betrieb eingestellt haben. Spiekeroog ist doch tideabhängig. Da müsste es noch schwieriger sein, aufs Festland zu kommen, zumal die Insel keinen Flughafen hat.« Sie sah ihn aufmerksam an.

»Ich bin schon vorgestern aufs Festland gefahren, hatte hier zu tun«, entgegnete Max. »Wissen Sie, auch wenn man ein Hotel auf Spiekeroog führt – alles kann man eben nicht von der Insel aus erledigen.«

»Aha.« Die Lässige nickte ausgiebig mit dem Kopf.

»Wo waren Sie am Montagnachmittag?«, fragte die Blonde. »Waren Sie in Wilhelmshaven, oder haben Sie Ihre Geschäfte anderswo erledigt?«

»Nein, Montag war ich noch nicht hier; ich wäre auch nicht hergekommen, wenn mich die traurige Nachricht nicht übers Handy erreicht hätte. Der Betrieb läuft weiter, wissen Sie? Da kann man nicht länger weg als unbedingt nötig.«

»Auch jetzt? Im Januar? Ich denke, da ist Saure-Gurken-Zeit auf den Inseln«, sagte die Lässige.

»Ich habe nur ein kleines Hotel, aber es ist das ganze Jahr geöffnet. Im Gegensatz zu den größeren Häusern, die bis Anfang März schließen. Es gibt viele Liebhaber, die die Ruhe auf der Insel gerade außerhalb der Saison schätzen. Das Einssein mit der Natur, den Elementen, die man auf Spiekeroog so wunderbar genießen kann. Ich habe da eine kleine Marktlücke aufgetan, wenn Sie so wollen.« Max lächelte, merkte aber, dass dieses Lächeln bei der Lässigen nicht so ankam. Die Blonde war ihm da eher zugeneigt, das spürte er.

Trotzdem hakte sie nach. »Wo waren Sie denn nun am Montag zwischen siebzehn Uhr dreißig und neunzehn Uhr?«

»Da müsste ich in meinem Terminkalender nachsehen.« Er würde möglichst nur noch die Blonde bei seinen Antworten angucken, Verbindung zu ihr aufbauen. Sah nicht schlecht aus, wenn sie auch sicher einige Jahre älter war als er. »Ich meine, um diese Zeit war ich in Aurich. Dort habe ich mich mit der Vorsitzenden eines Autorenkreises getroffen, denn statt der üblichen Gute-Nacht-Bonbons möchte ich Geschichten in Mini-Buchform auf die Kissen legen lassen. Diese Geschichten sollen hier spielen, in Ostfriesland. Wir haben die Modalitäten wie Anzahl der Geschichten und Honorar durchgesprochen.«

»Wenn Sie uns bitte Namen und Anschrift dieser Frau geben würden …« Die Blonde zog einen Block aus ihrer Tasche.

»Ulja Heimann heißt sie, aber die Anschrift habe ich nicht im Kopf. Ich werde sie Ihnen nachher telefonisch durchgeben.«

»Und wo waren Sie danach? Irgendwo müssen Sie ja übernachtet haben. Sind Sie nach Wilhelmshaven gefahren?«

»Nein. Ich habe Freunde in Aurich, über die ist auch der Kontakt zu Frau Heimann entstanden. Weil man sich berufsbedingt ja so wenig sieht, bin ich nach dem Treffen dorthin gefahren. Wir waren noch bei einem Italiener essen, anschließend habe ich im Gästezimmer meiner Freunde übernachtet. Deren Anschrift habe ich allerdings im Kopf.«

Während er der Blonden Namen, Anschrift und Telefonnummer seiner Freunde diktierte, hörte er mit halbem Ohr, wie die Lässige sich an seine Mutter wandte.

»Gut. Kommen wir zum eigentlichen Zweck unseres Besuches, Frau Beenke. Wussten Sie, dass Ihr Mann eine Geliebte hatte?«

*

»Die Alte ist wirklich nicht ganz echt«, sagte Oda, als sie wieder in ihrem Büro saßen. Inzwischen war es stockdunkel draußen. Das Unwetter ließ überhaupt nicht nach. Auf dem Weg von der Kantstraße zur Polizeiinspektion waren sie in einen heftigen Hagelschauer gekommen.

Oda sehnte sich nach dem Feierabend. Sie hatte den Drehstuhl so weit wie möglich zurückgeschoben und die Füße auf den Schreibtisch gelegt, ungeachtet des schiefen Blickes ihrer Kollegin. »Nicht nur, dass sie absolut keine Reaktion bei der Nachricht vom Tod ihres Mannes zeigt, auch bei der Frage nach der Geliebten bleibt sie ruhig. Das ist doch nicht normal. Die steht bestimmt unter Drogen, Valium oder Alkohol … – Mir auch einen«, sagte sie, als Cordes sich einen Kaffee einschenkte und fügte etwas widerstrebend ein »bitte« hinzu, als sie ihre Hand ausstreckte.

Cordes reichte ihr den Becher und setzte sich. »Keine Ahnung, warum Frau Beenke so reagiert.« Sie hielt den Becher in beiden Händen, die Ellbogen auf den Schreibtisch gestützt. »Doch ich weigere mich entschieden, Ihre Theorie von Alkohol oder Drogen zu unterstützen. Ich denke, Frau Beenke ist krank. Psychisch, meine ich.«

»Ich weiß nicht.« Oda schüttelte den Kopf. »Auch wenn sie tatsächlich psychisch einen Knacks hat, müsste sie doch einigermaßen normale Reaktionen auf die Ermordung ihres Mannes und die Geliebte zeigen. Irgendwas. Hysterisch anfangen zu schreien oder so. Aber nichts? Nee, so ein Verhalten ist nicht normal. Unter Garantie nicht.« Sie äffte den sanften Tonfall der Witwe nach: »'Nein, das wusste ich nicht, aber natürlich ist das möglich. Ich sagte ja bereits, dass wir uns auseinander gelebt hatten.'«

Oda nahm die Füße vom Schreibtisch. »Da stimmt doch was nicht. Und der Sohn war genauso zurückhaltend. Die haben Dreck am Stecken, ganz bestimmt. Am besten rufen Sie gleich mal die Autorenvorsitzende an, ob das mit dem Alibi überhaupt stimmt. Und wie der Junior Sie angesehen hat! War ja fast schon schmachtend. Nee, so was ist zum Kotzen. Ich muss jetzt erst mal eine rauchen.« Oda stand auf, fischte ihre Zigarettenpackung aus der Jacke und verschwand in Richtung Küche.

*

Christine atmete tief durch. Die Wagner war aber auch unerträglich. Wie hatte der Junior sie denn angesehen? Nett, freundlich. Klar, sie war ja zu ihm auch nett und freundlich. Nicht so rotzig wie Wagner. Sicherlich, die Beenkes waren zu ruhig geblieben, da hatte Wagner recht, doch zugeben würde Christine das auf keinen Fall. Sie nahm die Kanne von der Fensterbank und goss sich noch einen Kaffee ein.

Ob Frank auch eine Geliebte hatte? War das Verhältnis zwischen ihnen beiden deshalb so abgekühlt?

Ach was. Christine griff zum Hörer, um die Autorentante anzurufen, mit der Max Beenke zur Tatzeit angeblich zusammen gewesen sein wollte.

*

»'Was hältst du von einem leckeren Essen?'«, murmelte Oda Wagner griesgrämig vor sich hin, als sie die Haustür des Mehrfamilienhauses öffnete, in dem sie mit Alex wohnte. Fast wäre sie dabei über ein Bobby-Car gestolpert, das die Mieter unter ihr wieder nicht weggeräumt hatten. Sie gab dem Kindergefährt einen kleinen Tritt und wickelte sich den Schal vom Hals, während sie die Treppen hochstieg. Dinner. Sie schnaubte. Mit silbernen Löffeln, Stoffservietten und Kerzenschein wahrscheinlich. Passte zu Mrs. Hochmut und Mr. Anwalt. Sie zuckte ironisch mit den Schultern.

Was würde sie denn heute zum Dinner kredenzen? Oda kramte in ihrer tiefen Jackentasche. Wo war nur der verdammte Schlüssel? Sie angelte eine leere Packung Pfefferminzbonbons heraus, ein benutztes Tempo, eine alte Kinokarte. Kein Schlüssel. Verdammt. Inzwischen stand sie vor der Wohnungstür. Oda klingelte. Vielleicht war Alex ja doch da, auch wenn seine schwarzen Boots nicht auf der dafür vorgesehenen Matte standen. Sie griff in die linke Jackentasche. Auch nichts. Mist, verdammter. Am liebsten hätte sie mit dem Fuß gegen die Tür getreten. Heute lief aber auch alles schief. Nicht nur, dass sie den Schlüssel nicht fand ... Die Cordes machte keinesfalls die schlechte Figur, die Oda sich erhofft hatte. Sie griff noch einmal in die rechte Jackentasche und fühlte den Schlüssel. Wo kam der denn jetzt her?

»Alex?«, rief sie, als sie die Tür geöffnet hatte, doch er antwortete nicht. Es lag auch kein Zettel auf der Kommode. Typisch. Wie oft hatte sie ihren Sohn schon gebeten, ihr wenigstens aufzuschreiben, wo er denn hin war. Doch Jugendliche ... nein, sie korrigierte sich: Alex ... fühlte sich durch Vorschriften und Bitten kontrolliert. Dabei ging es doch nur um normales Zusammenleben. Warum wollte Alex das nicht begreifen? Er meinte schon erwachsen zu sein, doch das war er eben noch nicht.

Sie warf den Schal auf die Ablage, hängte die Jacke auf einen Bügel, ging in die Küche und setzte sich auf einen Stuhl. Christine Cordes. Die Frau lag ihr wie ein Stein im Magen. Warum hatte Siebelt nicht Oda den Fall übertragen? Sie hätte nicht solche Zicken mit der Witwe veranstaltet, hätte sie gleich richtig rangenommen. Und die Hellmann ... Oda lachte bitter auf. »'Ich habe es auf einer anderen Ebene gesehen ...!'« Sie schüttelte angewidert den Kopf. So einen Schwachsinn konnte auch nur eine wie Cordes glauben. Oder zumindest dulden. Sie griff zum Telefon und drückte die Taste für die eingespeicherte Handy-Nummer ihres Sohnes. Nach mehrmaligem Klingeln meldete sich eine genervte Stimme: »Jaaa?«

»Wo steckst du? Warum hast du mir keinen Zettel hingelegt?«

»Ich hab gedacht, du hast mit dem Mord sowieso so viel zu tun«, entgegnete ihr Filius entschuldigend. »Ich bin bei Jonas. Wir haben mit der Band geprobt. Auch 'ne Aufnahme gemacht. Übrigens können wir am nächsten Wochenende im *Pumpwerk* spielen. Geht doch klar, oder?«

»Darüber reden wir, wenn du zu Hause bist«, sagte Oda. »Wann gedenkst du hier einzutrudeln?«

»Ist elf okay?«

»Zehn.« Oda legte den Hörer auf. Nein, heute war wirklich nicht ihr Tag. Sie holte ein Glas aus dem Schrank und schenkte sich einen Schluck aus der Flasche Weißwein ein, die angebrochen auf der Arbeitsplatte stand. Ihr knurrender Magen erinnerte sie daran, dass sie seit heute Mittag nichts mehr gegessen hatte. Oda nahm den Rest des gestrigen Abendessens aus dem Kühlschrank, ein Lachs-Sahne-Gratin.

Sie aß es kalt aus der Tupperschale.-

*

Im Maadebogen ließ Christine die Schweinemedaillons in das heiße Fett der Pfanne gleiten. Es war inzwischen halb neun, Frank hatte gesagt, es würde nicht später als acht. Der Tisch war gedeckt. Sie hatte die silbernen Platzteller, die sie sich in einem Anfall von Wahnsinn irgendwann einmal zugelegt hatte, unter die Teller gestellt, dazu Stoffservietten gefaltet, und in den beiden dreiarmigen Kerzenhaltern brannten weiße Kerzen. Nach Feierabend war sie extra noch zum Holländer in der Marktstraße geflitzt, um Rosen zu kaufen, die zwar ein Vermögen gekostet hatten, dafür aber nun die Deko abrundeten. Der Salat aus Ruccola, Äpfeln und Champignons mit einem Klecks Preiselbeeren wurde durch ein Dressing aus Himbeeressig und Walnussöl verfeinert, ofenfrisches Baguette und Kräuterbutter standen auf dem Tisch, Franks Lieblingsmusik lief im Hintergrund, alles perfekt. Nur Frank fehlte.

Um viertel nach acht hatte Christine noch gedacht, er würde jeden Moment kommen, und sich den Anruf in der Kanzlei verkniffen. Doch nun, eine Viertelstunde später, war sie stocksauer. Würde sie eben allein essen. Sollte Frank sich den kalten Rest zwischen die Kiemen schieben. Sie hatte genug. Das Fett zischte, als sie die Medaillons umdrehte. Gerade, als sie das Fleisch aus der Pfanne nahm, hörte sie den Schlüssel in der Haustür.

»Tut mir leid. Ging nicht eher.« Frank hängte seinen Mantel an der Garderobe auf. Er blieb im Türrahmen stehen. »Essen noch nicht fertig?«

»Doch, du bist genau richtig gekommen.« Christine bemühte sich, freundlich zu klingen. Das war ja wohl die Höhe. Kam zu spät und muffelte auch noch. »Nimmst du das Brot mit rüber? Salat steht schon auf dem Tisch.« Sie selbst nahm die Teller mit dem Fleisch.

Während des Essens schämte sich Christine. Sah sie wirklich alles zu blauäugig? Hatte sie keine Ahnung davon, wie Ehe im Alltag ablief? Und doch, sagte sie sich, könnte Frank eine Bemerkung zum Essen, zum gedeckten Tisch, zur romantischen Stimmung machen, das konnte ein Mann auch, wenn er spät von der Arbeit kam. Sie schenkte Rotwein nach. Vielleicht lockerte das ja die Stimmung, machte Frank zugänglicher.

Und wirklich, er half nach dem Essen, das Geschirr mit in die Küche zu tragen, aber als Christine eine neue CD auflegen wollte, wiegelte er ab. »Ich bin müde. Muss ins Bett.«

Okay, dachte Christine. Dann also ins Bett. Sie schmunzelte, als sie nach oben gingen und Frank im Bad verschwand. Zog sich schnell aus und kramte in einer Schublade nach diesem knallroten Stringbody, den sie vor kurzem erstanden hatte. Ausschnitt bis zur Schamhaargrenze, zwischen den Brüsten ein Band aus Strasssteinen. Einfach klasse. Vom Flur holte sie die kniehohen schwarzen Stiefel, wuschelte sich durchs Haar und legte sich aufs Bett. Keine Minute zu früh, denn sie hörte, wie Frank aus dem Badezimmer kam.

Als er sie sah, verzog er das Gesicht. »Was soll das denn? Machst du jetzt einen auf Nutte, oder was?«

Christine erstarrte.

Dann setzte sie sich auf. »Was ist los mit dir?«, fragte sie leise, während sie kopfschüttelnd zusah, wie Frank sich auf seine Seite des Bettes legte und die Decke bis an den Hals zog. »Du bist doch sonst nicht gegen Verführung.«

»Aber doch nicht so. So … plump, so … ordinär. Wo hast du diesen Fummel überhaupt her?«

»Das ist kein Fummel, das ist ein supertoller Body.«

»Und superteuer wird er auch gewesen sein.«

»Das kann dir doch egal sein.« Christine wurde lauter. Sie riss sich die Stiefel herunter und knallte sie in eine Zimmerecke. Mit dem Body verfuhr sie ebenso. »Schließlich arbeite ich genau so wie du. Den Body habe ich von meinem eigenen Geld bezahlt.« Sie zog sich ihren Schlafanzug über.

»Darum geht's doch gar nicht.«

»Nein? Worum geht es dann? Kannst du mir das mal erklären?« Im Schneidersitz mit in die Hüften gestemmten Armen funkelte sie ihren Mann an. Aus der Verführerin war eine normale Frau geworden. Eine stocksaure Frau. »Ich gebe mir Mühe, alles romantisch zu machen ... – und du?!«

»Genau das ist das Problem.« Frank richtete sich auf und lehnte sich gegen die Rückwand des Bettes. Jetzt wurde er ebenfalls laut. »Du mit deinem Romantikscheiß! Mir ist nicht ständig nach Romantik, nach Kuscheln und Schmusen. Das würde kein Mann aushalten. Wir führen keine Wochenendehe mehr, sind schon lange aus den Flitterwochen raus – wir leben normal zusammen. Und da kann einem dieses ständige Geküsst-werden-Wollen tierisch auf den Wecker gehen. Werd doch so langsam mal erwachsen!« Damit drehte er sich auf die Seite und löschte das Licht.

3

»Ach, Gudrun«, sagte Christine am nächsten Morgen am Telefon zu ihrer Freundin, »es läuft absolut nicht so, wie ich es mir vorgestellt habe.«

Es war kurz nach sieben. Sie saß allein am Küchentisch. Frank war schon früh gegangen, er hatte einen Neun-Uhr-Termin in Hamburg. Gudrun, das wusste Christine, war passionierte Frühaufsteherin, da konnte sie um diese Zeit unbesorgt anrufen.

»Ist es so schlimm?«

»Noch schlimmer. Die Wagner versucht mich zu torpedieren, wo es nur geht, mein Chef hält eher zu ihr als zu mir und Frank sehe ich genauso wenig wie zu Hannoveraner Zeiten. Ich weiß gar nicht, warum ich hergezogen bin; als wir noch eine Wochenendehe führten, war alles einfacher.«

»Ja, es ist eben nicht immer nur alles rosig. Ihr müsst euch wieder aneinander gewöhnen. Das braucht seine Zeit«, sagte Gudrun, nachdem Christine alles berichtet hatte.

»Genau das hat Frank auch gesagt. Aber was hat das Leben denn zu bieten, wenn nicht wenigstens ab und zu etwas in Rosarot erscheint? Immer nur Tristesse? Alles Grau in Grau, Hauptsache man übersteht den Tag, die Woche, den Monat? Da kann ich mir ja gleich die Kugel geben.«

»Dann aber bitte die aus Schokolade. Mit dem Goldmantel und der netten Rosette. Die macht dick und dann hast du andere Sorgen.«

»Gudrun!«

»Nun hör mal auf mit dem Gezeter, du klingst ja wie eine alte Jungfer. Erzähl, was macht der Mordfall?«

»Diersen ist noch immer mein Favorit. Er war im Museum, hatte eine deutliche Abneigung gegen Beenke, irgendwie ist das mit dem verschwundenen *Bernstein-Petrus* auch nicht so ganz koscher, aber ich kann nicht nachweisen, dass er was damit zu tun hat. Und dementsprechend fehlt mir bei ihm das Motiv. Beenkes Sohn Max war zwar bei dieser Autorenkreisvorsitzenden, das hat sie bestätigt, allerdings ist er dort um fünf gegangen. Bei seinen Freunden ist er erst um kurz vor sieben aufgetaucht.«

»Das heißt …«

»Genau da liegt das Problem. Von Aurich nach Wilhelmshaven braucht man mit dem Auto eine Stunde. Wenn man nun allein die Fahrtzeit rechnet, könnte er es knapp geschafft haben. Aber die Zeit für Streitgespräch und Tat muss ja auch noch hinzugezählt werden. Und dann passt es nicht.«

»Also fällt er als Verdächtiger aus?«

»Ich weiß es nicht.« Christine schüttelte den Kopf, obwohl ihre Freundin das ja nicht sehen konnte. »Irgendwas ist mit Max Beenke. Der gibt sich so gelassen, zeigt überhaupt keine Trauer. Das ist nicht normal. Und das gefällt mir nicht.«

»Also doch verdächtig?«

»Wäre schade.«

»Wie jetzt? Schade?«

»Na ja. Du hättest mal sehen sollen, wie der mich angeguckt hat.« Christines Lächeln drang nun doch durch die Leitung. »Diese Augen … schon klasse.«

»Christine!«

»Hör auf. Ich bin schließlich nicht neu in dem Job.« Christine stand auf, zog sich den Reißverschluss ihrer Hose auf und ging ins Bad. »Ich muss mal«, sagte sie ins Telefon, legte den Hörer auf den Badewannenrand und nahm ihn zwei Minuten später mit dem Rauschen der Toilettenspülung wieder auf. »Klar weiß ich Beruf und Privates zu trennen. Aber es ist doch schön, wenn man mal als Frau gesehen wird.«

»Von einem Verdächtigen?«

»Der Verdacht ist nicht so ganz begründet, hab ich dir doch gerade erzählt.« Christine klemmte das Telefon zwischen Ohr und Schulter, wusch sich die Hände und griff zum Make-up.

»Pass bloß auf«, warnte Gudrun. »Du begibst dich auf gefährliches Terrain.«

*

»Habt ihr den Wert der verschwundenen Skulptur inzwischen in Erfahrung bringen können?«, fragte Siebelt eine Stunde später bei der Besprechung. Jeder hatte einen Pott Kaffee in der Hand, Siebelt rauchte seine unvermeidliche Zigarette. Christine wunderte sich, dass er sich so einfach über die Richtlinien von oben hinwegsetzte.

»Der geht wohl in die Zigtausende«, sagte sie, »ich habe die Versicherungsunterlagen gesehen. Nun müssen wir nur feststellen, ob der *Petrus* irgendwo zum Verkauf angeboten wird.«

»Ach nee, womöglich bei e-bay?« Wagner feixte.

»Unsinn«, entgegnete Christine, »aber es wird doch wohl auch in unserem Haus Leute geben, die Kontakte zur Schwarzmarktszene haben, oder? Sonst werde ich mal mit Hannover telefonieren, da kann man mir sicher helfen.«

»Vergessen Sie Hannover. Bei uns erledigt Nieksteit die kniffeligen Angelegenheiten. Der ist nebenberuflich so 'ne Art Hacker. Kommt an alles und jeden ran.« Wagner zuckte mit den Schultern. »Wenn Nieksteit das nicht rausfindet, findet's keiner raus.«

»Na irgendwo muss das Ding ja stecken.« Siebelt drückte entschlossen seine Zigarette aus. »Habt ihr diesen Leihgeber inzwischen erreicht?«

»Nein. Der hat angeblich auch sein Handy nicht dabei, und seine Sekretärin hat mir die Handynummer verweigert.« Wagner klang frustriert. »Ich habe das Gefühl, Diersen wusste, dass wir die Sache mit der Beschädigung nicht so schnell überprüfen können. Wir kommen einfach nicht weiter.«

»Ihr müsst mehr Druck machen. Noch mal anrufen, darauf bestehen, dass er zurückruft. Meine Güte«, Siebelt erhob seine Stimme, »ihr stellt euch doch sonst nicht so an. Ich komme mir vor wie in einem Kindergarten.« Er stand auf, steckte die Hände in die Hosentaschen und schnaubte. »Wie sieht's mit der Überprüfung von Beenkes Telefonaten aus?«

»Daran sitzt Lemcke gerade«, antwortete Christine.

»Andere Kontakte?«

»Gab es nicht viel. Sein privates Telefonverzeichnis ist erschreckend leer. Beenke war zwar im Lions-Club, aber privat

… nö.« Wagner schüttelte den Kopf. »Er war auf jeder großen Veranstaltung, mischte überall mit, aber so was wie einen guten Freund oder so hatte er nicht. Hatte wohl keine Zeit dafür.«

»Was hat die Befragung der restlichen Kuratoriumsmitglieder ergeben?«

»Die hatten alle drei bei weitem nicht solche Differenzen mit Beenke wie Diersen. Und bestätigten unabhängig voneinander, dass es Diersen war, der die strengen Zügel an das Budget legte. Außerdem haben alle drei ein Alibi.«

»Überprüft?«

»Natürlich.«

»Und der Sohn?«

»Da werde ich wohl noch mal nachhaken müssen.« Christine spannte die unteren Kiefermuskeln derart an, dass die Stränge und Adern an ihrem Hals hervortraten.

»Tun Sie das.« Siebelt warf einen Blick auf die Uhr. »Oh, verdammt, ich komme zu spät. Habe noch einen Termin außer Haus.« Schon eilte er hinaus.

Auch Wagner stand auf. »Na, dann wollen wir mal«, sagte sie und nahm ihren Becher mit. Christine war überrascht. Hatte sie die Lehrlings- und Putzfrauenzeit der Abteilung hinter sich gelassen?

Sie trug ihren und Siebelts in die Küche. Dort lachte sie kurz und bitter auf. Klar, Wagner hatte ihren Kaffeepott einfach auf die fertige Spülmaschine gestellt. Das Ausräumen blieb natürlich Christine überlassen.

Aber sie würde auch jetzt keine Küchenfee spielen, sondern sich den effizienten Dingen zuwenden. Sollte doch Niekstei die Maschine ausräumen, Zeit genug verbrachte er ja in diesem Raum.

*

Christine fuhr rasant, wie sie es aus Hannover gewohnt war. Sie hatte Mühe, sich dem behäbigeren Wilhelmshavener Verkehr anzupassen. Wagner hielt sich provozierend übertrieben am Haltegriff über dem Beifahrerfenster fest.

Vor dem *Avantgarde-Haus* war keine Haltebucht frei. Sie

stellte den Wagen auf den gepflasterten Parkplatz zwischen Binnenhafen und Nordsee, gegenüber einem Fischrestaurant. Die Temperaturen hatten etwas angezogen, auch der Wind hatte nachgelassen. Durch die graue Wolkendecke zwängte sich ein wenig Blau. Möwen kreischten und eine kleine Schar Wildenten flatterte über sie hinweg Richtung Dangast.

Wie erwartet war Tomke zu Hause, wenngleich es etwas länger dauerte, bis sie den Türöffner drückte. Christine war erschrocken, wie elend die junge Frau aussah. Sie trug wieder Schwarz. Das an sich schon blasse Gesicht hatte eine leicht gräuliche Färbung. Mit den schwarz umrandeten Augen sah es aus wie das einer Toten.

Die Kälte fiel Christine als Erstes auf, als sie Tomke in die Wohnung folgten und auf dem Sofa Platz nahmen. Das Fenster war geöffnet, dennoch hing Zigarettenrauch im Raum; der Aschenbecher auf dem Tisch quoll fast über.

Wagner ergriff das Wort, kaum dass sie saßen. »Wir sind etwas verwundert darüber, dass Sie Ihrer Mutter in diesen Tagen so wenig zur Seite stehen. Müssten Sie nicht eigentlich bei ihr sein, die Beerdigung gemeinsam mit Mutter und Bruder vorbereiten, beim Gespräch mit dem Pastor dabei und vielleicht einfach nur ihrer Mutter eine Stütze sein?«

»Mutter braucht mich nicht als Stütze, sie hat Max. Der regelt alles. Ist schließlich nun der Mann in der Familie. Außerdem geht das über meine Kräfte. Ich brauche Ruhe. Muss erst mal alles verarbeiten.« Tomke sprach leise. Jetzt fiel Christine doch ein wenig Ähnlichkeit mit der Mutter auf, vielleicht lag es an der Mimik.

Tomke nahm eine Packung Tabak vom Tisch, zog ein Blättchen heraus und drehte sich eine Zigarette. »Meine Mutter lässt mich mit diesen Dingen in Frieden. Sie weiß, dass ich nicht sehr belastbar bin. Ich bin eher …«, sie zündete die Zigarette mit einem tiefen Zug an, »… der Vogel-Strauß-Typ. Nichts sehen, Kopf in den Sand, dann wird es schon nicht so schlimm sein.«

»Vor so etwas kann man nicht wegrennen«, sagte Christine. »Man kann nicht den Kopf in den Sand stecken. Sie können ihn so lange dort drin lassen, wie Sie wollen, wenn Sie ihn herausziehen, wird Ihr Vater immer noch tot sein. Sie werden sich mit der Tatsache auseinandersetzen müssen. Davor kann Sie keiner bewahren. Meinen Sie wirklich nicht, dass Ihnen Ihr Bruder und Ihre Mutter dabei helfen könnten?«

»Max hilft mir. Klar. Er kommt jeden Tag vorbei. Wir reden und er erzählt mir alles, was in der Kantstraße abgeht. Ich muss nicht dabei sein. Ich bin auch so informiert.«

»Weshalb wir eigentlich hier sind ...«, mischte sich Wagner wieder ein, »Ihr Vater hat sich sicherlich mit Ihnen über den *Bernstein-Petrus* unterhalten, schließlich war Ihr Verhältnis ja immer gut, wie Sie Frau Cordes sagten. Hat er in diesem Zusammenhang mal geäußert, dass er Anlass hat zu befürchten, die Figur würde gestohlen?«

»Nein. Warum auch? Sie kam in einem versicherten Werttransport, danach wurde sie im Tresor des Museums verschlossen. Nein.« Tomke schüttelte den Kopf. »Ich meine, er war total happy, dass er den *Petrus* bekam, aber über Diebstahl hat er sich keine Gedanken gemacht. Da war ja zusätzlich die Alarmanlage und so. Aber warum fragen Sie?« Tomke nahm einen letzten tiefen Zug, bevor sie die Zigarette ausdrückte. »Sagen Sie bloß, das Teil ist verschwunden.«

»Ja.« Christine wollte weitersprechen, doch Wagner fiel ihr ins Wort.

»Und das wirft natürlich ein komplett neues Licht auf den Fall. Deshalb ist es wichtig, dass Sie uns alles sagen, was Sie in diesem Zusammenhang wissen.«

»Tut mir leid.« Tomke zuckte die Schultern. »Da sind Sie bei mir echt an der falschen Adresse. Ina müsste da mehr wissen, schließlich hat sie ja eng mit meinem Vater zusammengearbeitet.«

»Kommen wir noch mal auf die angebliche Kündigung zurück.« Christine war ein Gedanke gekommen. »Was, meinen Sie, könnte der Grund gewesen sein, wenn es denn wirklich eine Kündigung gab?«

»Das war doch keine richtige Kündigung. Mehr so eine Drohung. Mein Vater wollte seine Sachen durchsetzen und wusste, dass das *Nordseemuseum* eigentlich nicht auf ihn verzichten konnte, wenn es denn weiterhin diesen guten Ruf haben wollte. Das mit der Kündigungsandrohung war nur eine Warnung. Das war aber eigentlich allen klar.«

»Gab es denn zu dieser Zeit mehr Schwierigkeiten mit dem Kuratorium?«

»Soweit ich weiß, nicht. Ich denke, mein Vater war in letzter Zeit eher lockerer. Er wusste, was die neue Ausstellung nicht nur für das Museum, sondern auch für ihn persönlich bedeuten würde, ich glaube, er sah sie als die Chance an, mit der er landesweit Aufmerksamkeit erregen würde. Und das nicht nur in Fachkreisen. Vielleicht hat er sich den Ruf an ein anderes, größeres Museum dadurch erhofft. Immerhin war Adriaen de Vries ja ein bedeutender Bildhauer.« Tomke zündete sich die nächste Selbstgedrehte an. »So wie Bernini den Vier-Ströme-Brunnen in Rom geschaffen hat, hat de Vries den Merkurbrunnen in Augsburg gemacht. Unter anderem natürlich. Und stellen Sie sich mal vor, heute würde ein bislang unbekanntes Objekt von Bernini auftauchen. Das gäbe einen Wirbel!«

»Warum gab es diesen Wirbel um den *Petrus* denn bisher nicht?« Das verwunderte Christine. »Eigentlich müssten die Zeitungen sich darum doch gerissen haben.«

»Ja.« Tomke lächelte, als sie den Rauch ausstieß, und Christine war trotz der Kälte froh über das immer noch geöffnete Fenster. Sie fror lieber, als im Qualm zu ersticken. Gegen Tomke war ja Nieksteit ein Waisenknabe. »Bislang war alles *top secret*. Der Paukenschlag sollte mit der Eröffnung erfolgen.«

»Bei der sicher Frau Hellmann an der Seite Ihres Vaters gestanden hätte.« Wagner konnte sich anscheinend keine Spitze verkneifen.

»Frau Hellmann?« Tomke zog fragend die Augenbrauen hoch.

»Ja, Frau Hellmann. Die Astrologin, die Ihrem Vater den Tipp wegen des *Petrus* gegeben hat. Sie war nebenbei auch noch seine Geliebte. Wussten Sie das nicht?«

*

»Ey, das war total klasse!« Oda stand neben Nieksteit in der Personalküche der Polizeiinspektion. »Du hättest mal sehen sollen, wie die Tochter auf die Geliebte reagiert hat. Richtig mit Heulkrampf und allem. So eine Reaktion hätte ich eher von der Witwe erwartet. Aber von der Tochter …?« Oda warf den Kopf in den Nacken. »Es tun sich Abgründe auf. Herrlich! Ob es da ein inzestuöses Verhältnis zwischen Vater und Tochter gab? Das würde so einiges erklären.«

»Was sagt Christine denn dazu?«, fragte Nieksteit, der gerade die letzten Gläser und Becher aus der Spülmaschine räumte.

»Die hält das für eine normale Reaktion, wo die Tochter doch 'ne angeschlagene Psyche hat. Aber das ist Quatsch.«

»Na, du musst es ja wissen.« Nieksteit goss sich ein Glas Leitungswasser ein und trank einen großen Schluck. »Ist doch völlig normal, dass die Tochter einen Aufstand macht, wenn sie erfährt, dass der Vater fremdgegangen ist. Da kann eine Tochter wohl nie alt genug sein, um das zu begreifen.«

»Nieksteit, Nieksteit. Du verstehst das nicht. Die Eheleute Beenke haben nur noch pro forma als Eheleute fungiert. Das wird auch der Tochter klar gewesen sein. Außerdem scheint sie ein Problem mit ihrer Mutter zu haben. Überleg doch mal. Da wird der Vater ermordet und Töchterlein hockt ganz allein in ihrer Wohnung. Ist doch nicht normal. Geht ihrer Mutter aus dem Weg und das in so einer Situation.« Sie schüttelte den Kopf. »An was lässt dich denn so was als Erstes denken, hä? Klar. Töchterlein fickt mit Väterlein, Mütterlein bleibt außen vor und ist sowieso blöd. Und nun kommen zwei Kripobeamtinnen daher und berichten Töchterlein, dass sie nicht die Einzige war, der Väterlein zwischen die Beine wollte. Klar muss sie 'nen Zusammenbruch kriegen. Wenn Sie das denn wirklich erst durch uns erfahren hat.«

»Wie jetzt? Glaubst du, dass sie schon vorher davon wusste?«

»Keine Ahnung. Ich habe da irgend so ein kleines, ungutes Gefühl im Hinterstübchen.«

»Nun hör aber mal auf. Oda! Das ist die Tochter. Welche Tochter bringt den Vater um?« Nieksteit angelte die Zigarettenpackung aus der Brusttasche seines wieder mal zerknitterten Hemdes, bot Oda eine an und gab beiden Feuer.

»Doch, doch, Niiksteit.« Oda blies den Rauch genüsslich aus. »Es ist nicht normal, dass die Tochter unter diesen Umständen nicht bei ihrer Mutter ist. Finde ich.«

»Aber wenn die beiden Frauen nun mal nicht miteinander konnten?«

»Dann frage ich mich: wieso? Was gibt es so Gravierendes, dass sie sich in einer solchen Extremsituation nicht gegenseitig Trost spenden? Da fällt mir nur ein, dass Tomke in ihrer Mutter – und eben auch in der Hellmann – Nebenbuhlerinnen sah.«

»Dann hätte sie aber entweder die Mutter oder die Hellmann abmurksen müssen. Den Vater ... nee.« Nieksteit schüttelte den Kopf. »Das macht keinen Sinn.« Er hielt seinen Zigarettenrest unter den laufenden Wasserhahn, bevor er ihn in den Müll warf. »Du hältst sie doch nicht allen Ernstes für verdächtig?«

»Verdächtig sind alle, wenn sie denn nur ansatzweise ein Motiv haben. Weißt du doch.« Oda klopfte ihrem Kollegen auf die Schulter. »Warum also nicht mal zur Abwechslung eine Tochter, die aus Eifersucht den Vater umbringt?«

»Du spinnst, Oda.«

»Nein. Glaub mir. Ich hätte das vorher auch nicht in Erwägung gezogen, aber was Tomke da abgelegt hat, glich doch mehr der Reaktion, die ich von Annegret Beenke erwartet hätte. Nicht von Tomke. Was, wenn sie geschauspielert hat? Wenn sie schon von der Hellmann wusste?«

»Und wie passt da die verschwundene Figur rein? Willst du Tomkes Wohnung durchsuchen lassen?«

»Keine schlechte Idee.« Oda warf Nieksteit eine Kusshand zu und verließ die Küche.

Als sie in ihr Büro kam, klingelte das Telefon. Doch schon als sie die Stimme am anderen Ende der Leitung hörte, hätte sie am liebsten gleich wieder aufgelegt. Thomas. Ihr Ex.

»Was kann ich denn dafür, wenn er sich einen Scheiß um die Schule schert?«, unterbrach sie ihn nach kurzer Zeit. »Ich rede und rede, kriege mich fast jeden Tag mit ihm in die Wolle, aber Alex hat nur seine Musik im Kopf. Schule ist anscheinend nur lästig. Vielleicht wäre da einfach mal mehr Unterstützung von deiner Seite gefragt. Aber nein, du spielst immer nur den Wochenendpapa, alles easy und cool. Und ich stehe mit dem Alltag da. Gerade du musst mir Vorhaltungen machen!«

Sie stand auf und lief am Schreibtisch auf und ab. Thomas hatte sie schon immer zur Weißglut getrieben, daran hatte sich auch nach der Scheidung nichts geändert. Nun also meinte er, sich als fürsorglicher Vater aufspielen zu können, obwohl er hauptsächlich durch Abwesenheit glänzte. Er war auch früher nie für sie und Alex da gewesen.

Das fehlte ihr gerade noch! Im Mordfall kamen sie nicht weiter, Cordes machte ihre Sache wider Erwarten recht gut, Niekstein, der Blödmann, hatte sich auf Cordes' Seite geschlagen. Und jetzt Thomas.

»Kannst du dich mal hinsetzen?« Ihr Ex wollte sie offenbar beruhigen.

»Hast du jetzt hier eine versteckte Kamera, oder was?« Oda setzte sich auf die Schreibtischplatte. Sie knetete die Schnur des altmodischen Telefons.

»Ich kenne dich sehr genau, meine Liebe.«

»Ich bin nicht deine Liebe. Schon lange nicht mehr, falls du das vergessen haben solltest.«

»Ist doch egal. Reg dich ab, Oda, ich kenne dich und weiß, dass du ins Rennen gerätst, wenn du wütend bist.« Thomas konnte auch verständnisvoll sein. War er in den ersten Jahren durchaus gewesen, aber dann …

»Vielleicht ist es besser, wenn Alex so lange, bis der Fall abgeschlossen ist, bei mir wohnt«, sagte er. »Dann kann ich ihn mir auch mal richtig zur Brust nehmen.«

»So weit kommt's noch«, wies Oda empört zurück. »Alex bleibt bei mir. Ich krieg das schon hin.« Nein, sie war jetzt nicht mit normalen Maßstäben zu messen, das war ihr durchaus klar. Wäre wirklich nicht schlecht, wenn Thomas sich mal ein paar Tage um Alex kümmerte, aber das würde sie ums Verrecken nicht zugeben.

»Meine Güte, Oda. Dir scheint eine ganze Kompanie Läuse über die Leber gelaufen zu sein. Ich melde mich in den nächsten Tagen noch mal, vielleicht bist du dann zugänglicher.«

»Leck mich«, sagte Oda und legte den Hörer auf.

*

Annegret Beenke nahm den Topf aus dem Backofen und stellte ihn mit einem Holzuntersetzer auf den Küchentisch. Wie fast alles im Haus war auch die Küche weiß, die sterile Atmosphäre beibehalten. Sie nahm die Suppenkelle von der Arbeitsleiste über dem Herd und hängte sie in den Topf.

»Setz dich«, sagte sie zu Max, der jedoch weiter im Türrahmen stehen blieb.

»Meinst du nicht, du solltest mal mit Tomke reden?«, fragte er.

»Wie denn? Sie blockt ja alles ab. Geht nicht ans Telefon, wenn sie auf dem Display meine Nummer sieht, und reagiert nicht auf die Nachrichten auf dem Anrufbeantworter.« Annegret goss Mineralwasser in die Gläser auf dem Tisch. Dann ließ sie sich auf dem Stuhl nieder, auf dem sonst immer John gesessen hatte. Auch heute passte sie in die Umgebung, hob sich farblich nicht ab. Sie hatte es abgelehnt, Schwarz zu tragen. Natürlich trauerte sie um John. Das war nach so langer Zeit des Zusammenlebens unvermeidlich. Doch es war keine abgrundtiefe Trauer, sie tat zwar weh, ging aber nicht bis ins Mark. Sie hatte einen Weggefährten verloren, einen, den sie früher einmal geliebt und der irgendwann auf der Strecke eine andere Richtung eingeschlagen hatte. Die Gefühle waren unterschiedlich gewesen in diesen Jahren. Zunächst war da erotische Liebe gewesen, die von tiefer Zuneigung abgelöst worden war. Damals war das Gefühl, dass John zu ihr gehörte, wichtiger gewesen als Leidenschaft. Doch dieses Gefühl war mit der Erkenntnis geschrumpft, dass John sich Leidenschaft woanders holte als bei ihr. Irgendwann, da waren die Kinder schon größer, war aus der erarbeiteten Gleichgültigkeit Abneigung geworden. Sie hatte lange mit sich gerungen, ob sie sich von John trennen sollte, aber da waren die Kinder, die gesellschaftliche Stellung und natürlich finanzielle Abhängigkeit …

Keiner hätte das verstanden, wo doch ihre Eltern mit der Bäckereikette reich geworden waren. Doch ihre Eltern waren zutiefst gläubig. Sie hätten eine Scheidung nie akzeptiert, geschweige denn finanziell unterstützt. Und John, der kluge John, hatte bei der Eheschließung auf einem Ehevertrag bestanden.

Sie hätte sich ihren Lebensstandard nicht annähernd erhalten können. Nicht mit dem Unterhalt für die Kinder und schon gar nicht mit dem, was sie hätte verdienen können. Denn arbeiten hätte sie müssen. Max und Tomke waren schon zu alt, als dass sie noch lange Unterhalt bekommen hätte.

Sie griff nach der Suppenkelle und goss die Ofensuppe auf ihren Teller. Es war eine einfach zu kochende Suppe, man musste nur die Zutaten in einen Topf geben und alles zwei Stunden im Ofen garen lassen. Kein Gericht, bei dem man aufpassen musste.

»Wenn du willst, kannst du auch stehen bleiben. Ist mir egal«, sagte sie zu Max, der daraufhin doch an den Tisch kam.

»Mama«, sagte er, während er sich setzte und ebenfalls Suppe auf seinen Teller tat. »Du musst mit Tomke reden. Es kann doch nicht angehen, dass jede für sich allein in ihrer Wohnung trauert. Sie ist deine Tochter.«

»Ja.« Annegret lächelte. »Das ist sie. Vielleicht mehr, als sie selbst wahrhaben will. So wie du das Ebenbild deines Vaters bist.« Sie rührte auf ihrem Teller herum. »Nicht allein äußerlich, du hast auch viel von seiner Art.«

»Deswegen haben wir uns wohl auch so schlecht verstanden.« Max zuckte mit den Schultern. »Aber lass uns dieses Thema beenden. Hast du von dem Bestatter schon den Termin für die Beerdigung bekommen?«

»Montag. Um halb zwölf.«

»Und die Anzeige?« Max nahm sich einen zweiten Schlag Suppe.

»Ist alles schon erledigt.« Annegret blickte ihren Sohn an. »Zu so etwas bin ich durchaus noch fähig.«

*

»Nix«, sagte Niesteit, als er zu Oda und ihrer Kollegin ins Büro trat.

»Wie, nix?« Oda sah von der Tastatur auf. Sie war froh, unterbrochen zu werden, denn im Gegensatz zu Christine Cordes beherrschte sie nur ein Zwei-Finger-Hacksystem, da dauerten alle Eingaben extrem lange.

»Nix zu finden von dem *Petrus*.« Niesteit ließ sich auf Cordes' Schreibtisch nieder. »Ich habe alle Quellen angezapft, habe im Netz an Stellen rumgestöbert, wo normalerweise kein Unbefugter hereinkommt, aber nichts. Kein Angebot. Kein *Bernstein-Petrus*. Rien.«

»Ach nee, französisch kannst du auch noch?« Oda griente.

»Klar, willst du mal zu mir kommen?«

»Niesteit, so etwas ist doch unter deinem Niveau.« Oda griff zur Kaffeemaschine, nur, um enttäuscht festzustellen, dass die Kanne leer war. Musste sie denn alles selber machen? Konnte die Cordes nicht auch mal Wasser und Kaffeemehl nachfüllen, den Schalter betätigen? Aber dafür war die sich wohl zu fein!

»Und nun?«, fragte sie.

»Nun müssen wir davon ausgehen, dass der *Petrus* entweder zurückgehalten wird, oder aber nie zum Verkauf gedacht war«, sagte Christine Cordes.

»Scheiße«, entfuhr es Oda. »Es hätte so einfach sein können.«

»Einfach wäre es dann gewesen, wenn der Täter bei der Leiche geblieben wäre«, widersprach Cordes. »Wir haben es mit keinem dummen Täter zu tun.«

»Ach nee, aber ich bin dumm, oder was?« Oda sprang auf. »Wollen Sie mir jetzt weismachen, ich hätte keine Ahnung von meinem Job? Nur weil Sie aus Hannover kommen und die Weisheit dort mit Löffeln gefressen haben? Sie können mich mal.« Oda riss die Tür auf, die Kaffeekanne in der Hand, und verschwand.

*

»So habe ich das aber nicht gemeint«, sagte Christine zu Niesteit, der Oda verdutzt nachsah.

»Ist schon klar. Habe ich auch nicht gedacht.« Niekstein kratzte sich am Kopf. »Ich weiß auch nicht, was in letzter Zeit mit Oda los ist. Sie ist so zickig. Früher war sie nie so.«

»Kann ja auch an mir liegen. Bis ich herkam, war Frau Wagner die einzige Frau in dieser Abteilung. Und zwischen uns stimmt einfach die Chemie nicht.«

»So ein Quatsch.« Niekstein setzte sich auf Wagners Stuhl. »Oda ist ein herzensguter Typ. Ein echter Kumpel. Auf Oda kann man sich immer verlassen. Zumindest konnte man es, bis …«

»Ja. Bis ich kam. Tut mir leid, Niekstein.«

»Nun spiel das mal nicht hoch. Das renkt sich bestimmt ein. Vielleicht ist Oda tatsächlich ein bisschen eifersüchtig.« Er grinste. »Ist ja zu lustig. Oda eifersüchtig auf Christine. Dass ich das noch erleben darf. Ich dachte immer, Oda wäre so eine Art Neutrum. Dabei ist sie wohl auch Frau.« Er warf den Kopf in den Nacken. »Ungeahnte Möglichkeiten tun sich da einem einsamen Junggesellen auf.«

»Niekstein. Hör auf mit dem Quatsch.«

Niekstein nahm den Kopf wieder nach vorn. »Ist gut, Christine. Aber vielleicht könnt ihr zwei schon durch eine Klitzekleinigkeit ein paar Barrieren meistern. Lasst das blöde ›Sie‹ und duzt euch.«

*

Duzt euch. Neutrum. Oda schäumte. So ein Verräter! Sie hatte gerade ins Büro zurückgehen wollen, als sie mitbekam, dass Niekstein über sie redete. So etwas war noch nie vorgekommen. Noch nie, bis diese arrogante Kuh in diese Abteilung eindrang.

Entgegen ihrer sonstigen Gewohnheit, allem und jedem frontal zu begegnen, hatte Oda an der Tür verharrt. Erstarrt, dachte sie, ich war erstarrt. Das hätte ich Niekstein nie zugetraut. Der Cordes schon, dieser hinterhältigen Ziege. Die schleimt sich überall ein. Aber Niekstein? Sie hatte immer gedacht, ein wirklich gutes Verhältnis zu ihm zu haben.

Oda würde sich ums Verrecken nicht mit der Cordes duzen, da könnte die auf ihren Seidenstrümpfen herumkriechen, bis Löcher drin waren. Sie würde nicht klein beigeben, sie nicht. Nicht Oda Wagner, das Neutrum. Ha!

*

»Was machen wir denn nun mit dem Teil?« Die weibliche Stimme klang fordernd.

»Nichts.« Diersen schaute gelangweilt aus seinem Bürofenster. Es hatte zu schneien begonnen, der graue Himmel versprach eine Menge weiterer weißer Flocken. Kalt genug war es auch, damit der ganze Kram liegen blieb. Wie gut, dass ich nicht in einer Großstadt lebe, dachte er, während er den Tiraden seiner Telefonpartnerin zuhörte. Hier in Wilhelmshaven konnte man zur Not ja fast immer auch laufen. Von Neuengroden bis zu seiner Kanzlei in der Gökerstraße waren es schlappe zwanzig Fußminuten, das war zu verkraften.

»Henner, das ist heiße Ware!«

»Meine Güte, stell dich doch nicht so an. Weiß doch keiner, dass das Teil bei dir rumliegt.«

»Ist mir trotzdem nicht recht. Am besten, du nimmst es mit in die Kanzlei und schließt es in eurem Safe ein.«

»Du hast ja eine Meise! Ich bin Vorsitzender des Kuratoriums. Was, wenn die Polizei hier mit einem Durchsuchungsbeschluss auftaucht und es findet?« Er wies seine Sekretärin, die gerade hereinkommen wollte, mit barschem Winken ab. »Der *Petrus* bleibt erst mal bei dir«, sagte er leise. »Basta.«

*

Ina Nienhauer saß grübelnd an ihrem Schreibtisch. Sollte sie mit der Polizei reden oder nicht ? Immerhin war John tot. Ina zog die mittlere Lade ihres Schreibtisches auf und holte eine kleine Flasche *Küstennebel* hervor. Der trübgraue Inhalt des Fläschchens sah tatsächlich aus, als habe man Seenebel eingefangen. Mit geübtem Griff ließ Ina den Verschluss knacken. Der hochprozentige Schluck tat ihr gut. Eigentlich trank Ina keinen Schnaps, aber in Ausnahmesituationen musste es schon mal sein. Leider hatte es in der letzten Zeit zu viele Ausnahmesituationen gegeben. Zu viele Geheimnisse und Verwirrungen. Gefühlsverwirrungen bei John, das stand mal fest.

Dass der sich mit dieser Hellseherin eingelassen hatte, war der absolute Gipfel. Gut, ihr eigenes Verhältnis mit John lag ja schon einige Jahre zurück, aber Ina hatte sich immer gewünscht, er würde seine Zuneigung zu ihr neu entdecken, erkennen, was er an ihr hatte. Hatten sie nicht beide die gleiche Leidenschaft für die Kunst? Arbeiteten sie nicht wunderbar zusammen, ergänzten sich? Hatte sie sich nicht immer seine Sorgen um Tomke und Max angehört? Um Tomke, die nur durch Johns Beziehungen überhaupt eine Stelle beim *Wilhelmshavener Kurier* bekommen hatte, die unberechenbar und eigentlich ein seelisches Wrack war. Und um Max, diesen Tunichtgut, der alles anfing, aber nichts richtig zu Ende brachte.

John hatte erst kürzlich noch zu Ina gesagt, er sei gespannt, wie lange Max die Hotelsache auf Spiekeroog durchziehen würde. Ina war sicher, die Unfähigkeit der Kinder, ein eigenständiges Leben zu führen, hing mit der Unfähigkeit ihrer Mutter zusammen, die Max und Tomke nicht richtig erzogen hatte. John konnte nichts dafür, er war eben immer mit seinem Beruf zu beschäftigt gewesen, um sich auch noch um die Kinder zu kümmern. Dafür war Annegret zuständig gewesen. Annegret und ihre Eltern, die vor allem Max ohne Ende verwöhnt hatten.

Ina wusste, dass Annegrets Eltern es gern gesehen hätten, wenn Max die Bäckereikette übernommen hätte. Doch der charmante Max, dem frühes Aufstehen noch nie gefallen hatte, hatte seine Großeltern so gekonnt um den Finger gewickelt, dass sie ihm seine zahlreichen Eskapaden und Berufsanfänge immer wieder finanziert hatten. Obwohl – da war Ina ausnahmsweise nicht einer Meinung mit John: Sie glaubte, dass Max mit diesem Hotel endlich das Richtige gefunden hatte. Max umgab sich gern mit Leuten, hatte schon immer gern den Chef gespielt. Ob er auf der Insel mit den Insulanern auskam, das wusste sie allerdings nicht.

Tomke hingegen …

Es klopfte an der Tür.

»Herein«, rief Ina und im gleichen Moment stand Tomke im Raum.

»Tomke!« Ina war überrascht. »Ich habe gerade an dich gedacht.« Sie stand auf und nahm die Jüngere in den Arm. »Es tut mir so leid«, sagte Ina, als Tomke anfing zu weinen. Sie wollte sie durch die Verbindungstür in Beenkes Büro führen, aber Tomke wehrte sich.

»Ich möchte lieber hier bleiben, Ina. Ich … ich kann da nicht rein. Da ist Papa noch zu nah.« Tomke ließ sich auf einen der Stühle vor Inas Schreibtisch fallen.

Ina nickte. »Möchtest du einen Tee? Oder lieber Kakao?«

»So wie früher?« Tomke schluchzte.

»Ja, wie früher.« Ina strich Tomke über den schwarzgefärbten Schopf. »Arme Kleine …« Sie ging hinaus, um den Tütenkakao aufzuschütten.

Als sie zurückkehrte, saß Tomke nach wie vor auf dem Stuhl, die Hände vor dem Gesicht.

»So.« Ina drückte Tomke den heißen Becher in die Hand. »Trink mal erst, dann wird dir warm. Du bist ja auch viel zu dünn angezogen.«

Tatsächlich war Tomkes schwarze Cordjacke über dem bauchfreien Pulli nicht gerade den Temperaturen angemessen. Es schneite immer noch. Die Flocken auf Tomkes Haar waren bereits geschmolzen und hatten kleine nasse Flecken hinterlassen.

»Kann ich etwas für dich tun?« Ina legte eine Hand auf Tomkes Arm, die Hand, an der sie den schmalen Ring trug, den John ihr vor Jahren geschenkt hatte. Sie fühlte sich als Tomkes richtige Mutter; sie hatte in den Jahren, in denen sie für John Beenke gearbeitet hatte, viel Zeit mit ihr verbracht. Tomke war oft nach der Schule ins Museum gekommen. Sie hatte hier ihre Hausaufgaben gemacht, sich von Ina die Ausstellungen erklären lassen und häufig genug auch ihre Probleme bei Ina abgeladen. Ina wusste, in wen Tomke in der achten Klasse bis über beide Ohren verliebt gewesen war, und wie schwer es mit den französischen Vokabeln und dem Lehrer für Französisch und Geschichte am *Gymnasium am Mühlenweg* gewesen war, der sie die neunte Klasse hatte wiederholen lassen. Damals war es Ina gewesen, die John gedrängt hatte, mit dem Lehrer zu reden. Annegret hatte von all dem nichts mitbekommen.

Das Museum war Tomkes zweite Heimat geworden, und das *Teehäuschen* ein paar Meter weiter ihre Kantine. Mindestens dreimal pro Woche hatte Tomke sich dort im Sommer ihre »Bratwurst von freilaufenden Deichschweinen« gekauft.

»Weißt du schon, wann die Beerdigung ist?«, fragte Ina.

»Am Montag.« Tomke wischte sich mit dem Ärmel über die Nase. »Deshalb bin ich auch hier.« Sie sah Ina bittend an. »Ich kann da nicht an der Seite meiner Mutter hin, Ina. Kannst du nicht mit mir gehen?«

»Aber Kleine …« Ina streichelte Tomkes Arm. »Das geht doch nicht.« Sie schüttelte den Kopf. »Natürlich bin ich auch dabei, aber du musst mit deiner Familie gehen.«

»Du bist jetzt meine Familie. Und Max natürlich. Meine Mutter war es nie.«

*

»Gudrun, was würdest du mit einer kleinen Skulptur tun, die du gestohlen hast?« Christine saß wieder einmal allein in ihrem Wohnzimmer. Sie hatte einen Rooibostee vor sich und es sich gemütlich gemacht, Kerzen angezündet, die Robbie-Williams-CD aufgelegt und telefonierte mit ihrer Ex-Kollegin und Freundin aus Hannover.

»Du meinst diesen *Petrus*? Tja. Wenn er, wie du sagst, nirgendwo im Netz auftaucht, ist er vielleicht noch zu heiß. Also, ich würde ihn liegen lassen, bis der Rummel vorbei ist. Oder aber in eine Tasche packen und ab damit über die Grenze. Vielleicht nach Holland, falls es dort einen Schwarzmarkt für solche Sachen gibt. Da kenn ich mich nicht aus. Aber das Teil hat doch einen enormen Wert, oder?«

»Klar. Es muss also irgendwo zwischengelagert sein, wo es absolut sicher ist. In einem Tresor oder Safe. Ich habe Diersen in Verdacht. Der ist mir irgendwie nicht geheuer. Ich bin sicher, der hat Dreck am Stecken.«

»Ja, bohr nach, du hast bisher immer die richtige Nase für solche Sachen gehabt. Und du wirst es deiner Kollegin zeigen! Während die noch im Dunkeln tappt, hast du den Fall schon gelöst. Glaub mir, du …«

Ein Räuspern ließ Christine zusammenfahren. Frank stand in der Wohnzimmertür, ein Glas Wein in der Hand.

»Ich ruf dich morgen wieder an. Frank ist gerade gekommen.« Christine drückte die Aus-Taste am Telefon.

»Hi.« Sie stand auf, um ihrem Mann einen Kuss zu geben, doch er drehte den Kopf, so dass sie nur seine Wange streifte. »Ich habe dich gar nicht kommen hören.«

»Du warst ja auch in dein Telefonat vertieft.« Frank setzte sich zwar, aber seine Körperhaltung war steif, abweisend. Christine errötete, als habe er sie bei etwas Verbotenem ertappt.

»Willst du etwas essen?«, fragte sie. »Ich habe nicht gekocht, weil ich ja nicht wusste, wann du kommst, aber ich habe …«

»Nimm dir ein Glas Wein und setz dich zu mir.« Frank legte die Beine übereinander, ganz der souveräne Anwalt. Christine nickte und lief in die Küche.

Der souveräne Anwalt? Was habe ich da gedacht? Er ist mein Mann. Er möchte mit mir ein Glas Wein trinken. Er freut sich, dass er früh nach Hause kommen konnte. Er will nicht, dass ich meine Zeit mit Kochen verplempere, wo wir in letzter Zeit so wenig gemeinsam gemacht haben. Vielleicht will er sich auch entschuldigen, dafür, dass er meinen Verführungsversuch als nuttig bezeichnet hat. Wir werden uns jetzt nett unterhalten, vielleicht noch eine Pizza bestellen, uns einen schönen Abend machen. Ich sehe einfach zu schwarz.

Vorsichtshalber aber trank sie den ersten Schluck Bordeaux noch in der Küche. Sie füllte das Glas wieder auf, bevor sie zu Frank ins Wohnzimmer zurückkehrte.

»Ich denke, unsere Ehe hat keinen Zweck mehr.« Frank sprach sachlich, als würde er mit einem Mandanten reden. »Wir haben uns etwas vorgemacht, Christine. Eigentlich war es zwischen uns schon nicht mehr in Ordnung, als ich aus Hannover weggegangen bin, aber das hat keiner von uns wahrhaben wollen.«

»Das stimmt doch nicht.« Christine fühlte einen Eisring, der sich um ihr Herz legte. Wollte nicht glauben, was Frank da sagte. Sie war im falschen Film. Sie träumte. Bestimmt war das ein Albtraum, sie musste sich nur zwicken, um wieder wach zu werden. Um sich erleichtert an Frank ankuscheln zu können, der friedlich neben ihr schlief. Aber sie hatte keine Gewalt über ihren Körper. Hielt sich krampfhaft am Glas fest, war zu keinem Zwicken fähig.

»Doch. Du hast in deinem Perfektionsdrang nur nicht sehen wollen, was los war. An den Wochenenden haben wir so getan, als ob wir nach wie vor glücklich miteinander sind, ist ja auch kein Problem, war ja immer nur kurz. Mir ist das auch erst klar geworden, seit du ganz hier bist. Wir haben keine gemeinsame Basis mehr, haben uns auseinander gelebt.« Frank wurde unsicher, Christine sah ihm an, dass er sich nicht wohl fühlte. Dass es ihm schwer fiel, so zu sprechen.

Aber dann sollte er es doch bitte lassen! Da war noch Liebe, das merkte sie doch! Warum sagte er Dinge, die ihnen beiden weh taten? Hör auf, flehte sie innerlich. Hör bitte auf. Ich liebe dich. Ich will dich nicht verlieren. Hör bitte, bitte auf.

Ihre stumme Bitte kam bei Frank nicht an.

»Ich weiß nicht, woran es liegt, aber ich kann es nicht ändern. Ich habe das Gefühl, wir leben in einer Wohngemeinschaft, nicht in einer Ehe. Ich freue mich nicht, wenn ich abends nach Hause komme. Ich fühle mich hier inzwischen wie ein Fremdkörper. Und wie ein Schauspieler, der etwas abliefern muss, was er nicht empfindet. Das kostet mich sehr viel Kraft, Christine. Ich bin kein Schauspieler. Und ich kann nicht mehr. Kann deinen rosaroten Erwartungen nicht entsprechen. Es geht nicht.« Frank fuhr sich mit beiden Händen über den Mund, als wolle er etwas verschließen, nicht preisgeben.

Wieder merkte Christine, dass auch ihm dieses Gespräch weh tat. Aber sie sah auch, dass es nicht aus einer Laune heraus geschah, dass Frank sich Gedanken darum gemacht hatte.

»Was ist falsch gelaufen?«, fragte sie, am ganzen Körper zitternd. »Hätte ich etwas ändern können? Hätte ich mit etwas mehr Rücksicht auf dich deine Liebe behalten können?«

»Nein. Ich denke nicht. Dass ich den Job hier angenommen habe, war schon damals eine Flucht. Die ich als solche nicht gesehen habe. Die mir bis zu deiner Versetzung hierher auch nicht klar war. Glaub mir«, auch Franks Stimme verlor an Festigkeit, »ich habe mir ebenso wie du gewünscht, dass wir harmonisch und glücklich zusammenleben. Und ich empfinde es als privaten Konkurs, dass ich jetzt so mit dir reden muss. Aber ich kann nicht anders. Es tut mir leid.« Mit diesen Worten erhob er sich und trug sein Glas hinüber in die Küche. Christine blieb wie gelähmt sitzen.

Kurze Zeit später hörte sie, wie er die Tür zum Gästezimmer von innen verschloss.

*

Die Decke war mit französischen Zeitungen tapeziert, das Licht gedimmt, die holzgetäfelten Wände vom Dunst zahlloser Zigaretten der letzten fünfundzwanzig Jahre dunkel. Aus den Lautsprechern erklang Hintergrundmusik; eine CD, kein Radio, wie Oda schnell erkannte. Wer spielte, wusste sie nicht, sie konnte nur selten die Verbindung zwischen Song und Interpreten herstellen.

Vor ihr auf der Theke standen ein Glas Cabernet Sauvignon und ein Aschenbecher. Sie hatte sich von der Kellnerin eine Packung Zigaretten bringen lassen, die brauchte sie heute. Zum Nachdenken. Das französische Bistro war noch leer, der Ansturm würde erst später erfolgen. Heute hatte sie die Kneipenumgebung gesucht, sie wollte nicht allein zu Hause sitzen. Thomas. Alex. Niemeyer, der Verräter. John Beenke. Und … Cordes.

Probleme, wo sie nur hinsah. Wo war das Positive in ihrem Leben?

Klar, mit Alex gab es nicht nur Schwierigkeiten, aber er könnte sich wirklich mehr für die Schule interessieren. Mehr tun. War schließlich intelligent genug. Nur zu faul. Würde er mehr arbeiten, müsste sie so beschissene Telefonate wie das mit Thomas nicht führen. Alles andere … – Warum hatte sie nicht Hebamme gelernt? Da hätte sie es nur mit glücklichen

Müttern und Vätern zu tun gehabt. Mit dem Wunder neuen Lebens. Na ja, überwiegend. Sicherlich gab es da auch schlechte Tage. Aber warum hatte sie sich einen Job ausgesucht, in dem Gewalttaten an der Tagesordnung waren?

Ein Mann nahm neben ihr Platz, er kam ihr vage bekannt vor. Er bestellte ebenfalls Rotwein, dieselbe Sorte, die sich bis eben noch in Odas Glas befunden hatte und nun dafür sorgte, dass sie alles ein klein wenig leichter nahm.

»Mir auch noch einen«, sagte sie zu Wilfried, dem Inhaber der Kneipe, der schon so manchen Seelenmüll von ihr mitbekommen hatte. Wilfried stellte beide Gläser gleichzeitig hin.

»Prost.« Odas Nebenmann hielt ihr sein Glas entgegen.

»Prost.«

Als Oda zur Zigarette griff, hatte er schon das Feuerzeug in der Hand, bevor sie danach greifen konnte.

»Sind Sie immer so schnell?« Der Wein hatte Zunge und Stimmung gelöst. Nichts mehr mit Problemen, die kamen morgen von ganz allein zurück. Einfach mal fallen lassen.

»Wenn das Gegenüber so nett ist …«

»Ach nee. Sehe ich nett aus?«

»Klar. Nett, sympathisch und …« Pause.

»Was, und?«

»Irgendwie ein wenig genervt. So von allem.«

»Was verstehen Sie denn von oder unter ‚allem'?«

»Na, alles halt. Sagt doch schon das Wort.« Der Typ grinste. War ein sympathisches Grinsen. Echt. Und passte ihr gut in den Kram. Oda drehte sich leicht auf dem Hocker in seine Richtung. »Aha. Also ein Seelenverwandter.«

»Keine Ahnung. Ich kenne ja Ihre Seele nicht.«

Bingo. Ein Typ für ein Wort-Tennis-Match. Yeah. Genau, was sie heute brauchte.

»Die werde ich Ihnen auch nicht zeigen.«

»Schade. Aber …« Er wurde von Wilfried unterbrochen, der unaufgefordert zwei neue Gläser vor sie stellte. Meine Güte, hatten sie so schnell getrunken? Das tat sie doch sonst nicht.

»Verraten Sie mir denn wenigstens Ihren Namen? Ist irgendwie dumm, nur das ›Sie‹.« Der Typ ließ sich nicht aus dem Konzept bringen.

»Das muss ich mir erst mal überlegen. Kann ja nicht jedem Dahergelaufenen meinen Namen verraten.«

»Bin kein Dahergelaufener. Bin ein ›Neben-Ihnen-Sitzender‹.«

Noch mal yeah! »Aha. Na, wenn das so ist … Ich komm gleich wieder.« Oda verschwand erst mal aufs Klo. Herrlich, dachte sie, als sie sich über die Schüssel hockte. Und beim Händewaschen überlegte sie: Warum soll ich ihm nicht meinen Namen sagen? Braucht ja bloß der Vorname zu sein.

»Oda«, sagte sie, als sie wieder auf den Hocker kletterte.

»Jürgen.« Er fragte nicht nach. Wollte keinen Nachnamen wissen, nicht den Beruf, nahm sie so, wie sie da saß. Noch ein Pluspunkt für ihn.

Gut eine Stunde später liefen sie zu Fuß durch die sternenklare, verschneite Nacht. Oda führte Jürgen extra auf Umwegen zu ihrem Haus. Dass er ortsunkundig war, hatte sie im Laufe der letzten Stunde erfahren. Er war neu in der Stadt, wohnte gar nicht so weit von ihr entfernt. Doch auch wenn er sich hier noch nicht wirklich auskannte – dass Oda ihn mit dem halbstündigen Gang ein wenig auf die Schippe genommen hatte, schien er zu merken, als sie vor ihrer Haustür standen, die sich eigentlich schräg hinter dem Bistro befand.

»Du scheinst eine Meisterin im Täuschen zu sein«, sagte er.

»Und du ein Meister im Durchschauen.« Oda lächelte zurück. Keine Spur mehr von überheblichem Grinsen. Es knisterte, als Jürgen ihr ganz förmlich seine Hand zum Abschied reichte. Und wie es knisterte! Das ging bis in ihr Herz. Zumindest in dessen Außenbezirke.

»Hast du was zu schreiben?«, fragte Jürgen, ohne ihre Hand loszulassen.

»Wozu?«

»Weil ich dir meine Telefonnummer aufschreiben möchte. Wäre zu schade, wenn wir uns aus den Augen verlieren. Und ein nächstes Treffen dem Zufall überlassen müssten. So kannst du entscheiden, ob du mich anrufen willst oder nicht.« Er zwinkerte.

Am liebsten hätte Oda den Zettel in ihren BH gesteckt, als sie beschwingt und sicherlich auch leicht beschwipst die Treppenstufen hinauflief. Doch so beschwipst war sie dann doch nicht. Da musste es reichen, wenn er in ihrem Portemonnaie steckte.

*

»Danke, ich habe es in der Zeitung gelesen«, sagte Christine in den Hörer, als Wagner eintrat. Es war kurz vor halb neun, die Kollegin war eindeutig zu spät dran. »Natürlich werden wir kommen ... Nein. An der anschließenden Kaffeetafel werde ich nicht teilnehmen. Schließlich habe ich Ihren Vater nicht gekannt ... Ist gut. Danke für den Anruf. Tschüß.« Sie legte auf.

»Sagen Sie bloß, das war die lütte Beenke?« Wagner warf ihre Jacke über die Stuhllehne und ließ sich genauso schwungvoll in den Sessel fallen. »Ahh, Kaffee!« Sie griff nach Becher und Kanne und trank mit Genuss. »Genau das Richtige an diesem herrlichen Morgen.«

»Wenn Sie meinen.« Christine richtete ihren Blick auf die vor ihr liegende Akte. Fehlte noch, dass Wagner ihre verheulten Augen bemerkte, obwohl sie an diesem Morgen eine extra dicke Schicht Make-up aufgetragen hatte. Sie würde sich lieber ein Bein ausreißen, als vor ihrer Kollegin ein privates Fiasko zuzugeben.

»Also, was wollte die Beenke?« Wagner goss sich den Rest Kaffee ein.

Arrogante Ziege, dachte Christine, hoffentlich steht sie wenigstens gleich auf und kocht die nächste Kanne. Da sitze ich hier schon seit einer guten halben Stunde, sie taucht fröhlich auf und nimmt mit einer Dreistigkeit, die nur »Wagner« heißen kann, alles für sich in Anspruch.

»War nicht Tomke Beenke«, sagte sie, insgeheim froh, wieder in den Alltagstrott geholt zu werden. Gab es etwas Realeres als ihren Zwist? Fast hätte sie Wagner dankbar angelächelt. Aber sie hätte dieses Lächeln erklären müssen, und so weit ging die Dankbarkeit dann doch nicht. »Es war Max Beenke.«

»Max Beenke?« Wagner pfiff durch die Zähne. »Was wollte er?«

»Wegen der Trauerfeier Bescheid sagen. Ist am Montag um halb zwölf auf dem Friedhof Friedenstraße. In der alten Kapelle. Steht heute aber auch in der Zeitung. Er hätte gar nicht anzurufen brauchen.«

»Ach nee, der charmante Max. Der hat Sie doch letztens erst so lieb angelächelt.« Wagner war die Süffisanz in Person. Dass Christine kurz angebunden war, fiel ihr anscheinend nicht auf. »Und nun will er Sie persönlich zur Trauerfeier einladen? Das ist aber lieb von ihm.« Die Ironie troff derart aus Wagners Stimme, dass Christine drauf und dran war, einen Lappen zu holen, um sie wegzuwischen.

Ihre Kollegin fuhr sich langsam durchs Haar. »Na, da müssen wir nachsichtig sein. Er weiß wahrscheinlich nicht, dass wir sowieso hingegangen wären. Hat er sonst noch was gesagt?«

Dieses Grinsen, dieses überlegene … Christine ärgerte sich maßlos. Gerade noch hatte sie für Sekundenbruchteile Dankbarkeit empfunden, jetzt spürte sie einen derartigen Würgereiz, dass Tränen aufzusteigen drohten. Sie erhob sich und verließ das Büro. Auf dem Klo schloss sie sich ein, kaute auf den Lippen und sah nach oben. Nein, sie würde nicht losheulen, ganz bestimmt nicht. Und wenn es tatsächlich so kommen sollte, wie Frank es vorschlug, wenn sie sich trennten, dann würde sie ihre Versetzung zurück nach Hannover beantragen, zurück zu Gudrun. So lange würde sie hier durchhalten, ohne klein beizugeben. Ohne sich von so einer wie Wagner unterkriegen zu lassen. Sie zog undamenhaft die Nase hoch, nahm den Lippenstift aus ihrer Blazertasche und zog sich die Lippen nach.

Auf in den Kampf, Christine, dachte sie, du schaffst das schon.

*

Eine Stunde später saßen Oda Wagner und Christine Cordes erneut bei Alexandra Hellmann in der Siebethsburger Straße.

Da sie vorher angerufen hatten, war Alexandra auf ihren Besuch vorbereitet; der Duft des ayurvedischen Glückstees war ihnen schon beim Eintreten in die Nase gestiegen. Oda mochte so einen Kram nicht, man trank entweder Kaffee, Ostfriesentee oder gar nichts. Tee aus Gewürzen, so ein Schwachsinn!

Diesmal hatte sie mit ihrer Kollegin verabredet, die Führende zu sein. Entgegen Cordes' sonstiger Haltung hatte die zugestimmt. Ganz ohne Widerrede. Oda war etwas erstaunt, hatte Cordes genauer angesehen und festgestellt, dass deren Wangen und Augen gerötet waren. Darüber konnte selbst das Make-up nicht hinwegtäuschen. Cordes' Abend war demnach nicht so nett gewesen wie ihr eigener. Vielleicht war Oda deshalb ein wenig sanfter gestimmt, vielleicht lag es aber auch nur daran, dass sie in diesem Gespräch das Sagen hatte.

»Sicher haben Sie erwartet, dass wir wiederkommen«, begann sie. »Ist Ihnen in der Zwischenzeit noch etwas eingefallen, das uns helfen könnte?«

»Nein. Tut mir leid.« Alexandra Hellmann trug einen knallroten Pullover und hatte die Haare zu einem kleinen Pferdeschwanz zusammengebunden. Ihr Blick war auf den Tisch gerichtet.

Als ob sie die Antwort in ihrer Teetasse lesen könnte, dachte Oda genervt. »Also, Frau Hellmann – da haben Sie nun so lange ein Verhältnis mit Herrn Beenke gehabt, haben ihn des Öfteren in seinem Büro aufgesucht und wollen uns ernsthaft erzählen, Sie hätten absolut keine Ahnung, worum es geht, beziehungsweise, was Herr Beenke für Schwierigkeiten hatte? Das nehme ich Ihnen nicht ab.«

Ihre Kollegin hatte die übliche Ledermappe rausgeholt und malte Kringel auf das Papier, wie Oda mit einem Seitenblick sah. Kringel? Die Cordes? Das war doch nicht normal. Wo blieb deren Konzentration? Hatte sie wahrscheinlich weggeheult.

Oda wandte sich wieder an die Geliebte. »Nun mal Butter bei die Fische. Warum hat Dr. Beenke mit Kündigung gedroht? Hatte er eine bessere Stelle in Aussicht, von der bislang keiner etwas gesagt hat? Kann es sein, dass er derjenige war, der den *Petrus* beiseite geschafft hat? Immerhin hatten nur Dr. Beenke und Herr Diersen Zugang zum Tresor. Wollte Dr. Beenke mit dem illegalen Verkauf der Figur den Neustart für ein gemeinsames Leben mit Ihnen finanzieren?«

»Ach was.« Die Hellseherin klang erleichtert, als hätte sie andere Fragen erwartet.

Was für welche?, schoss es Oda durch den Kopf. Womit hat die Hellmann gerechnet?

»Dass John etwas mit dem Verschwinden des *Petrus* zu tun haben könnte, halte ich für ausgeschlossen. Das wäre absolut nicht seine Art. Und sein Privatleben auf einem Kunstdiebstahl aufzubauen …« Hellmann schüttelte den Kopf. »Unmöglich. Außerdem stand nicht zur Debatte, dass wir zusammenleben wollten, das sagte ich Ihnen bereits. Allerdings hatte John in der Tat überlegt, den Job hinzuschmeißen. Es gab immer wieder Kontroversen mit dem Kuratorium. Man wollte ihm in seine Arbeit hineinreden, das vertrug er nicht. Das Kuratorium war für ihn der Geldgeber, deshalb aber noch lange kein Aufpasser. Er fühlte sich gegängelt.«

»Vom ganzen Kuratorium oder nur von einzelnen Personen?«

»Na ja …«

Oda merkte, dass Alexandra Hellmann sich unwohl fühlte. Warum?

»In erster Linie war es wohl Herr Diersen, mit dem John nicht zurecht kam. Der sah in John eher eine Art Angestellten, und andersherum war das genau so. John hielt das Museum für seines. Da durfte oder sollte ihm keiner hineinreden. Er war der Macher, er hatte die Ideen, die er dann dem Kuratorium vorstellte. Dessen Zustimmung setzte er als selbstverständlich voraus.«

»Doch Diersen spielte da nicht mit?« Ein Seitenblick auf Cordes zeigte Oda, dass die nun keine Kringel mehr malte, sondern wichtig auf ihrem Block rumkritzelte. Na, endlich wurde die Frau wieder normal.

»Nein. Nicht wirklich.« Alexandra Hellmann wollte Tee nachgießen, doch während Cordes dankbar nickte, legte Oda die Hand auf die Tasse. So ein Abwaschwasser brauchte sie wahrlich nicht.

»Herr Diersen, so beschwerte sich John, würde sich immer

in den Vordergrund spielen. Ihn an seiner Arbeit hindern und versuchen, die Lorbeeren einzuheimsen.« Alexandra Hellmann umfasste die Tasse mit ihren Händen. Noch immer hatte Oda den Eindruck, dass sie sich unwohl fühlte.

»Haben Sie Dr. Beenke das nicht geglaubt?«

»Wie kommen Sie denn darauf?« Alexandra Hellmann stutzte.

*

»Geht es dir nicht gut?« Besorgt beugte sich Max über seine Schwester, die auf dem Sofa lag. Auf sein Klingeln hatte sie nicht reagiert, also hatte er den Schlüssel benutzt, den Tomke ihm bei ihrem Einzug gegeben hatte und der seitdem an seinem Schlüsselbund hing. »Wenn mal was ist«, hatte sie damals gesagt.

Er hatte sich erschrocken, als er Tomke auf der Couch liegen sah, leblos, wie es schien. Dazu die Kälte ... Überall waren die Fenster geöffnet.

»Tomke!« Er rüttelte sie. »Tomke, wach auf.« Er setzte sich zu ihr, nahm sie in den Arm und rieb ihren Oberkörper. Nur langsam kam Leben in seine Schwester. Sie lächelte schwach, als sie ihn erkannte. Max nahm die schwarze Fleecedecke vom Sessel und breitete sie über Tomke aus.

»Ich mach erst mal die Fenster zu.« Er gab ihr einen Kuss auf die Stirn. Tomke schniefte vor sich hin und wischte sich mit dem Ärmel über die Nase.

Als alle anderen geschlossen waren, blieb er noch einen Moment am geöffneten Wohnzimmerfenster stehen.

Die Flut kam, noch roch das Watt nach Salz und Würze. Dieser Geruch war einer der Gründe, weswegen es ihn nach Spiekeroog verschlagen hatte. Der zweite war die Ruhe. Keine Autos, nicht mal ein Fahrradverleih. Auf Spiekeroog ging man zu Fuß. Am Strand entlang nach Osten Richtung Wangerooge, dessen Westturm man bei guter Sicht klar erkennen konnte, oder zum alten Anleger am Westende, der inzwischen so baufällig war, dass man ihn nicht mehr betreten durfte. ‚Inlandig' kam man auf dem Rückweg vom Westende am Campingplatz und an Pferdewiesen vorbei. Es war einfach idyllisch auf Spiekeroog. Dort hatte er das gefunden, was er in seinem bisherigen Leben vermisst hatte. Und langsam, ganz langsam, nahmen ihn die Inselbewohner als einen der ihren wahr, statt als Zugereisten, Fremden, Störenfried. Ja, er fühlte sich wohl auf der kleinen Insel, deren Anbindung von der Tide und den Witterungsverhältnissen abhing. Auch wenn er aus Tomkes Wohnung ebenfalls über das Meer bis nach Dangast gucken konnte, heute empfand er diesen Ausblick nicht mehr als beruhigend, heute weckte der vielmehr die Sehnsucht nach seinem neuen Zuhause.

»Möchtest du einen Tee?«, wandte er sich an seine Schwester. »Oder lieber einen dicken Kakao mit Sahne?«

»Tee. Kakao habe ich schon bei Ina gehabt.« Tomke setzte sich auf und zog die Decke um die Schultern.

Während Max das Wasser aufsetzte, den Tee in den Filter gab und das Licht im Stövchen anzündete, sagte er: »Du warst im Museum?«

»Ja, ich wollte Ina bitten, mich zur Beerdigung zu begleiten.«

»Aber wir gehen doch zusammen hin. Mama, du und ich. Die Familie.«

»Du bist meine Familie, Max. Du und Ina. Mama nicht.«

»Das darfst du nicht sagen, Tomke. Mama liebt dich genau so wie mich. Du hast ihr nur keine Chance gegeben.« Max goss das kochende Wasser über die Teeblätter, ließ den Tee ziehen und setzte sich zu Tomke auf das Sofa.

»Du, Max ...« Tomke kuschelte sich an ihn.

»Ja?«

»Ich weiß nicht, wie ich das sagen soll ... Ich vermisse Papa total, seine morgendlichen Anrufe, als sei ich noch nicht alt genug, um allein aufzustehen ... Aber ein ganz kleiner Teil von mir ...« Tomke stockte. »... ein ganz kleiner Teil von mir ist auch froh, dass er nicht mehr da ist. Und dafür schäme ich mich.«

*

Christine hörte die Stimme ihrer Kollegin, die sich auf dem Flur mit Niekstelt unterhielt. Sie sah von ihrer Akte auf. Bestimmt lästerte Wagner wieder. Konnte die denn nicht mal damit aufhören? Christine spitzte ihre Ohren, bekam aber nur Wortfetzen mit. Sie meinte, ihren eigenen Namen zu hören, dazu das Wort »unwohl«, aber dann entfernten sich die Stimmen.

Sie biss sich auf die Unterlippe.

Ja, unwohl fühlte sie sich hier. Ganz bestimmt. Gudrun hatte völlig recht: Sie würde hier ihr Ding durchziehen, den Fall allein lösen und nichts mehr mit Wagner besprechen. Sollte die doch ihre Zeit mit Niekstelt in der Küche verbringen. Je mehr, desto besser.

Aber unwohl hatte sich auch Alexandra Hellmann gefühlt, das war Christine während des Gespräches aufgefallen.

Je länger sie Wagner und Hellmann zugehört hatte, desto mehr Spekulationen waren in ihrem Kopf abgelaufen. Warum fühlte sich die Hellmann unwohl? Warum strich sie um den heißen Brei wie eine Katze? War die Liebe zu Beenke doch nicht so groß gewesen? Warum hatte Hellmann nicht genauso in die Anti-Diersen-Bresche geschlagen wie die Nienhauer? Gab es da etwas zwischen Diersen und Hellmann, eine Verbindung, die sie nicht zugeben wollte? Warum nicht? Welche? Und auf welcher Ebene? Hatte die Hellmann etwa auch was mit Diersen? Oder hatte sie vor Beenke was mit Diersen gehabt? War Diersen der Angelpunkt, um den sich alles drehte, an den sie nur nicht herankamen?

*

Annegret Beenke fuhr behutsam auf die Auffahrt ihres Hauses. Vom Auto aus drückte sie den funkgesteuerten Toröffner, wartete geduldig, bis das Tor hochgefahren war, und ließ den Wagen in die schmale Garage rollen. Erst als sie von innen den Knopf zum Schließen des Tores drückte, fiel ihr auf, dass Max' Renault nicht auf der anderen Straßenseite stand.

Nachdenklich holte sie die Einkäufe aus dem Kofferraum, schloss die Verbindungstür auf, die die Garage mit dem Haus verband, und entsicherte mechanisch die Alarmanlage. Als sie die Taschen in der Küche abstellte, traf die Einsamkeit sie unvorbereitet mit solcher Macht, dass sie sich noch im Mantel auf den Küchenstuhl fallen ließ.

Sie war allein. Nicht nur für den Moment, denn Max würde sicher bald zurück sein, nein, sie war nun vollkommen allein.

Ihr Vater war vor zwei Jahren plötzlich, aber im hohen Alter von immerhin vierundneunzig Jahren, verstorben. Ihre Mutter litt unter Altersdemenz. Seit Mitte letzten Jahres bewohnte sie ein schönes Zimmer in einem Altenpflegezentrum in Heppens, wo sie rund um die Uhr betreut wurde. Max lebte auf Spiekeroog, Kontakt zu Tomke existierte praktisch nicht und John …

Nun endlich kamen Tränen. Zunächst abgehackt und verzweifelt, nach einer Weile aber leicht und fließend. Das Gefühl, das Annegret erfüllte, war weich und tief. Obwohl sie und John in den letzten Jahren wirklich keine intensive Ehe geführt hatten, war er doch ein Teil von ihr gewesen. Über dreißig Jahre lang. Das Bewusstsein, ihn im Hintergrund zu haben, hatte ihr Sicherheit gegeben. Trotz seiner Affären, die ihr natürlich nicht verborgen geblieben waren.

Doch Annegret hatte sich nie etwas anmerken lassen, war irgendwann abgestumpft und hatte die Ehe als Zweckgemeinschaft gesehen. Genau wie John. Beide hatten sie profitiert von diesem Schauspiel nach außen, beide wollten sie das, was sie erreicht hatten, nicht aufs Spiel setzen. Sie war sein sicherer Hafen und er …

Ja, was war John für sie gewesen? In erster Linie derjenige, der ihren Lebensstandard finanzierte. Der ihr die Putzhilfe bezahlte, die Bügelfrau, das Auto. Und ihren nicht eben geringen Verbrauch an Haushaltsgeld, denn Annegret kaufte niemals bei Discountern, sie bevorzugte die kleinen Geschäfte, von denen es leider immer weniger gab. In zweiter Linie war John der Mann, mit dem sie auf Bällen, gesellschaftlichen Anlässen, in der Öffentlichkeit auftrat und dadurch – ja, auch das! – Existenzberechtigung fand. Sie war Frau Beenke, die Frau von Dr. John Beenke. Das schuf Achtung und Verbindungen. Oberflächlich. Blieben ihr diese Verbindungen und Kontakte nun, nach seinem Tod? Wer würde zu ihr halten? Hatte sie richtige Freunde? Oder waren die ganzen Kontakte nur auf John abgestellt, auf ihre Rolle als »die Frau von …«?

Annegret wurde es schlecht. Sie stand auf, trat an den Wasserhahn, beugte sich darunter und trank. Als sie den Kopf wieder hob, kehrte das Lächeln in ihr Gesicht zurück. Egal, ob die Freunde echt waren oder nicht, *sie* war die Witwe. Man würde sie auch weiterhin respektieren, um Spenden bitten, zu Wohltätigkeitsveranstaltungen einladen; nun allerdings musste sie niemandem mehr Rechenschaft über Ausgaben ablegen. *Sie* hatte die Macht, *sie* verfügte über Kontakte. Und die würde sie einsetzen. Ganz bestimmt. Das erste Mal seit langer Zeit fühlte sie, dass ihr Rücken gerade war, keine Last mehr die Schultern beschwerte. Sie war frei. Ein Freudenschrei entfuhr ihr, bevor sie, entsetzt über sich selbst, auf einen Stuhl sank.

4

»Nee, nee, meine Lieben, für einen Durchsuchungsbeschluss bei Diersen reichen Vermutungen nicht.«

Siebelt lehnte sich gegen die Bürotür. Oda und Christine Cordes saßen auf ihren Stühlen und mussten zu ihrem Chef aufblicken, was Oda nun gar nicht gefiel. Siebelt war ins Büro marschiert und hatte Resultate gefordert. Vermutlich war er wieder mit irgendeinem von der Staatsanwaltschaft zusammen gewesen, der ihn gepiesackt hatte. Oder mit dem Chefredakteur des *Wilhelmshavener Kuriers*. Auf dem Golfplatz sicher nicht, dafür war es zu kalt. Siebelt hatte Schwierigkeiten mit dem Rücken, was das Golfen bei diesen Temperaturen stark erschwerte. Wahrscheinlicher war ein Mittagessen mit einer seiner Runden in der *Schönen Aussicht* am Rüstersieler Hafen. Oda konnte sich vorstellen, wie sich seine Freunde mit »Na, hast du den Täter schon?« auf ihn stürzten. Klar, er war da in Zugzwang, aber sie waren eben auch nur Menschen.

Als er ins Büro gestürmt war, hatte Cordes einfach gelächelt und ihre Vermutungen ausgepackt. Oda schäumte noch immer innerlich. Da hatte die arrogante Ziege doch alles für sich behalten. Nichts mit ihr besprochen. Und trumpfte jetzt auf. Mist.

Natürlich hätte Oda auch diese Schlussfolgerungen ziehen können. Nein, Oda korrigierte sich, sie hätte sie eher als Cordes ziehen müssen.

Laut Cordes hatte Alexandra Hellmann um den heißen Brei herumgeredet, weil sie Diersen schützen wollte. Und die Kernfrage lautete: Inwieweit war Hellmann mit Diersen im Bunde?

All das hatte Cordes vorhin Siebelt auf den Tisch gelegt. Der war sofort auf den fahrenden Zug aufgesprungen: Klar, Diersen war die Kernfigur. Diersen, der mit Beenke nicht zurechtkam, Diersen, den die Hellmann hatte schützen wollen, vermutlich, weil sie mit ihm ebenfalls ein Verhältnis hatte und nicht nur mit Beenke. Aber die große Frage blieb: Was hatten sie in der Hand, um einen Durchsuchungsbeschluss zu beantragen?

»Nichts«, sagte Siebelt. »Die Untersuchung der Spuren im Tresorraum hat nichts Beweiskräftiges ergeben. Unverzeihlich, dass vorher keiner an den Tresor gedacht hat.«

»Da gab es keine Hinweise, Chef.« Oda zuckte mit den Schultern. »Als Manssen mit der Sekretärin runtergegangen ist, war der Raum verschlossen. Und alarmgesichert. Da ist keiner auf die Idee gekommen, jemand habe sich dort Zutritt verschafft und etwas gestohlen.«

»Aber es befanden sich neben Beenkes Abdrücken eben auch Diersens dort. Auf dem Tresor *und* der Schaltanlage. Es muss Diersen gewesen sein, der als Letzter am Tresor war, der den *Petrus* entnommen hat und ...« Cordes machte einen leicht verzweifelten Eindruck. Klar, sie hatte den Durchsuchungsbeschluss durchdrücken wollen, aber ... Oda feixte innerlich, auch wenn sie zu gern ins gleiche Horn wie Cordes gestoßen hätte.

»Wir können das aber anhand der Abdrücke nicht beweisen, werte Kollegin«, sagte sie nun mit leicht bedauerndem Lächeln. »Auch, wenn sich die Abdrücke von beiden nachweisen lassen, wir wissen nicht, wer zuletzt am Tresor war.«

»Leider.« Siebelt kratzte sich hinter dem rechten Ohr. »Für einen Durchsuchungsbeschluss bei Diersen reicht es nicht. Das Einzige, an das wir rankommen können, sind alle Unterlagen, die mit dem Museum und der Kuratoriumsarbeit zu tun haben. An Diersens privaten oder eigenen geschäftlichen Kram – keine Chance. Zumindest im Moment noch nicht. Falls wir aber etwas bei den Museumsunterlagen finden, das Diersen belastet, dann sieht die Sache schon anders aus. – Habt ihr schon Genaueres über die Tatwaffe?«

»Auch da Fehlanzeige. Die KT meint, es sei ein stumpfer Gegenstand gewesen, aber kein Hammer oder so was. Er hatte eine scharfe Kante. Und war nicht eben klein.« Oda ließ beim Luftausstoßen die Lippen flattern.

»Aber es ist nirgends was aufgetaucht?«

»Chef!«

»Na ja ...«

Das Klingeln des Faxgerätes unterbrach Siebelt. Oda drehte sich um, warf einen Blick auf das herauskommende Papier und reichte es weiter. »Für dich.«

Er warf einen Blick darauf und griff nach der Türklinke. »Ich muss dann jetzt. Wir sind so weit klar?«

»Klar«, antworteten die beiden Frauen wie aus einem Mund. Doch statt darüber gemeinsam zu lachen, sah Oda die Gelegenheit für einen netten, kleinen Seitenhieb gekommen.

»Meinen Sie wirklich, in Diersens Unterlagen etwas Pikantes zu finden? Einen Slip im Aktenschrank oder so?« Sie lehnte sich zurück. »Also wirklich, Kollegin, der Gute ist schließlich verheiratet, da ist man sicher vorsichtig mit solchen Beweisstücken.«

*

Als Christine am nächsten Morgen in die Küche hinunterkam, sah sie den roten Leuchtpunkt an der Kaffeemaschine. Ein Rest war noch in der Kanne, Franks Becher stand schon in der Geschirrspülmaschine. Kein Zettel, nichts. Das absolute WG-Verhalten. Konnte er wirklich nicht anders? Nach all den Jahren nicht? Oder war es einfach nur bequem? Wo war er? In der Kanzlei? Oder gab es wirklich eine andere Frau in seinem Leben? Sie klopfte an die Gästezimmertür. Kam sich seltsam dabei vor. Keine Antwort. Vorsichtig trat sie ein, halb hoffend, ihn schlafend im Bett vorzufinden, halb wissend, dass er nicht da war. Hatte er überhaupt die Nacht hier verbracht? Ihr Blick fiel auf die heutige Ausgabe des *Wilhelmshavener Kurier*, der neben dem Bett lag. Der Vermietungsteil war aufgeschlagen.

»Was machst du hier? Ich bin durchaus allein in der Lage, mein Bett zu machen.« Frank stand hinter ihr in der Tür, eindeutig verärgert über ihr Eindringen in seinen Bereich.

»Ich ...« Christine stotterte. »Ich dachte, du wärst schon weg.«

»Ach, darf ich an einem Samstagmorgen nicht um neun in meinem eigenen Haus sein?« Zynisch. Abweisend. Ironisch. Milliarden Meilen von ihr entfernt.

»Doch ... entschuldige ... ich ...« Christine wusste nicht, was sie sagen sollte. Sie deutete auf die Zeitung. »Du hast im Vermietungsteil nachgesehen?«

»Eine Eigentumswohnung werde ich mir nach der Scheidung wohl kaum leisten können, schließlich lasten noch eine Menge Schulden auf diesem Haus.« Frank machte eine Pause. Ein Hauch von Lächeln schlich sich auf sein Gesicht.

»Frank ...«

»Bitte, Christine.« Seine Miene verschloss sich. »Fang jetzt nicht wieder damit an. Es ist auch für mich nicht so leicht, wie du denkst.«

Sie sah, wie er seinem Körper einen Ruck gab. Auf sie zukam. Doch er ging an ihr vorbei, berührte sie nicht. Faltete die Zeitung zusammen und begann, das Bett zu machen. »Würdest du jetzt bitte mein Zimmer verlassen?«, sagte er, ohne sie anzusehen. »Und tu mir den Gefallen: Komm nicht wieder rein. Ich kann hier durchaus allein für Ordnung sorgen.«

»Frank ... Gib mir doch noch eine Chance.«

»Nein, Christine. Es hat keinen Zweck.« Kurz. Abweisend. Endgültig. Und doch meinte Christine, ein wenig Bedauern in seiner Stimme zu hören. »Halte dich nicht an etwas fest, woran nicht festzuhalten ist. Mach es uns beiden nicht schwerer, als es ist.«

»Nicht schwerer?« Christine konnte nichts dagegen tun, die Tränen liefen ihr herunter. »Uns? Ich habe das Gefühl, dass es dir überhaupt nicht schwer fällt.« Mit hängenden Schultern verließ sie den Raum.

Nein, Frank war derzeit nicht bereit, sie auch nur einen Millimeter in seine Gefühlstür zu lassen. Wenn es überhaupt noch eine Chance für sie gab, dann war es Zeit. Sie musste sich zurückziehen. Damit er merkte, was er an ihr hatte. Durfte sich nicht aufdrängen. Ihr einziger Rettungsanker war die Hoffnung, dass Frank sich in einer Midlife-Crisis befand. Nach all den Mühen der ganzen Jahre, dem Studium, dem Aufbau der eigenen Existenz, dem Kauf des Hauses, der Ehe über die räumliche Distanz kam er wohl jetzt erst zum Luftholen. Zum Sich-selbst-Finden. Und zu dem, was Männer um die vierzig anscheinend allgemein erlebten: dem In-Frage-Stellen der Lebenssituation.

Es musste eine Chance geben. Christine wusste, sie würde sie nutzen, wenn sie käme.

*

Es regnete am Montagmorgen, und genau so trübe wie der Himmel war auch die Stimmung in der Polizeiinspektion. Die Durchsicht der Museumsakten lief zwar auf Hochtouren, aber auf einen klaren Hinweis, der einen Durchsuchungsbeschluss für Diersens Kanzlei und seine Privaträume gerechtfertigt hätte, war man noch nicht gestoßen.

Christine hoffte inständig, dass etwas auftauchte. Sie war sich so sicher gewesen, dass Diersen mit der Sache zu tun hatte, da hatte sie die leider zu dünnen Fakten beiseite gewischt und die Durchsuchung vorgeschlagen. Was zu Wagners überheblichem Kommentar geführt hatte. Na, wenigstens war Siebelt da schon nicht mehr im Büro gewesen.

Sie fühlte sich schlecht. Dazu trug das Verhalten ihrer Kollegin natürlich bei. Nicht genug, dass sie bislang nichts gegen Diersen in der Hand hatten, nein, Frank schlief nach wie vor im Gästezimmer. Und war sowieso kaum zu Hause. Die beiden letzten Abende hatte sie sich früh ins Bett verkrochen und sich die Decke über die Ohren gezogen mit dem Vorsatz, nie wieder aufzustehen. Die Leere hatte sie derart erfüllt, dass nicht einmal mehr Tränen da waren.

Und nun saß sie einer lächelnden, gut gelaunten Oda Wagner gegenüber, die augenscheinlich das Wochenende genossen hatte.

Christine war eben wieder in die Museumsunterlagen vertieft, als das Telefon klingelte.

»Cordes.« Sie war schneller als Wagner am Apparat.

»Holzer hier.« Süddeutscher, vielleicht bayerischer Akzent drang in ihr Ohr. »Sie wollten mich sprechen?«

»Herr Holzer.« Einen Augenblick überlegte Christine, wo sie den Namen unterbringen sollte, dann fiel es ihr wieder ein: Holzer war der Leihgeber des Exponats, für das Diersen die Versicherungsunterlagen aus dem Tresor geholt hatte. War er also aus dem Urlaub zurück und hatte die Zettel mit der Bitte um Rückruf gefunden. Nun kam hoffentlich Licht in die ominöse Sache.

»Schön, dass Sie sich melden, Herr Holzer.« Christine sah, wie Oda gespannt die Ohren spitzte. »Es geht um den Schaden beim Rücktransport des Bildes, das Sie dem *Nordseemuseum* überlassen hatten.«

»Seit wann interessiert sich denn die Polizei für Versicherungsdinge?« Die Stimme war sympathisch, voluminös. Christine hatte sofort ein Bild von dem Mann – Mitte bis Ende Vierzig, groß, kräftig, aber nicht zu dick, ergraute Haare, Oberlippenbart. Sie schmunzelte. Wie kam sie denn auf so etwas?

»Seit sie im Umfeld eines Verbrechens geschehen sind.«

»Ach. Sind Bilder gestohlen worden?«

»Nein. Dr. Beenke wurde ermordet.«

»Das gibt es doch gar nicht ... Wie furchtbar! Und mein Bild hat damit etwas zu tun?«

»Nein, keine Sorge. Ich wollte nur wissen, ob es tatsächlich diesen Schaden gegeben hat.«

»Natürlich. Oder meinen Sie, ich wollte die Versicherung betrügen?« Entrüstung lag in Holzers Stimme.

»Nein, Herr Holzer, das würde ich Ihnen auf keinen Fall unterstellen. Aber diese Transportschäden sind relativ selten, wie uns die Versicherung mitteilte. Und wenn ein solcher Schaden in unmittelbarem zeitlichem Zusammenhang mit einem Mord gemeldet wird, macht uns das durchaus stutzig. Zumal Sie auch nicht erreichbar waren. Ebenfalls etwas, was seltsam anmutet, wo doch heute eigentlich jeder sein Handy mit sich führt.«

»Ich war beim Angeln. Da habe ich das Handy nie dabei. Es stört da nur. Außerdem, ich kann ja nichts dafür, dass mein Bild gerade zu der Zeit beschädigt wurde, als Dr. Beenke ermordet wurde. Der arme Mann. Ist ja grauenhaft. Ich kannte ihn zwar nicht persönlich, aber...«

»Andere Frage: Wen kennen Sie denn besser, Herrn Diersen oder Herrn Beenke?« Christine war sich sicher, dass die Antwort nur »Diersen« lauten konnte. Irgendwas lief da zwischen Diersen und Holzer, irgendeine Absprache. Wenn sie das nur beweisen könnte …

»Persönlich kenne ich keinen von beiden.« Christine meinte, etwas wie Zurückhaltung in Holzers Stimme zu hören. »Mit Dr. Beenke hatte ich zunächst zu tun, wie ich ja schon sagte, telefonisch und schriftlich. Und Herr Diersen … Mit dem habe ich das erste Mal gesprochen, nachdem ich den Schaden gemeldet hatte.«

»Sie kannten sich vorher wirklich nicht?« Christine hoffte, dass nur Zweifel und nicht ihre innere Anspannung am anderen Ende der Leitung ankam.

»Nein. Woher denn?« Nun klang die Stimme ihres Gesprächspartners bestimmt.

Mist. Christine war sich so sicher gewesen … Sie sah es vor ihrem inneren Auge: Wie Diersen unruhig wurde, als sie ihn gefragt hatten, weshalb er an den Tresor musste. Wie er auf dem Schreibtisch wühlte. Das war in ihren Augen reines Zeitschinden gewesen. Und dann die Entspannung in Diersens Verhalten, als er Holzer erwähnte. Der wegen des Urlaubs nicht greifbar war. Das musste Diersen gewusst haben.

Aber ohne handfeste Beweise … »Danke, Herr Holzer«, sagte sie, wobei sie versuchte, keine Bitterkeit mitklingen zu lassen.

*

Tomke zog gerade ihren schwarzen Ledermantel über, als Ina Nienhauer an der Tür klingelte. Sie hatte sich zwar nicht dazu überreden lassen, während der Beerdigung an ihrer Seite zu bleiben, aber zugestimmt, Tomke abzuholen.

»Komm, mein Schatz«, sagte Ina, »es wird Zeit.« Sie drückte Tomke den Schal in die Hand und sah zu, wie sie ihn sich ungelenk um den Hals wickelte. »Geht es auch wirklich?« Ina machte sich Sorgen. Sie wusste aus der Vergangenheit, dass Tomke keinen großen psychischen Belastungen gewachsen war. Und der Gang, der vor ihnen lag, ging wirklich jedem an die Nieren. Da musste man nicht mal seelisch so instabil sein wie Tomke.

Ina hatte früher oft versucht, mit John über Tomke zu reden, doch der hatte ihre Bedenken beiseite geschoben. Es sei normal, dass Tomke sich so verhalte, war seine Standardantwort gewesen, aber Ina war der Ansicht, dass die Instabilität nach der Pubertät hätte verschwinden müssen. Immerhin, sie hatte versucht, Tomke zur Seite zu stehen, sie brauchte sich keine Vorwürfe zu machen.

Die Fahrt zum Friedhof verbrachten sie schweigend, jede in ihren Gedanken gefangen. Die Parkplätze rund um den Friedhof Friedenstraße waren voll. Schließlich war John Beenke eine Wilhelmshavener Größe gewesen und die Art seines Ablebens hatte sicher auch Menschen angelockt, die sonst nicht gekommen wären. Schaulustige eben. Ina fand noch einen Parkplatz in der Herbartstraße. Sie hakte Tomke fest unter, als sie durch das Tor auf die alte Kapelle zugingen. Tomke stützte sich schwer auf ihren Arm. Ina nahm an, dass sie starke Medikamente genommen hatte, um den Tag überstehen zu können.

Bei der kleinen Tür zum Angehörigenraum seitlich der Kapelle blieb Ina stehen. »Hier musst du allein rein.« Sie gab Tomke einen Kuss auf die Wange.

»Komm doch mit«, bat Tomke, aber Ina schüttelte den Kopf und ging weiter zum Haupteingang.

*

Henner Diersen sah gerade noch, wie sich die Tür zum Angehörigenraum schloss, und beschleunigte seinen Schritt, als sein Handy klingelte.

Verdammt, er war sowieso schon spät dran. Hätte er das Ding bloß im Auto gelassen. Doch er war so daran gewöhnt, überall und ständig zu telefonieren, dass er das Gerät automatisch in die Tasche gesteckt hatte.

»Ja?«, meldete er sich unwirsch.

Eine Männerstimme sprach auf ihn ein.

»Entschuldige, ich bin in Eile«, unterbrach Diersen den Anrufer. »Hast du inzwischen mit der Polizei geredet? ... Prima. Dann ist das ja jetzt auch erledigt. Ich wusste doch, dass ich mich auf dich verlassen kann. Wie gut, dass du mir noch eingefallen bist, als die fragten, was ich am Tresor zu tun hatte. Da bin ich doch für einen Moment ins Schwimmen gekommen. So, aber ich muss jetzt Schluss machen, melde mich nachher noch mal, dann können wir in Ruhe reden.« Diersen beendete das Gespräch, schaltete das Handy ganz aus und eilte in die Kapelle.

*

In der ersten Reihe auf der Empore saßen Oda und ihre Kollegin. Ob der Mörder wohl auch unter den Trauergästen sitzt?, fragte sich Oda. Oder die Mörderin? Wer unter all den Leuten hier hatte von dem *Petrus* und dessen Wert gewusst? Wer saß nun dazwischen, spielte den Trauernden und gab im Geist schon das Geld aus, das die Skulptur brachte?

Cordes saß, im dunklen Anzug, neben ihr, ein Taschentuch in der Hand. Sie passte sich den Situationen an, diese Wichtigtuerin. Oda nicht, sie trug die gleichen Klamotten wie üblich, schließlich war das hier Dienst.

Sie schaute über die Brüstung nach unten. Der Sarg war unter einem weißen Liliengesteck kaum zu sehen, Blumengebinde, Kränze und Kandelaber mit brennenden weißen Kerzen sprengten fast den kleinen, lichtdurchfluteten Altarraum. Ob John Beenke tatsächlich so beliebt gewesen war, wie es dieses Blumenmeer zeigte, wusste Oda nicht, auf jeden Fall war es beeindruckend.

Sie suchte nach bekannten Gesichtern, die zum Kreis der Verdächtigen gehörten, und erblickte Alexandra Hellmann ziemlich in der Mitte auf der rechten Seite. Sie trug eine schwarze Jacke mit Fellkragen und wischte sich immer wieder mit dem Taschentuch über die Augen. Das fiel nicht weiter auf, auch andere Anwesende hatten mit den Tränen zu kämpfen, was Oda verwunderte. Sie selbst hatte sich eigentlich immer ziemlich im Griff. Nur einmal, als vor ein paar Jahren eine gute Bekannte von ihr im Alter von nur dreiundvierzig Jahren morgens tot im Bett gelegen hatte, da hatte auch sie mit den Tränen zu kämpfen gehabt. Noch heute ging Oda nicht nur an

Barbaras Geburtstag und Todestag, sondern auch Weihnachten an deren Grab, legte eine weiße Rose nieder und …

Ach was, Oda wischte den Gedanken beiseite. Das hatte alles nichts mit dieser Situation zu tun. Das war privat und dieses hier beruflich. Sie beugte sich ein wenig weiter vor, um auch auf die Reihen unter der Empore sehen zu können. Diersen hatte sie noch nicht entdeckt, er würde doch wohl nicht fernbleiben? Oder hatte der die Dreistigkeit besessen und sich zu Witwe, Sohn und Tochter in den Angehörigenraum begeben? Das konnte Oda nicht glauben.

Sie wollte gerade ihre Kollegin fragen, als Diersen mit wehendem Mantel den Gang hinuntereilte und sich in eine der vorderen Reihen zwängte. Das passte zu ihm, diesem Arroganzling. Jedenfalls zu dem Eindruck, den Oda von ihm hatte. Bestimmt genoss er den schwungvollen Auftritt. Oder gab es einen Grund, dass er so spät kam?

*

Im Angehörigenraum saßen Tomke, Annegret und Max still nebeneinander. Es war das erste Mal nach Johns Tod, dass Annegret ihre Tochter sah. Sie hatte Tomke zwar mehrmals angerufen und gebeten zu kommen, doch Tomke hatte es abgelehnt, wenn sie denn überhaupt ans Telefon gegangen war. Einmal hatte sie sogar den Hörer aufgelegt.

Was habe ich bloß falsch gemacht? Diese Frage ging Annegret seit Tagen durch den Kopf. Hatte sie nicht immer versucht, ihrer Tochter eine gute Mutter zu sein? Doch oft hatte John ihr dazwischengefunkt. Wo er bei Max zu streng gewesen war, war er bei Tomke zu nachsichtig. Hatte ihr alles durchgehen lassen und Annegret war in die Rolle der Neinsagerin, der Missgünstigen gedrängt worden. Dabei brauchten Kinder Grenzen, und was die Nachsichtigkeit bei Tomke gebracht hatte, das hatte Annegret aushalten müssen. Der Mutter-Tochter-Kampf wurde zum Krieg, irgendwann hatte sich Tomke gar nichts mehr von Annegret sagen lassen.

»Das klär ich schon mit Papa«, war Tomkes Standardantwort, »halt du dich da raus.«

Wann Annegret begonnen hatte, sich rauszuhalten, wusste sie nicht mehr, aber sie wusste, dass sie zu spät erkannt hatte, wohin das führte. Anfangs war für sie überhaupt kein Grund ersichtlich gewesen, Tomke, die gern im Garten arbeitete, nicht zu glauben, dass die Kratzer auf den Armen von den Rosen stammten. Doch mit der Zeit hatte Annegret einsehen müssen, dass solche Kratzer nicht gleichmäßig nebeneinander verliefen. Und dass sie nicht immer wieder an den gleichen Stellen auftraten. Es waren selbst beigebrachte Schnitte, dessen war Annegret sich sicher. Als sie Tomke darauf ansprach, hörten die »Rosenkratzer« auf. Annegret war erleichtert gewesen – bis sie durch Zufall gesehen hatte, dass diese Kratzer stattdessen jetzt im Dekolletébereich auftauchten.

Gespräche mit John waren nicht möglich gewesen. Er gab ihr mehr als deutlich zu verstehen, dass er Tomke und Tomkes Angelegenheiten als seine Sache betrachtete. Und so hatte Annegret sich zurückgezogen. Dieses Zurückziehen war ihr größter Fehler gewesen, das wusste sie heute.

Als sie ihre Tochter jetzt sah, kam die Trauer wie ein Blitzschlag. Nicht die Trauer um John, sondern die Trauer um ihre Tochter. Wie ein Häuflein Elend hing Tomke an Max' Seite, die Augen vernebelt. Annegret hätte sonst was dafür gegeben, zu wissen, welche Medikamente sie heute genommen hatte. Antidepressiva? Beruhigungsmittel? Ja, danach sah es eher aus. Das kannte Annegret aus eigener Erfahrung. Manchmal hatte sie, nach zu vielen, zu hastig hintereinander oder durcheinander geschluckten Pillen, genauso ein Bild im Spiegel gesehen. Tomke war da und war doch nicht da, ein hilfloses Etwas, das mit der Welt nicht klar kam.

Wie war es nur so weit gekommen? Sie hätte sich gegen John auflehnen, um ihre Tochter kämpfen müssen. Spätestens, als Tomke nach dem ersten Selbstmordversuch im Krankenhaus gelandet war. Doch auch da hatte John seine Frau beiseite geschoben.

Annegret unterdrückte ein Schluchzen. Sie hatte so viel geschehen lassen, sich so lange hinter Bergen von Medikamenten versteckt. Doch jetzt würde sie sich um ihre Tochter kümmern. Tomke hatte doch sonst keinen mehr, nun, wo John tot und Max auf Spiekeroog war. Sicher gab es eine reelle Chance für sie beide.

Annegret warf alle Zurückhaltung und Tomkes Ablehnungen der letzten Jahre über Bord und nahm den Arm ihrer Tochter. »Komm, Tomke«, sagte sie und nickte Max zu, der an ihrer anderen Seite stand. »Zusammen überstehen wir auch das.«

*

»Nein, Siebelt«, bedauerte Wagner knappe zwei Stunden später, als sie zusammen im Besprechungsraum saßen. »Wir haben nun die Museumsunterlagen durch, aber nichts gefunden, was Diersen belasten könnte. Keine Handhabe für einen Durchsuchungsbeschluss. Leider.« Sie griff in die Tasche ihrer Steppweste, zog eine Packung Zigaretten heraus und zündete sich eine an.

»Also stehen wir mit leeren Händen da?« Auch Siebelt hatte sich wieder einmal über das Rauchverbot hinweggesetzt und schon seine zweite Zigarette an den Lippen.

Christine musste sich zusammenreißen, um nicht den Kopf zu schütteln. Da gab es in der EU Diskussionen um rauchfreie Zonen, in Irland durfte sogar in den öffentlichen Pubs nicht mehr geraucht werden, doch hier in Wilhelmshaven ignorierte man die Bestimmungen. Na ja, wo kein Kläger, da kein Richter. Christine würde sich hüten, ihren Chef oder Wagner an höherer Stelle anzuschwärzen. Schließlich wollte sie sich den Weg zurück nach Hannover nicht mit Negativeinträgen in der Personalakte versauen. Obwohl sie trotz allem, was sie bei der Arbeit erlebte, oder besser gesagt, durchlitt, liebend gern hier bleiben würde, wenn es mit Frank noch eine Chance gäbe.

»Objektiv gesehen … ja«, sagte Wagner nun mit saurem Gesicht. »Doch ich werde diesen Diersen knacken, mag er auch noch so gewieft sein.«

»Oder absolut unschuldig. Diese Möglichkeit gibt es ja auch.« Siebelt wiegte abwägend den Kopf.

»Das kann ich mir nicht vorstellen«, widersprach Wagner.

Christine sah aus dem Fenster. Dieses Gespräch hätte

ebenso gut ohne sie ablaufen können. Wagner versuchte immer mehr, die Hauptermittlerin zu spielen. Christine fühlte sich ausgepowert. Sie hatte kaum noch den Ehrgeiz, ihre Kollegin in die Schranken zu verweisen. War doch sowieso alles egal. Frank, Wagner und Wilhelmshaven, das war fast schon Geschichte. Ein Zwischenspiel, aus dem sie bitter hatte lernen müssen.

Der Besprechungsraum ging nach Norden hinaus auf die Mozartstraße. Die Zweige der Kastanien waren noch kahl, doch Christine hatte bei der Rückkehr vom Friedhof gesehen, dass sich unten schon die ersten Schneeglöckchen ans Licht wagten. Schneeglöckchen waren die Lieblingsblumen ihrer Mutter. Als Kind hatte Christine diese Blümchen mit schlechtem Gewissen auf dem naheliegenden Friedhof zu deren Geburtstag stibitzt. Nicht, ohne abends ein wirklich inniges Vaterunser zu sprechen. Ob sie die Frühjahrstriebe der Kastanien in diesem Jahr wohl noch hier erleben würde?

»Frau Cordes. Hallo! Sind Sie auch da?« Wagner stieß Christine in die Seite.

»Entschuldigung, ich war gerade mit meinen Gedanken woanders.«

»Das haben wir gemerkt.« Wagners Lächeln wirkte in Christines Augen verächtlich, und Siebelt guckte missmutig.

»Tja, meine Damen, da werdet ihr weiter wühlen müssen.« Er stand auf und ging zur Tür. »Irgendwer hat Beenke schließlich umgebracht und die Presse sitzt mir im Nacken. Ich will Resultate sehen. Begründete Verdächtigungen. Scheißegal was, Hauptsache etwas.«

*

Der Himmel hatte John wohl gut aufgenommen, denn als sie aus der Kapelle traten, waren die morgendlichen Wolken verschwunden und hatten einem eisig, aber strahlend blauen Himmel Platz gemacht. Das ist ein Zeichen, dass alles gut wird, hatte Annegret gedacht.

Zur Trauerfeier waren sie ins *Bootshaus am Stadtpark* gefahren, um bei Hühnerkraftbrühe und Schnittchen zusammenzusitzen. Fast hundert Leute waren gekommen. Inzwischen lichteten sich die Reihen.

Tomke war während der Feier ruhig geblieben – natürlich, wenn man derart unter Medikamenten stand ... Doch damit würde jetzt Schluss sein. Annegret nahm sich fest vor, langsam, aber mit Nachdruck den Weg zu ihrer Tochter zu finden, ihr zu helfen, von den Medikamenten runterzukommen. Schlimm genug, dass sie selbst an Tranquilizern hing, dass sie sich lange Zeit vorgemacht hatte, diese Hilfsmittel seien nötig. Tomke war zu jung, um sich das Leben kaputtzumachen. Seit Johns Tod hatte Annegret den eigenen Tablettenkonsum drastisch reduziert, sie musste wieder mit beiden Beinen im Leben stehen. Und sie war selbst erstaunt, dass ihr das Einschränken gar nicht so schwer fiel. Vielleicht, weil sie jetzt endlich wusste, wofür?

Annegret verließ den großen Raum, in dem noch einige Menschen ungezwungen miteinander plauderten. Das Leben ging schließlich weiter. Max war mit Henner Diersen intensiv in ein Gespräch verwickelt und Tomke saß bei Ina Nienhauer. Ina ... Nein, Annegret war nie eifersüchtig auf Johns Sekretärin gewesen. Nicht im Hinblick auf John. Auch wenn sie eine Zeit lang vermutet hatte, dass Ina Johns Geliebte war. Was Tomke betraf, war das eine andere Sache, nun, auch da würde sie einen Weg zu finden wissen. Ina hatte die längste Zeit Einfluss auf Tomke gehabt, das schwor Annegret sich.

Sie holte ihren Schal von der Garderobe und schlang ihn sich um den Hals. Sie musste ein wenig vor die Tür, auch wenn die Sonne trügerisch war und die Kälte sofort bis auf die Knochen ging. Heute hatte sie sich dem Anlass entsprechend in Schwarz gekleidet, doch nicht, weil diese Farbe ihrer Stimmung entsprach, sondern einfach, weil man als Witwe schlecht in Weiß gehen konnte. Aber sie fühlte sich unwohl in diesen Sachen. Im Hinausgehen bat sie den Wirt um einen Korn. Sie trank das Glas in einem Zug aus, als es draußen vor sie auf den Stehtisch gestellt wurde. Annegret ließ ihren Blick schweifen: von dem großen Teich, auf dem sie früher mit Max und Tomke im Ruderboot gefahren war, bis zu dem breiten, von Bäumen gesäumten Weg, der von der Straße einmal längs durch den Park bis zum Totenweg führte und den sie so oft allein gegangen war.

Auch heute liefen Jogger und Nordic Walker unbekümmert ihren Rundgang; ja, das Leben ging weiter. Sie schaute zurück auf den Teich, den maroden Bootssteg. Zurzeit lagen keine Boote im Wasser, doch im Frühling würde man sie wieder mieten können. Vielleicht kam der Winter ja doch noch mit aller Macht und verwandelte den Teich in eine Eislauffläche. Annegret fröstelte.

Sie wollte gerade wieder hineingehen, da legte sich eine Hand auf ihre Schulter. Tomke war zu ihr gekommen.

»Erwarte nicht zu viel von mir, Mutter«, sagte sie in einem Ton, der Annegret noch mehr frösteln ließ. »Das, was in den ganzen Jahren gewesen ist, kann man nicht einfach ignorieren.«

»Aber wir können uns darum bemühen, Zugang zueinander zu finden«, sagte Annegret.

»Ja. Vielleicht ...« Tomkes Gesicht wurde mit einem Mal aschgrau, sie schnappte nach Luft und sackte so schnell in sich zusammen, dass Annegret sie nur knapp auffangen konnte.

»Einen Arzt«, schrie Annegret, »sie braucht sofort einen Arzt!«

Max kam herausgeeilt, half ihr, Tomke zurück in die Wärme zu bringen. Immer wieder streichelte Annegret die Wange ihrer Tochter, doch Tomke reagierte nicht. War ein lebloses, zusammengesacktes Häufchen.

Binnen Minuten trafen Notarzt und Rettungswagen ein, Max nahm Annegret beiseite, die nicht von Tomke weichen wollte.

»Ich fahre mit ihr«, sagte Annegret, »sie kann jetzt nicht allein sein.«

»Du bleibst hier.« Max' Ton war bestimmt. »Du kümmerst dich um die letzten Gäste. Ich fahre mit. Wir sollten Tomke im Moment nicht überstrapazieren. Es reicht, wenn ich dabei bin, ich sage dir nachher Bescheid. Du kannst ja später oder morgen zu ihr gehen.«

»Nein. Sie braucht jetzt ihre Mutter«, widersprach Annegret, doch Max ließ den Widerspruch nicht zu.

»Du bleibst. Basta.«

Als der Rettungswagen mit Tomke und Max wegfuhr, sah Annegret dem Fahrzeug hinterher.

Was für eine Ähnlichkeit der Junge mit seinem Vater hatte! Übernahm gleich das Zepter, dirigierte. Die anderen – ja, wieder einmal auch sie – fügten sich. Sollte sie schon wieder Gefahr laufen, sich in eine Abhängigkeit zu begeben? Sich jetzt von ihrem Sohn bevormunden lassen? Nein. So etwas würde sie nie mehr mit sich machen lassen.

*

Christine brauchte dringend frische Luft. In der PI war es stickig gewesen, das hatte nicht nur am Zigarettenqualm gelegen. Frische Luft, Wind und Wasser, genau das fehlte ihr jetzt. Also fuhr sie erst einmal zum Südstrand, obwohl ihr klar war, dass sie nicht wirklich viel würde sehen können. Aber sie hatte das Gefühl, das Rauschen des Wassers könnte ihr helfen, ihr Gleichgewicht wieder zu finden. Wenn das Meer überhaupt da war. Natürlich hatte Christine keinen Blick auf die Tidezeiten in der Zeitung geworfen, egal, sie brauchte das Meer und deswegen würde es da sein.

Diesmal fuhr sie nicht über den Grodendamm, sondern nahm die Rheinstraße Richtung Kaiser-Wilhelm-Brücke. Sie hatte vor kurzem in einem der Geschäfte an dieser Strecke eine Lammfelljacke gesehen, mit der sie liebäugelte.

In der Rheinstraße war Tempo 30 vorgeschrieben, Christine hasste diese Zonen. Als sie suchend und langsam die Straße hinauffuhr, sah sie Franks Auto an der Ecke zur Lahnstraße stehen.

Was machte Frank hier? Vielleicht eine Mandantin besuchen? Oder …? Nein. Vergiss es. Es gibt keine Geliebte. Nicht bei Frank.

Christine fuhr den Deich hoch und hielt auf dem Parkplatz, den Tomke Beenke von ihrer Wohnung aus sehen konnte. Christine blickte an dem Gebäude empor, rechnete sich aus, wo Tomkes Wohnung sein musste, doch im vierten Stockwerk war nur ganz außen Licht. Das war definitiv nicht Tomkes Wohnung. Sicher war sie nun endlich doch bei ihrer Mutter und ihrem Bruder in der Kantstraße.

Christine stieg aus. Sofort fuhr der Wind unter ihren Mantel, unter ihre Hosenbeine, als wolle er sie wachrütteln.

Und sofort tauchte dieser vermaledeite Verdacht wieder auf. War tatsächlich eine andere Frau der Grund für Franks Verhalten der letzten Zeit? Hatte er wirklich eine Freundin? Wenn ja, wie lange lief das schon? Etwa schon seit der Zeit, als sie noch eine Wochenendehe geführt hatten? Warum hatte er dann nicht früher gesagt, dass es keinen Sinn für sie hatte, nach Wilhelmshaven zu ziehen?

Sie hörte das leise Plätschern des Wassers und lief vorsichtig, um nicht auszugleiten, den Deich hinunter auf den betonierten Weg. Momentan schien alles in ihrem Leben den Bach hinunterzugehen, als ob sie mit fast vierzig noch einmal vollkommen neu anfangen musste. Wenn Frank wirklich eine Geliebte hatte, dann war jegliche Hoffnung auf ein Wiederaufeinander-Zugehen gestorben. Gleich morgen, nein noch heute Abend würde sie mit Gudrun telefonieren und ihre Freundin beauftragen zu eruieren, wie die Chancen auf eine Rückkehr nach Hannover stünden.

*

»Mama, ich bin's, Max.«

»Wie geht es ihr? Bist du noch im Krankenhaus?« Annegret ließ das Messer auf die Arbeitsplatte fallen, mit dem sie sich gerade einen Apfel geschält hatte.

»Tomke hat eine Medikamentenvergiftung. Sie haben ihr den Magen ausgepumpt. Ich habe den Ärzten gesagt, es muss ein Versehen gewesen sein, denn sie stand ja heute unter enormem psychischem Druck. Papas Beerdigung und so. Das haben sie auch geschluckt.«

»Gott sei Dank.« Annegret fiel ein Stein vom Herzen.

»Na ja, zumindest für den Moment. Sie schläft jetzt. Hat überhaupt keinen Zweck, dass du herkommst. Ich werde heute Nacht bei ihr bleiben und nehme dann morgen die erste Fähre nach Spiekeroog. Schließlich war ich jetzt eine Woche nicht da, ich muss wenigstens einen Tag rüber, um ein paar Dinge zu klären. Dann kann ich wiederkommen. Oder besser, du rufst mich an, wenn du mich brauchst. Aber morgen früh musst du hier sein. Sie werden wohl einen der niedergelassenen Psychiater hinzuziehen, da braucht Tomke jemanden, der bei ihr ist. Ich hoffe, du kannst verhindern, dass sie dahinterkommen, dass es nicht das erste Mal war. Sonst weisen sie Tomke vielleicht gleich in die Psychiatrie am Nieter-Krankenhaus ein.«

»Deswegen habe ich ja auch das Willehad als Krankenhaus angegeben, Max. Ich bin mir sicher, diesmal war es kein Suizidversuch. Diesmal war es wirklich ein Versehen. Oder die psychische Belastung. Soll ich nicht doch noch kommen?«

»Lass mal, Mama, ich bleibe jetzt hier und du kommst morgen früh. Du kümmerst dich um Tomke, versprichst du mir das?« Flehen lag in seiner Stimme.

»Natürlich kümmere ich mich um Tomke. Ich werde auf sie aufpassen, das verspreche ich dir.«

Als Max den Hörer auflegte, warf Annegret den Kopf in den Nacken und atmete tief, während ihr die Tränen übers Gesicht rannen.

*

Die Geräusche des abendlichen Straßenverkehrs drangen durch die Eingangstür des türkischen Restaurants herein. Oda saß allein am Tisch, Jürgen war noch nicht da. Und sie ärgerte sich darüber.

Die Bedienung fragte nach ihrem Getränkewunsch. Scheiß drauf, dachte Oda, warum soll ich warten?

Sie bestellte einen trockenen Rotwein. Mit türkischen Weinen kannte sie sich nicht so aus, da verließ sie sich lieber auf die Kellnerin.

Oda trommelte auf dem Tisch herum, spielte mit dem Besteck. Sie mochte es zwar nicht zugeben – zeigen würde sie es sowieso nicht –, aber sie war doch aufgeregt. Ihr zweites Treffen mit Jürgen. Natürlich hatten sie zwischendurch miteinander telefoniert. Und mit jedem Telefonat wuchs da so ein Gefühl. Vertraut war es. Erzeugte Schmetterlinge im Bauch. Er schien so seelenverwandt. Sie konnten auch am Telefon so herzlich miteinander lachen. Es war fast zu schön, um wahr zu sein.

»Hey.« Seine Stimme. Oda sah auf. Er gab ihr einen Kuss auf die Wange und setzte sich ihr gegenüber. »Tut mir leid, dass ich zu spät bin. Der Job. Du verstehst?«

Die Kellnerin brachte Odas Rotwein, Jürgen bestellte den gleichen und schlug die Speisekarte auf. »Hast du schon ausgesucht?«

»Nein. Und ... wie, der Job? Wie soll ich verstehen? Irgendwie haben wir darüber nie gesprochen.« Das fiel Oda auch erst in diesem Moment ein. Sie ließ sich auf den Aufbau einer Beziehung zu einem Typen ein, von dem sie nicht mal wusste, womit der seine Brötchen verdiente? Mann, Oda, hast du solchen Notstand?, fragte sie sich verärgert.

Jürgen klappte die Speisekarte zusammen. »Ich nehme das Döner-Rollo mit Salat und Brot«, sagte er zu der Bedienung, die am Tisch wartete. »Und Tsatsiki.«

»Ich auch«, sagte Oda, dann sah sie ihn wieder fragend an.

»Na hör mal. Wir haben uns doch das erste Mal bei euch im Kommissariat gesehen. Als ich mit deiner Kollegin über den Mordfall gesprochen habe.«

»In der Polizeiinspektion«, verbesserte Oda unwillkürlich, während sie nachdachte. Also deshalb war er ihr im *Bistro* vage bekannt vorgekommen. Er war der neue Journalist beim *Wilhelmshavener Kurier.* Er war der Mann, mit dem Cordes so nett geplaudert hatte.

Diese Erkenntnis traf Oda wie ein Schlag.

»Was ist los?«, fragte Jürgen. »Habe ich etwas Falsches gesagt?«

Oda winkte ab. Sie griff zu ihrem Rotwein, um Zeit zu gewinnen. War es Zufall gewesen, dass Jürgen sich im *Bistro* neben sie gesetzt hatte? Oder schlichte Berechnung? Hatte er Erkundigungen über die beiden ermittelnden Beamtinnen eingeholt und erfahren, dass Cordes verheiratet war? Hatte er gedacht, an eine alleinerziehende Mutter würde er eher herankommen? Und damit an Informationen? Aber was war mit den Schwingungen, die doch eindeutig zwischen ihnen existierten? Hatte ihr Bauchgefühl so unrecht? Wurde sie von Jürgen nur benutzt?

Er sah sie fragend an, aber Oda konnte nichts sagen. Als das Essen kam, war sie erleichtert. Mit vollem Mund sprach selbst sie nicht viel.

*

Christine lag schon im Bett, als sie die Haustür hörte. Ein Blick auf den Wecker zeigte ihr, dass es kurz vor elf war.

Als sie vom Südstrand nach Hause gekommen war, hatte sie versucht, Frank in der Kanzlei zu erreichen, doch dort hatte niemand abgenommen. Auch die Handynummer hatte sie gewählt, aber wie so oft hatte sie es dann im Nebenzimmer klingeln hören. Daraufhin war sie, das erste Mal in den sieben Jahren ihrer Ehe, mit schlechtem Gewissen an sein Handy gegangen und hatte dessen Adressbuch geöffnet. Im ersten Moment war sie erleichtert gewesen, als sie keinen verräterischen Eintrag gefunden hatte. Aber dann hatte sie sich gesagt, dass Frank vielleicht nur deshalb keine Nummer eingespeichert hatte, weil er sein Handy sowieso kaum nutzte.

Sie knipste die Nachttischlampe an. Sollte sie nun runtergehen und mit Frank sprechen? Oder so tun, als ob sie schliefe? Nein. Sie schwang die Beine aus dem Bett. Sich schlafend zu stellen, wäre Vogel-Strauß-Politik und Gudrun hatte ihr erst neulich gesagt: »Der Nachteil des Kopf-in-den-Sand-Steckens ist der, dass man nicht sieht, wer einem in den Arsch tritt.«

Christine nahm ihren Bademantel vom Fußende des Bettes und zog ihn über. Sie würde sich nicht in den Hintern treten lassen, weder von Frank noch von einem anderen. Trotzdem ging sie mit mulmigem Gefühl die Treppe hinunter.

»Frank?« Sie raffte den Bademantel über der Brust zusammen, als sie in die Küche trat, in der Frank am Kühlschrank hantierte. »Es ist ja so spät geworden. War etwas los? Ich hatte noch versucht, dich anzurufen, aber es ging keiner mehr ran.«

Frank drehte sich um, ein Stück Käse in der Hand. »Nein. Nichts Besonderes. War heute nur eine Art Krisensitzung. Wegen dieses Mandanten, der angeblich seine Frau im Gartenteich ertränkt hat. Da mussten wir noch einmal die Fakten durchgehen, schließlich beginnt der Prozess übermorgen.«

»Aha.« Christine drehte sich um. Schlafwandlerisch schleppte sie sich die Stufen hoch, ließ den Bademantel im Schlafzimmer einfach fallen und igelte sich im Bett ein. Also doch. Frank hatte eine Geliebte.

Alles in ihr schrie: Komm doch wieder zu mir, tu mir das nicht an, ich liebe dich doch; aber das lautlose Schreien verklang ungehört im Kopfkissen.

*

»Also, mein Lieber, mir wird das jetzt zu heiß.« Das Telefon und mit ihm eine nörgelnde Frauenstimme hatten Diersen um 0:45 Uhr aus dem Schlaf gerissen.

»Sag mal, weißt du eigentlich, wie spät es ist?«, herrschte er die Frau an. »Es ist mitten in der Nacht. Was, wenn meine Frau an den Apparat gegangen wäre?«

»Die gute Heidi ist doch auf einem Seminar. Schon vergessen, mein Lieber?«

Diersen stöhnte. Warum hatte er sich darauf bloß eingelassen. Nichts als Ärger hatte ihm der ganze Kram gebracht. Verdammt großen Ärger, der sich nun als vollkommen unnütz herausstellte. Dass Sandra sich von einer reizvollen, erotischen Frau in eine Nervensäge verwandelte, damit hatte er nun wahrlich nicht rechnen können. Verdammter Mist. Es wurde Zeit zu handeln, den ganzen Schlamassel loszuwerden. Er setzte sich auf und rieb sich das Kinn. Eine halbe Minute war es still am Telefon. Dann kam ihm der rettende Gedanke.

»Hör mir genau zu«, sagte er.

*

Auch Oda konnte nicht schlafen. Der Abend spukte ihr noch im Kopf herum.

Wie schön wäre es gewesen, wenn sie sich beim Nachhausekommen mit ihrem Sohn hätte unterhalten können, doch Alex war tatsächlich für ein paar Tage zu seinem Vater gezogen. Dort hatte er im Keller sein eigenes Reich und fühlte sich nicht so kontrolliert wie bei ihr. Das hatte er natürlich nicht gesagt, als er gestern die große Sporttasche gepackt hatte.

Seine Worte waren die eines einfühlsamen Erwachsenen gewesen, nicht die eines sechzehnjährigen Jungen. »Ich glaub, Mama, es ist besser, wenn ich dich für ein paar Tage in Ruhe lasse.« Er hatte sie ein wenig verschämt umarmt, auch wenn keiner da war, der ihn hätte sehen können. »Komm du mal erst mit dir selbst klar. Beziehungsweise mit deinem Job. Scheint ja im Moment wirklich stressig zu sein.«

Oda hatte ihren Ex gehasst für die Ausweichmöglichkeit, die er Alex nur bieten konnte, weil sie getrennt waren. Selten hatte sie sich so als Versagerin gefühlt wie in dem Moment, als die Tür hinter Alex ins Schloss gefallen war. Doch Alex wurde erwachsen, sie musste sich ans Loslassen gewöhnen.

Nun lag sie im Bett und sah zu, wie die Digitalziffern der Uhr voranschritten. Hatte sie sich falsch verhalten? Jürgen womöglich durch ihren Rückzug gegen sie aufgebracht? Aber er musste doch gemerkt haben, dass sie keine Ahnung gehabt hatte, wo er arbeitete. Bislang war das nicht wichtig gewesen, aber man konnte nicht abseits der Realität leben.

Warum musste sie alles schwarz sehen, ihm Dinge unterstellen, die sicherlich gar nicht zutrafen? Sie würde sich bei ihm entschuldigen. Ja. Das würde sie. Gleich morgen früh. Oder – könnte, sollte, dürfte sie Jürgen jetzt noch anrufen?

Sie griff zum Telefon.

Er meldete sich verschlafen nach siebenmaligem Läuten. »Ja bitte?«

»'tschuldigung. Wollte dich nicht wecken.«

»Oda?« Mit einem Mal klang Jürgen hellwach.

»Ja.« Lange schon hatte sie sich nicht so kleinlaut gefühlt.

»Hast mich nur ein bisschen geweckt. Ich habe gerade versucht, einzuschlafen. Gar nicht so leicht, wenn man grübelt. Was war los mit dir? Du warst so komisch. So weit weg.«

»Ich hab auch gegrübelt.«

»Worüber?« Zärtlichkeit lag in Jürgens Stimme.

Oda legte sich bequem zurück, die Schwingungen waren wieder da. Samt den Schmetterlingen. »Über dich.«

»Über mich?« Lächelnder Unglaube am anderen Ende der Leitung.

»Darüber, wie wir uns kennen gelernt haben. Ob eine Absicht dahinter steckte.«

»Klar steckte da 'ne Absicht hinter. Neben mir saß eine attraktive Frau. Die umso attraktiver wurde, je mehr ich mit ihr sprach. Deren Esprit mich gefangen nahm. Wie sieht eigentlich deine Bettwäsche aus?«

»Bitte?«

»Also, meine ist nicht sehr sexy. Gebe ich zu. So Marke No Name. Schlicht dunkelblau.«

»Jersey oder Satin?«

»Jersey. Satin kann ich nicht ab. Außerdem ist Jersey kuscheliger. Und bei dir?«

»Auch Jersey. Knallrot.« Oda lächelte, wurde aber gleich wieder ernst. Das war jetzt zu wichtig. »Wir schweifen ab. Jürgen, ich muss es wirklich wissen. Hast du es drauf angelegt, mich kennen zu lernen, weil ich an dem Mordfall arbeite?«

»Nein, meine Süße. Das habe ich gar nicht nötig. Die Infos, die ich brauche, kriege ich ohnehin, da muss ich mich nicht einschleimen. Vor allem nicht unter falschen Voraussetzungen. Ich arbeite ja nicht bei irgendeinem Revolver- oder Boulevardblatt. Das mit dir«, sie hörte förmlich, wie er sich in seine Kissen kuschelte, »das ist Fügung. Schicksal, wenn du es so nennen willst. Und hat mit dem Job nichts zu tun. Weder mit deinem noch mit meinem. Bist du nun zufrieden und wieder gut gestellt?«

»Jaa.« Odas Stimme wurde tiefer. »Du, Jürgen?«

»Jaha?«

»Meinst du, dass rote und blaue Bettwäsche zusammen passen?«

»Weiß ich nicht. Aber ich hätte nichts dagegen, mal unter knallroter Wäsche zu schlafen.«

*

Die Frau, die von Diersen früher zärtlich, neuerdings aber immer genervter Sandra genannt wurde, war an diesem Dienstagmorgen früh aufgestanden. Zu sehr lag ihr die Angelegenheit auf der Seele, passte sie doch so gar nicht zu ihrem sonstigen Leben. Sie konnte heute nicht mehr sagen, warum sie mitgespielt hatte, aber sie war froh, dass es zu Ende ging. Sandra faltete das gelbe Normpaket der Post zurecht und stellte es auf den Tisch. Um auf dem Paket und dessen Inhalt keine Fingerabdrücke zu hinterlassen, trug sie die Einmalhandschuhe, die sie immer beim Reinigen des Bades anzog. Den Adressaufkleber hatte sie auf dem PC geschrieben und ausgedruckt, genau wie Henner es ihr gesagt hatte. Als kleinen Gag hatte sie noch einen Absender hinzugefügt. Die Skulptur war ordentlich in Haushaltsrollenpapier gepackt, auch den Aufkleber »zerbrechlich« hatte sie sich bei der Post besorgt. Eigentlich konnte nichts schief gehen. Erleichtert klebte sie das Paket zu. Sie würde noch warten, bevor sie es zur Hauptpost am Rathaus brachte, erst gegen zehn setzte dort die Stoßzeit ein. Dann, so war sie überzeugt, würde man sich an sie nicht erinnern können. Zur Sicherheit legte sie die geringelte Strickmütze zurecht, die ihr gelocktes, halblanges Haar verbarg und bei diesem Wetter auch kaum auffiel.

*

Annegret öffnete vorsichtig die Tür des Krankenhauszimmers. Es war früh, gerade kurz nach acht, doch sie hatte es zu Hause nicht mehr ausgehalten. Die ganze Nacht hatte die Frage in ihrem Kopf gekreist: warum? War es wirklich ein Versehen gewesen, dass Tomke zu viele Medikamente geschluckt hatte? Oder doch Absicht?

Unbehaglich schob sie sich ins Krankenzimmer. Tomke lag allein. Das abgedunkelte Fenster führte nach Osten, Annegret ging leise darauf zu und zog die Vorhänge auf. Nicht, dass es viel gebracht hätte, es fing gerade an zu dämmern. Am liebsten hätte Annegret das Fenster geöffnet, denn im Zimmer roch es nach Desinfektionsmitteln und eben allem, wonach es in einem Krankenhaus roch. Doch der Wind pfiff so gewaltig, dass man es durch die Thermopane-Verglasung hören konnte, sie befürchtete, dass Tomke sich erkälten würde.

Nur ein kleines Nachtlicht brannte. Annegret rückte einen Stuhl an Tomkes Bett und betrachtete ihre Tochter im Schlaf.

Als damals die Schnitte von den Armen ins Dekolleté gewandert waren, hatte sie sich umgehört. Es hatte nicht lange gedauert, bis sie erfuhr, dass man so etwas »selbstverletzendes Verhalten« nannte. SVV. Annegret hatte sich mit einer Jugendpsychologin in Verbindung gesetzt, weil sie mehr über dieses Verhalten erfahren und Fakten auf den Tisch legen wollte, wenn sie mit John darüber sprach. SVV sei eine Persönlichkeitsstörung, die vor allem bei Mädchen in der Pubertät begann, hatte die Psychologin erklärt.

»Warum?«, hatte Annegret gefragt. »Warum verstümmeln sich Mädchen, die doch gerade in diesem Alter schön sein wollen?«

»Es liegt wohl daran, dass Mädchen auch heute noch dazu erzogen werden, artig und brav zu sein, während Jungs ihre Aggressivität nach außen bringen können. Fremdaggressiv nennt man das. Bei Mädchen hingegen richtet sich die Aggression eher nach innen. Sie suchen Fehler oft bei sich, vor allem, wenn sie den Verlust von Liebe und Anerkennung erfahren.«

»Aber warum sollte Tomke Aggressionen haben? Es geht ihr doch gut, sie dürfte eigentlich keine Probleme haben. Weder sind mein Mann und ich geschieden, noch haben wir finanzielle Sorgen. Und Anerkennung? Tomke hat da meines Wissens keine Schwierigkeiten, sie hat eine Menge Freunde, ist ständig unterwegs. Das einzige Problem, das wir zurzeit haben, ist Tomkes Verhalten. Mit mir will sie schon länger nichts zu tun haben, sie hat sich vollkommen auf meinen Mann fixiert.«

Das sei normal, wurde ihr erklärt, aber es sei jetzt wichtig, dass der Wunsch nach Hilfe von Tomke selbst käme. Annegret würde ihr allein nicht helfen können.

Annegret hatte mit John darüber gesprochen, doch der hatte das Thema sofort vom Tisch gefegt. Sie übertreibe mal wieder, hatte er gesagt und sich abgewandt. Auch der Versuch, Tomke dazu zu bewegen, die Hilfe einer Psychologin anzunehmen, war gescheitert. Mehr noch, nach diesem Versuch war Tomkes Ablehnung ihr gegenüber noch stärker und offenkundiger geworden. Und an ihrem Verhalten hatte sich nichts geändert.

Tomke regte sich. Sanft nahm Annegret die Hand ihrer Tochter. Sofort reagierte Tomke und machte die Augen auf.

»Du?« Tomke zog die Hand zurück.

»Ja. Max ist zurück nach Spiekeroog gefahren. Ich wollte nicht, dass du allein bist.«

Es dauerte ein paar Sekunden, bis Tomke in der Realität war.

»Er hatte eine Geliebte, Mutter«, sagte sie, »hast du das gewusst?«

Annegret nickte. »Die Kommissarinnen haben es mir erzählt. Ich vermute, es hat immer mal andere Frauen gegeben, doch diese Affären haben nie lange gedauert. Wahrscheinlich hat dein Vater die Abwechslung gebraucht. Es gibt Männer, die sind so. Auch wenn es schwer fällt, das zu akzeptieren.«

Tomke drehte den Kopf weg. »Wie konnte er mir das nur antun?«

*

»Man kann es drehen und wenden, wie man will«, sagte Oda zu Cordes und Nieksteit, als sie in der Personalküche standen, »wir kommen einfach nicht weiter.« Sie zog Nieksteit eine Zigarette hinter dem Ohr weg, die der Kollege dort platziert hatte, hielt die Hand auf und bekam prompt von Nieksteit das Feuerzeug.

Draußen blies der Wind in Sturmstärken. Im Radio war die Warnung durchgegeben worden, Autos nicht auf den Parkplätzen am Nassauhafen und unterhalb des Seewasseraquariums stehen zu lassen, denn mit dem Sturm stieg auch die Flut. Die Parkplätze wurden dann oft überspült. Schon so mancher Autofahrer war wütend durchs Wasser gewatet, in der Hoffnung, das salzige Nass nicht auch im Wageninneren vorzufinden.-

Die Zweige der kahlen Bäume in der Mozartstraße tanzten im Wind und die Äste der Fichte im an die Polizeiinspektion grenzenden Garten bewegten sich wie die Tentakel eines Tintenfisches.

»Es muss einen Hinweis geben«, sagte Cordes. »Wir müssen tiefer eintauchen. Wenn wir nur dahinterkämen, wo diese Skulptur ist. Die kann sich doch nicht in Luft aufgelöst haben. Vielleicht sind wir bei der Familie zu nachsichtig gewesen.«

»Ach nee.« Oda pustete den Rauch genüsslich ihrer Kollegin entgegen. »Ist doch die ganze Zeit mein Reden. Also, auf in den Untergrund, schlüpfen wir hinter das durchscheinende Wesen von Mutter Beenke, reißen wir der Tochter die schwarzen Klamotten vom Leib und dem schleimigen Sohn die Maske vom Gesicht.«

»Frau Wagner!«, sagte Cordes empört.

»Nee, meine Beste, nun ist Schluss mit lustig, nun werden die Samthandschuhe ausgezogen.« Noch ein Zug, noch mal in Richtung Cordes ausatmen. Sie liebte deren angewiderten Gesichtsausdruck. »Wenn Sie das nicht können – ich habe keine Probleme damit.«

»So ist es richtig, Oda«, sagte Nieksteit, »schnapp sie dir.« Er selbst schnappte sich ein Glas, holte aus dem Kühlschrank eine Flasche Cola und goss es derart voll, dass die Cola über den Rand schwappte. Statt sich einen Lappen zu schnappen und die Sauerei wegzuwischen, stiefelte er aus der Küche.

*

Christine ging zusammen mit Oda Wagner zurück in ihr eigenes Büro, wobei ihnen Kollege Lemcke über den Weg lief, korrekt gekleidet wie immer.

»Ist Nieksteit noch in der Räucherkammer?«, fragte er.

»Nö, der ist gerade raus«, antwortete Wagner. »Gibt's was Besonderes?«

»Mumifizierte Leiche in einer Einzimmerwohnung.«

»Na dann, viel Vergnügen!« Wagner öffnete die Tür. »Nach Ihnen, Kollegin«, sagte sie. Christine kam es vor, als hätte das nicht ganz so herablassend geklungen wie sonst.

Die beiden Frauen setzten sich an ihre Schreibtische. Christine zog ihre Aufzeichnungen aus einem Papphefter. »Also, bevor wir der Familie zu Leibe rücken, lassen Sie uns noch mal genau durchgehen, was wir haben. Vielleicht fällt uns ja doch das eine oder andere noch auf.« Sie drehte eine bereits beschriebene Seite ihres Schreibblocks um und starrte nun auf ein weißes Blatt.

So leer ist mein Leben jetzt auch, dachte sie. Für einen Moment war sie aus dem Konzept, dann zwang sie sich zur Konzentration. Schließlich durfte die Arbeit nicht unter ihrer Privatmisere leiden.

»Wir haben den toten John Beenke, der mit einem noch nicht identifizierten Gegenstand erschlagen wurde. Und den verschwundenen *Petrus*. Könnte der das Tatwerkzeug sein? Zugang zum Tresor haben Beenke und Diersen, und da der *Petrus* nicht bei Beenke war …«

»… muss es Diersen gewesen sein«, fiel Wagner ihr ins Wort.

»Aber für einen Durchsuchungsbeschluss sind die Fakten nach wie vor zu dünn. Was, wenn doch Beenke die Figur aus dem Tresor geholt und mit in sein Büro genommen hat? Mit wem kann Beenke nach Diersen noch eine Verabredung gehabt haben, bei der es um den *Petrus* ging?«

Beide Frauen sahen sich in die Augen. Christine hatte das Gefühl, sie könnte kleine Zahnräder im Kopf ihrer Kollegin rattern hören.

»Lemcke hat doch die Telefondaten überprüft. Hat er nichts gesagt? War da vielleicht noch ein Anruf, nachdem Diersen gegangen ist? Immerhin hat der ja gesagt, Beenke habe noch gelebt, als er ging.« Wagner griff zum Telefon und wählte die Nummer des Nachbarbüros.

Klar, dachte Christine, von nichts kommt nichts, vor allem keine Pölsterchen um die Hüfte … Obwohl Wagner ja so viel Rad fuhr, schien sie alle anderen überflüssigen Bewegungen zu meiden.

Als Wagner den Hörer wieder aufgelegt hatte, sagte sie süffisant: »Lemckes Notizen liegen auf Ihrem Schreibtisch, Kollegin. Sind Sie wohl noch nicht zu gekommen.«

Dieses unechte Lächeln … Wenn Christine nicht so gut erzogen gewesen wäre, sie hätte große Lust gehabt, das Gesicht der anderen als Punching-Ball zu benutzen. Sie wühlte in den Unterlagen herum, bis sie den kleinen Zettel fand. In Lemckes akkurater Schrift stand dort *Anruf von Hellmann bei Beenke, Montag, 18:26 h.*

»Mist«, entfuhr es Christine.

»Was?« Wagner beugte sich neugierig vor. Es fehlte nicht viel und ihr Busen hätte ein Glas mit abgestandenem Leitungswasser umgekippt.

»Beenke hat um kurz vor halb sieben noch mit der Hellmann telefoniert.«

»Vielleicht haben Hellmann und Beenke doch zusammengearbeitet? Und die Hellmann hat den Kuchen dann nicht teilen wollen? Hat den *Petrus* einkassiert und Beenke umgebracht, nachdem der Kontakt zu einem Hehler hergestellt war?« Wagner verzog fragend den Mund.

»Das glaube ich nicht.« Christine schüttelte den Kopf. »Dazu war die Skulptur für seine berufliche Zukunft zu wichtig. Vielleicht hatte er einen Pressetermin? Als Vorbereitung für die Ausstellung? Das könnte bedeuten, er holte den *Petrus* aus dem Tresor, damit ein Foto dieser Sensation zusätzlich zum Artikel mit an die Zeitungen gehen konnte. Was, wenn der Journalist die Gelegenheit beim Schopfe packte, Beenke ermordete und die Figur mitnahm? Immerhin hat sie ja ungeheuren Wert.«

»Schwachsinn.« Wagner wehrte entschieden ab. »Über einen solchen Termin hätte die Nienhauer Bescheid gewusst. Nein. Da sind Sie auf der vollkommen falschen Spur. Das ist der große Unbekannte, den Sie da aus dem Hut zaubern wollen.«

»Und wenn nicht?«, hielt Christine dagegen. »Immerhin kam kurz nach dem Mord ein Journalist persönlich her. Sonst läuft das doch immer über die Pressestelle. Der Mann war neu in Wilhelmshaven, wie Sie selbst festgestellt haben. Was wäre, wenn der Stellenwechsel von einer größeren Zeitung an den *Wilhelmshavener Kurier* nicht ohne Grund erfolgte? Wenn von Anfang an die Absicht dahintersteckte, den *Petrus* zu bekommen? Vielleicht hat der neue Journalist ja irgendetwas über den *Petrus* munkeln hören. Solche Leute haben doch Kontakte in alle Richtungen. Was wissen wir eigentlich über diesen … wie hieß der noch?«

»Jürgen Töpfer.«

»Danke. Also, arbeitet der Töpfer überhaupt beim *Kurier*? Was, wenn er das nur vorgibt? Ich jedenfalls habe noch über keinem Artikel ein Kürzel mit den Initialen JT gesehen. Wir müssen noch mal die Listen der Telefongesellschaft durchgehen. Überprüfen, ob da die Nummer des *Kurier* auftaucht.«

*

In diesem Moment klingelte das Telefon. Oda nahm ab. Sie war verwirrt, die Gedanken tobten durch ihren Kopf.

Wenn die Cordes nun recht hatte? Wenn Jürgen tatsächlich ein berechnender Mörder war? Aber nein, das war nicht möglich. Nicht Jürgen.

Oda musste nachfragen, weil sie den Namen des Anrufers nicht gleich verstanden hatte, und Cordes guckte neugierig. Als Oda registrierte, wer am anderen Ende der Leitung war, sagte sie »Moment bitte«. Sie hielt die Hand vor den Hörer. »Ist privat. Könnten Sie mich eben kurz …?«

Cordes nickte, stand auf und verließ das Büro.

»Hi.« Oda atmete aus und lehnte sich zurück. Jetzt nur nichts anmerken lassen. Nicht anmerken lassen, dass Cordes den Finger auf eben jene Wunde gelegt hatte, die Oda bei ihrem letzten Telefonat mit Jürgen geschlossen zu haben glaubte.

»Ich kann nicht widerstehen, dir einen wunderbaren Tag zu wünschen.« Lachen klang fröhlich und unbeschwert aus Jürgens Stimme. »Obwohl ich dich ja eigentlich wegen nächtlicher Ruhestörung belangen sollte.«

Zu fröhlich, zu unbeschwert? Quatsch. Lass dir das nicht einreden, Oda, schalt sie sich. Nicht von so einer wie der Cordes. »Nächtlich nennst du meinen Anruf?« Oda gab sich Mühe, ebenso frohgemut zu klingen. »Meine Güte, es war gerade so um Mitternacht. Und wieso Ruhestörung?« Das fehlende Kürzel JT fiel ihr ein. Sie musste die Zeitungen der letzten Woche noch mal durchforsten. Die stapelten sich bei ihr hinter der Küchentür, weil weder Alex noch sie Lust hatte, die Dinger zu entsorgen. Doch das hatte ja nun etwas für sich.

»Du bist wieder so komisch. Soll ich lieber später anrufen? Sitzt deine Kollegin dir im Nacken?«

»Ja.« Oda hätte lieber gesäuselt, aber das ging einfach nicht. Da war schon wieder dieser Zweifel. Und nur, weil die Cordes diesen Verdacht in den Raum geworfen hatte. Wie sagte man jemandem, in den man sich gerade verliebt hatte, dass man ihn eventuell auf die Liste der Tatverdächtigen setzen musste? »Du hast den Beenke doch nicht persönlich gekannt, oder?«

»Nein. Wie kommst du darauf?«

»Ach, nur so. Hätte ja sein können, dass er einen Termin mit dir gemacht hätte. Wegen der neuen Ausstellung. Interview und Fotos und so'n Kram.«

»Dann hätte ich dir doch was davon gesagt. Aber warum ist das jetzt so wichtig?« Jürgen klang irritiert. »Ich wollte einfach nur anrufen, um deine Stimme zu hören, und du unterziehst mich einer Art Verhör. Ich glaube, ich lasse solche Anrufe in Zukunft besser.«

»Tut mir leid«, sagte Oda zerknirscht. »Aber … wir stecken bis über den Hals in den Ermittlungen, haben gerade intensiv über Verdächtige gesprochen …«

»Bin ich plötzlich auch verdächtig?« Jürgen machte eine kurze Pause, dann lachte er. »Weißt du was, kümmer du dich jetzt mal erst um den Fall. Kannst dich ja später melden, wenn du den Kopf wieder freier hast. Ich verspreche auch, dich nie wieder mitten in Mordermittlungen bei der Arbeit anzurufen. Womöglich lande ich sonst eines Tages unschuldig im Gefängnis. Dann doch lieber unter deiner knallroten Bettwäsche.«

»Ach du«, sagte Oda. Den »Spinner« brachte sie jedoch nicht über die Lippen. »Sag mal, was für ein Kürzel benutzt du eigentlich für deine Artikel?«

»Wie kommst du denn jetzt darauf?«

»Nur so. Mir fiel auf, dass ich noch keinen Artikel unter ‚JT' gelesen habe.«

»Kannst du auch nicht. Mein Kürzel ist JR.«

»JR? Wieso das?«

»Der erste und der letzte Buchstabe meines Namens. Ganz einfach.«

»Ach so.« Ein nicht gerade kleiner Stein fiel Oda vom Herzen. »Ich melde mich heute Abend. Okay?«

»Um Mitternacht?«

»Bestimmt vorher.«

Sie legte den Hörer auf und ließ sich zurückfallen. So einfach war das also. JR statt JT. Und sie war dumm genug gewesen, auf Cordes' Verdacht hereinzufallen. Hatte nicht genug Vertrauen zu Jürgen. Nachher würde sie die Zeitungen durchforsten. Er konnte mit der Sache nichts zu tun haben.

Aber wenn doch? Nein. Oda schüttelte den Kopf.

Obwohl, insistierte das Stimmchen, es gab Täter, die nach außen hin ein ganz normales Leben führten. Die Familien hatten und nette Menschen, Nachbarn und Kollegen waren. Warum sollte Jürgen nicht auch ein solcher Mensch sein?

*

Auch an diesem Abend fuhr Christine nach Dienstschluss die Rheinstraße entlang, nachdem sie vergeblich versucht hatte, Frank in der Kanzlei und übers Handy zu erreichen. Beim ersten Mal stand sein Wagen nicht vor dem grau verputzten Haus, also hielt sie am nahe gelegenen Supermarkt. Sicher war ihr Kühlschrank noch nie so voll gewesen wie nach diesem Mammuteinkauf. Als sie eine Stunde später erneut die Rheinstraße entlangkam, parkte Franks Wagen dort.

Also doch, Frank hatte wirklich eine Geliebte. Wie innerlich erstarrt und fast automatisch fand Christine den Weg nach Hause.

Sie packte mechanisch die Einkäufe aus, goss sich den Rest des Rotweins in ein Glas und rollte sich auf der Couch zusammen, ohne vorher den Hausanzug anzuziehen und sich abzuschminken. War eh überflüssig, die Tränen hatten sicher alles Make-up weggespült. Nicht einmal zu einem Telefonat mit Gudrun konnte sie sich aufraffen. Eisige Kälte hatte sich in ihr breit gemacht, da half keine Decke, keine Heizung, nur der Rotwein wärmte ein wenig.

Egal, machst du dir noch eine Flasche auf, dachte sie. Auch das nächste Glas Bordeaux glitt schnell und ohne Genuss ihre Kehle hinunter.

Als Frank irgendwann nach Hause kam, hatte Christine bereits ihren Schlafanzug angezogen. Im Wohnzimmer brannten Kerzen, Robbie Williams sang Sinatra-Songs von einer CD. Christine wusste, dass Frank weder Robbie Williams noch Sinatra mochte.

»Du bist noch wach?«, fragte Frank nach einem Blick ins Wohnzimmer. Er hängte seinen Mantel an die Flurgarderobe, nahm sich ebenfalls ein Glas aus der Vitrine und musterte argwöhnisch die fast leere Flasche. »Hast du das allein getrunken?«

»Kann dir doch egal sein.« Sie blickte durch das große Fenster in den Garten. Schneeflocken rieselten. Es könnte alles so idyllisch sein, dachte Christine. Wir könnten rausgehen, uns wie früher auf die dünne Schneedecke legen und mit unseren Armen Schneeengel entstehen lassen. Doch es gab diese intime Zweisamkeit nicht mehr, das musste sie endlich akzeptieren. Christine fuhr sich nachdenklich mit der Zunge über die Oberlippe.

Pack es an, Mädchen, dachte sie, nahm die Füße von der Couch und setzte sich aufrecht hin.

»Ich glaube, wir haben etwas zu besprechen«, sagte sie zu ihrem Mann.

Als sie sah, wie unwillig Frank reagierte, merkte Christine, wie aus ihrer armen Katzenseele eine Tigernatur wurde. Sie würde sich nicht klein machen lassen. Sie nicht. Zwar hatte sie sich vorgestellt, dass ihr Gespräch mit Frank sanft und lieb ablaufen sollte, doch nun warf sie die Sanftheit über Bord. Sachlich und direkt konfrontierte sie ihn mit dem, was sie meinte herausgefunden zu haben.

Seltsamerweise machte Frank nicht einmal den Versuch, etwas abzustreiten. »Ja. Du hast recht. Es gibt eine andere Frau in meinem Leben.«

Dieser Satz drohte Christine für einen Moment noch tiefer in den Abgrund zu reißen. Sie biss sich auf die Unterlippe. Ruhig bleiben, ermahnte sie sich. Bleib ganz ruhig. »Wie lange schon?«

Frank lachte ein kurzes, bitteres Lachen. »Noch nicht lang. Vier Wochen. Passt gut, nicht? Da ziehst du nach all dieser

Zeit hierher, alles könnte wunderbar sein und ich verliebe mich in eine andere.«

Christine blieb stumm.

»Jasna arbeitet beim Bäcker in der Marktstraße«, fuhr Frank fort. »Da, wo ich mittags öfter ein belegtes Brötchen esse. Na ja, zunächst war sie zwar nett, aber sonst war da nichts. Doch irgendwann schwang etwas mit. Es war wie ein Vibrieren. Zuerst habe ich es abgetan und über mich gelächelt. Doch ich bin immer öfter zum Bäcker gegangen und das Vibrieren wurde stärker. Ich habe mich darauf gefreut, sie zu sehen.«

»Und du hast nicht an mich gedacht? Nicht eine Sekunde?«

»Doch, natürlich. Aber das war ja was ganz anderes. Eher so ein Flirt. Habe ich wenigstens gedacht. Jedenfalls, als sie vor vier Wochen meinen Rat suchte, haben wir uns beim Italiener auf einen Cappuccino getroffen.« Frank blickte sie unbehaglich an. »Da habe ich gemerkt, dass ich bis über beide Ohren in sie verliebt bin.«

»Und das war in Ordnung so? Keine Schuldgefühle? Immerhin sind wir verheiratet.«

»Natürlich hatte ich Schuldgefühle und habe sie immer noch.« Frank stand auf und lief im Zimmer umher. »Jasna ist ganz anders als du, viel weicher, obwohl ihr Deutsch mit dem polnischen Akzent ja recht hart klingt. Sie …«

Christine erhob sich. »Danke, ich habe keinen Bedarf an Lobreden über deine Geliebte.« Ohne die Kerzen zu löschen oder ihr Glas rauszubringen, ging sie ins Bett. Sollte das Frank doch machen, sie verspürte absolut keine Lust, die fürsorgliche Hausfrau zu spielen. Warum denn auch.

5

Das Päckchen kam am Mittwoch gegen zehn.

Der Schnee, der gestern gut einen Zentimeter hoch gefallen war, hatte sich gehalten, die Temperaturen lagen unter dem Gefrierpunkt. Doch der Blick in den blauen Himmel, über den verschneiten Deich und das dunkelgraue Wasser des Jadebusens entschädigte Ina dafür, dass sie zur Bluse eine dicke Baumwollstrickjacke hatte anziehen müssen. Auf einen Rock hatte sie heute zugunsten einer warmen Hose verzichtet, denn in dem alten Museumsgemäuer zog es an allen Ecken und Kanten.

Ina machte sich Sorgen wegen des Umbaus zur neuen Ausstellung. Zwar hatte Diersen gesagt, er würde sich um alles kümmern, doch das erschien Ina reine Makulatur. Was verstand Diersen denn schon davon? Natürlich hatte Ina John Beenke in der Vergangenheit geholfen, den Ausstellungswechsel zu organisieren, doch da war sie immer nur zweiter Mann. Nun würde es an ihr liegen, den ganzen Kram zu organisieren. Das traute sie sich eigentlich gar nicht zu.

Als ihr Murat, der Student, der für die Kasse zuständig war, die Post brachte, nahm sie es als willkommene Ablenkung. Flüchtig sah sie die Briefe durch, es war nichts von Bedeutung dabei. Sie wandte sich dem Päckchen zu. Adresse und Absender jeweils auf einem Etikett. Absender … Sie stutzte. Statt Namen und Adresse stand schlicht *Petrus* da. Erlaubte sich da jemand einen Scherz? Wenn ja, dann war es ein schlechter. Sie überlegte. Sollte sie das Ding jetzt aufmachen? Oder sollte sie die Polizei anrufen? Wenn das Päckchen wirklich etwas mit der verschwundenen Skulptur zu tun hatte, dann waren sicher auch Fingerabdrücke drauf. Gut, ihre eigenen, Murats und die der Postangestellten inzwischen auch, aber … Mit leichtem Bedauern legte sie das Päckchen auf den Schreibtisch, griff zum Telefon und wählte die Nummer der Polizei.

*

»Guten Morgen, Frau Beenke«, sagte der Mann, der zusammen mit dem Stationsarzt ins Krankenzimmer getreten war. »Mein Name ist Forster. Ich bin niedergelassener Psychologe, mein Kollege hat mich gebeten, mit Ihnen zu sprechen. Ist es Ihnen recht, wenn Ihre Mutter bei diesem Gespräch anwesend ist?«

Tomke nickte und Annegret entspannte sich.

»Man hat anhand der Narben an Ihrem Körper den Eindruck gewonnen, dass die Medikamentenvergiftung nicht nur ein Versehen war.« Dr. Forster zog sich den zweiten Stuhl heran, der Stationsarzt blieb an der Tür stehen.

Annegret merkte, wie ihre Nerven anfingen zu flattern.

»Wir wissen, dass Sie gerade den Tod Ihres Vaters verkraften mussten«, sagte Dr. Forster. »Wir wissen auch, unter welchen Umständen dieser Tod eintrat. Das alles ist natürlich sehr belastend, aber es erklärt nicht die alten Narben. Ihr Hausarzt hat uns an das Reinhard-Nieter-Krankenhaus verwiesen, die Kollegen haben uns die Unterlagen zugefaxt. Es gab vor kurzem schon mal einen Suizidversuch, Frau Beenke, warum haben Sie uns das verschwiegen?«

Tomke biss sich auf den Daumennagel. Doch bevor sie etwas sagen konnte, sprach Annegret. »Nun hören Sie bitte auf. Das hat überhaupt nichts miteinander zu tun.«

»Man hat Ihnen doch sicher die Empfehlung gegeben, eine Psychotherapie zu machen. Haben Sie da schon etwas in die Wege geleitet?« Dr. Forster sah weiterhin Tomke an.

Trotzdem antwortete wieder Annegret. »Wie Sie sicher auch in den Unterlagen sehen konnten, ist meine Tochter an dem Tag aus dem Krankenhaus gekommen, an dem ihr Vater ermordet wurde. Und am folgenden Morgen haben wir die furchtbare Nachricht erhalten. Wann bitte, hätte sie da einen Arzt aufsuchen können?« Sie sah Dr. Forster eindringlich an. »Natürlich hatte meine Tochter vor, sich mit einem Ihrer Kollegen in Verbindung zu setzen, aber ein solches Ereignis wirft ja alle Pläne über den Haufen. Sie können mir glauben, Tomke wollte sich nichts antun, sie hat die Tabletten geschluckt, damit sie die Beerdigung überstehen konnte. Sie wusste nicht, dass die Dosis zu hoch war. Stimmt's, mein Schatz?«

Annegret warf einen Blick zu Tomke. Sie brauchte jetzt deren Bestätigung, das musste Tomke klar sein. Sie würde Tomke dazu überreden, sich einer Psychologin anzuvertrauen, wenn sie hier erst einmal raus war. Sie war sich sicher, dass sie die Probleme in den Griff bekämen. Zusammen in den Griff bekaämen.

»Aber woher hatten Sie diese Menge an Tabletten?« Dr. Forster sah Tomke an.

»Von mir«, sagte Annegret, ohne mit der Wimper zu zucken. »Ich hatte keine Ahnung, dass Tomke zu Hause schon Medikamente genommen hatte und habe ihr welche von meinen gegeben.« Sie streckte den Rücken. »Allerdings wusste Tomke wohl nicht, wie stark diese Tabletten waren, sonst wäre sie vorsichtiger gewesen. Sie hat gedacht, es sei so etwas wie Baldrian. Und ich … Wie Sie sich denken können, ging es mir an diesem Tag auch nicht gut. Ich habe nicht darauf geachtet, wie viele Tabletten Tomke nahm. Es war eine Verkettung unglücklicher Umstände. Wenn schon, dann müssen Sie mich für alles verantwortlich machen.«

*

Die beiden Oberkommissarinnen fuhren sofort nach Ina Nienhauers Anruf los. Wieder saß Cordes am Steuer, aber dagegen hatte Oda nun ausnahmsweise nichts.

»Ob die Nienhauer wohl auch mal ein Verhältnis mit Beenke hatte?«, fragte Cordes, als sie in die Virchowstraße einbogen.

»Wie kommen Sie denn darauf?« Oda verzog die Mundwinkel. Meinte Cordes jetzt, auch in der Sekretärin eine mögliche Verdächtige zu haben? Hatte die Kollegin keine anderen Sorgen?

»Ina Nienhauer trägt einen schmalen Goldring, der sonst so gar nicht zu ihrem Outfit passt. Außerdem ist es kein neuer Ring, man sieht, dass er schon lange getragen wird. Nehmen wir einfach mal an, Ina Nienhauer hat ihn als eine Art ständiges Mahnmal für Beenke getragen. Nach dem Motto: Schau her, es war doch schön mit uns.«

»Das ist mir jetzt wieder ein bisschen zu sehr an den Haaren herbeigezogen. Immerhin gibt es noch andere Männer in Wilhelmshaven, und es kann durchaus auch ein Erbstück von Tante oder Oma gewesen sein. Wie kommen Sie nur auf solche Ideen? Erst der ominöse Reporter und jetzt die Sekretärin …« Oda schickte ein leicht verächtliches Lächeln hinüber.

»Man muss alles in Betracht ziehen. Immerhin hat Frau Nienhauer sich im ersten Gespräch mit uns öfter versprochen und John statt Dr. Beenke gesagt.«

»Na, vielleicht haben die beiden sich einfach nur geduzt.«

»Dann hätte sie während des gesamten Gespräches von John gesprochen. Außerdem ist es ja nur eine Idee.«

»Aber warum sollte sie ihn erst jetzt umbringen? Warum hat sie das nicht getan, als er das Verhältnis beendete?«

»Vielleicht war die Sache mit der Hellmann ja doch ernster … Nienhauer bemerkte, dass Beenke Anstalten traf, sich privat zu verändern. Damit kam sie nicht klar.«

»Fragen Sie die Nienhauer einfach«, sagte Oda, als sie den Wagen unterhalb des Museums geparkt hatten und ausstiegen. »Vielleicht gibt sie Ihnen ja eine ehrliche Antwort.«

*

»Da hat sich bestimmt jemand einen Scherz erlaubt.« Ina Nienhauer saß an ihrem Computer und hatte auf die Tasten ihres PCs eingehämmert, als Oda und Cordes das Büro betraten.

»So so – Petrus ist also der Absender.« Cordes beugte sich über den gelben Karton. »Da hat wirklich jemand einen merkwürdigen Sinn für Humor.«

Oda verzog das Gesicht. Was sollte das denn? Meinte Cordes, dass sie Röntgenaugen hätte?

»Hab ich doch schon am Telefon gesagt. Deshalb kam es mir ja spanisch vor. Wann machen Sie es denn nun auf?« Pure Neugierde lag in Ina Nienhauers Stimme.

»Wir warten auf einen Kollegen der Kriminaltechnik.« Cordes setzte sich.

Oda stellte sich derweil ans Fenster und sah hinaus. Einer Eingebung folgend, nutzte sie die Gelegenheit zu einem verbalen Schuss aus der Hüfte. »Warum haben Sie uns eigentlich nicht gesagt, dass Sie ein Verhältnis mit Dr. Beenke hatten, Frau Nienhauer?« Sie drehte sich um. Aus dem Augenwinkel sah sie befriedigt den ungläubigen Seitenblick ihrer Kollegin. Phh, hätte Cordes doch gleich selbst fragen können. Sie wartete, beobachtete Nienhauer.

»Ja … also …« Die Gesichtsfarbe der Sekretärin glich plötzlich der eines gekochten Hummers. »Ich dachte, das sei nicht so wichtig. Ist ja auch schon lange her.«

Bingo!

»Was wichtig ist und was nicht, das müssen Sie schon uns überlassen. Immerhin haben Sie es für wichtig erachtet, uns von Dr. Beenkes Beziehung zu Frau Hellmann zu berichten. Da wäre es gut gewesen, wenn Sie gleich auch mit Ihrem eigenen Verhältnis herausgerückt wären.« Oda beugte sich vor. »Macht sich nicht so gut, wenn die Polizei das von anderer Seite erfährt. Wirft ein schlechtes Licht auf Sie.«

Frau Nienhauer schluckte. »Aber das ist wirklich schon lange vorbei und hat nichts mit dem Mord zu tun.«

»Keine Eifersucht? So nach dem Motto: Wenn ich ihn nicht haben kann, soll ihn auch keine andere bekommen? Immerhin ist Eifersucht ein klassisches Mordmotiv.« Oda fühlte sich ganz in ihrem Element.

»Nein. Wirklich nicht. Es stimmt, ich hatte vor ein paar Jahren ein Verhältnis mit John, aber das ist in gegenseitigem Einvernehmen beendet worden. Schließlich war John ja verheiratet, ich wollte keine Ehe zerstören. Als uns beiden das bewusst wurde, haben wir die Beziehung beendet und waren seitdem nur noch gute Arbeitskollegen.«

»Das ging einfach so?« Cordes mischte sich ein.

»Na ja, sooo einfach war es nicht, aber wir haben es geschafft. Die Arbeit hat uns in Anspruch genommen und irgendwann haben wir, glaube ich, vergessen, dass uns einmal mehr verband.«

»Und warum tragen Sie dann immer noch seinen Ring?«, fragte Oda.

*

Eine halbe Stunde später waren sämtliche Beziehungsgespräche vergessen. Denn der Inhalt des Päckchens hatte alle überrascht. Nachdem die Spuren außen gesichert waren, hatten sie das Paket geöffnet und aus dicken Lagen Haushaltspapier den *Bernstein-Petrus* zu Tage gefördert.

Inzwischen hatte der Kollege Paket und Figur mit in die Kriminaltechnik genommen – nicht ohne erheblichen Widerstand von Ina Nienhauer, die meinte, eine derart wertvolle Skulptur könne unmöglich einfach so bei der Polizei rumstehen.

Doch man hatte die Sekretärin beruhigen können. Nun hoffte Christine, nach der Untersuchung endlich die Hinweise zu erhalten, die sie weiterbrächten.

»Dieses kleine Ding sorgt für so viel Wirbel ...!«, hatte Wagner gestaunt. In der Tat war die Bernsteinfigur nicht gerade aufsehenerregend. Doch es war etwas anderes, ein Kunstwerk in Katalogen zu sehen oder es vor sich auf dem Schreibtisch zu haben.

»Warum ist in den Schriften über de Vries nichts über den *Bernstein-Petrus* zu lesen?«, fragte Christine, die im Internet nachgeforscht hatte.

»Na ja, die Hooksieler hielten es nicht für nötig, überall auf ihren Schatz hinzuweisen, das hätte nur Neider und Diebe angezogen. Es war stets schlicht der *Bernstein-Petrus*, den ein Schiffbrüchiger den Hooksielern aus Dankbarkeit geschenkt hatte. Bis in der Nazi-Zeit jemand in den Kirchenbüchern auf den Künstler gestoßen ist und die Figur mitgenommen hat.«

»Aber das alles ist doch jetzt vollkommen irrelevant«, sagte Wagner unwirsch. »Wichtig ist: Warum ist die Figur plötzlich wieder da?«

*

Annegret zuckte erschrocken zusammen, als Max plötzlich hinter ihr in der Küche stand. Sie war gerade mit dem Abwasch fertig. »Was machst du denn hier? Ich dachte, du bist auf Spiekeroog.«

»Ich habe es dort nicht ausgehalten. Hatte Angst, man würde Tomke wegsperren.«

»Hast du so wenig Vertrauen zu mir?« Annegret lächelte.

»Natürlich nicht.« Max setzte sich an den Küchentisch. »Aber weißt du, ihr hattet in den letzten Jahren ein so angespanntes Verhältnis, da wusste ich nicht, wie Tomke reagieren würde. Hätte ja sein können, dass sie dich auch weiterhin ablehnt. Da wollte ich eben zur Stelle sein. Außerdem, solange noch nicht geklärt ist, wer Papa umgebracht hat, ist mein Platz an deiner Seite. Finde ich.«

»Das ist lieb von dir, Max.« Annegret wischte ihre feuchten Finger an einem Tuch ab und lehnte sich an die Arbeitsfläche. »Aber glaube mir, ich bin durch die Ereignisse dem Leben doch ein ganzes Stück näher gerückt. Ich habe auch die Tabletten reduziert, was mir zwar nicht leicht fällt, doch es geht. Es geht so vieles, wenn man muss.« Sie lächelte. »Weißt du, ich habe mir Vorwürfe gemacht, dass Tomke sich den unachtsamen Umgang mit Tabletten bei mir abgeguckt hat. Ich will ihr zeigen, dass Medikamente kein Ausweg sind.«

»Wie geht es ihr?«

»Gut. Ich war heute Vormittag und auch heute Nachmittag bei ihr. Das Gespräch mit dem Psychiater haben wir gut überstanden, ich denke, es wird vom Krankenhaus lediglich die Empfehlung kommen, eine Psychotherapie zu machen. Zwingen kann man sie dazu allerdings nicht.« Sie setzte sich ihrem Sohn gegenüber und sah Max fest in die Augen. Erwachsen war er geworden durch den Tod seines Vaters. Bis vor kurzem hatte er noch so jungenhaft gewirkt, jetzt schien er ernst und verantwortungsbewusst. Mit einem Mal war sie sich sicher, dass auch die Hotelgeschichte auf Spiekeroog gut gehen und nicht wie alles, was er vorher angefangen hatte, in einem Fiasko enden würde. Als ihr diese Gedanken durch den Kopf gingen, merkte sie, wie eine Last von ihr abfiel. Um Max brauchte sie sich keine Sorgen mehr zu machen.

»Die Ärzte sagen, sie kann vielleicht übermorgen schon wieder nach Hause. Ich hoffe nur, dass sie sich jetzt vernünftig benimmt, aber dabei können wir ihr ja helfen.«

»Das werden wir, Mama. Es wird keinen Grund geben, dass sie noch mal ins Krankenhaus muss. Ganz bestimmt nicht.«

*

»Lassen Sie uns eine kleine Pause machen«, schlug Christine vor, als sie vom Museum zurück fuhren.

»Wie? Pause? Kein Kaffee nebenbei im Büro?« Wagner schien erstaunt.

»Ich bräuchte auch eine Kleinigkeit zu essen.« Christine wusste nicht, warum sie ausgerechnet in Wagners Gegenwart in die Bäckerei wollte, in der Franks Geliebte arbeitete. Doch allein würde sie sich das derzeit nicht trauen. Und Wagner ahnte ja von dem ganzen Schlamassel nichts.

Sie parkten bei der Sparkasse und liefen über den Zebrastreifen am Gebäude des *Wilhelmshavener Kurier* vorbei.

Wagner deutete auf die Eisdiele neben dem Zeitungshaus. »Hier gibt's wunderbaren Cappuccino.«

»Nein. Bitte. Lassen Sie uns in die Bäckerei gehen. Mir ist schon ganz schlecht vor Hunger.« Schlecht wurde Christine auch von der Schleimerei, mit der sie Wagner jetzt um den Bart ging. Aber es nützte nichts, sie brauchte ihre Kollegin und deren loses Mundwerk in dieser Situation, irgendwie gab Wagner ihr ein kleines bisschen Sicherheit. Selbst wenn sie es sich nur ungern eingestand. Christine wollte die Frau sehen, die sich in ihre Ehe gedrängt hatte. Wenn man denn von Drängen sprechen konnte. Sie war wohl einfach nur zur falschen Zeit am falschen Platz gewesen und Frank gerade empfänglich.

Tatsächlich stand eine dunkelhaarige junge Frau hinter dem Verkaufstresen, als Christine zwei Tassen heiße Schokolade und zwei halbe Käsebrötchen bestellte. Sie hatte einen harten Akzent. Ob es wirklich Jasna war, erfuhr Christine nicht. Als sie am Stehtisch standen und Brötchen und Schokolade verzehrten, versuchte sie sich die junge Frau als Franks Geliebte vorzustellen. Nicht körperlich, so weit ging ihr Masochismus dann doch nicht, aber sie versuchte herauszufinden, was Frank an dieser Frau fand. Sicher, sie sah nicht schlecht aus, doch umwerfend war der Anblick nun nicht. Eine Konkurrentin hätte Christine sich anders vorgestellt. Dennoch spürte sie, dass die Kälte in ihrem Inneren zunahm. Gab es noch eine Chance für Frank und sie?

*

»Jawoll!« Wie ein Bär stürmte Gerd Manssen in das kleine Büro.

»Wie, jawoll?« Wagner sah von den Unterlagen auf, über denen sie gerade brütete.

»Wir haben vielleicht Glück mit den Spuren auf dem Päckchen. Ich dachte, ich sag's euch persönlich, außerdem hatte ich Kaffeedurst und unten bei uns brauen sie nur so'n Plörrwasser.« Manssen setzte sich auf die Schreibtischkante. »Also, gibt's bei euch noch einen, oder muss ich erst zu Nieksteit in die Räucherhöhle?«

Christine griff zur Kaffeekanne und dem letzten sauberen Becher auf der Fensterbank. Auf Manssens Zeichen hin fügte sie auch Zucker und Milch hinzu, während der Kriminaltechniker weitersprach.

»Natürlich ist nicht nur ein Satz Fingerabdrücke darauf, schließlich haben auch Postangestellte das Paket in den Fingern gehabt, aber, und das ist der Clou, es sind Abdrücke auf Päckchen und Petrus, die nicht drauf sein sollten.«

»Das verstehe ich jetzt nicht«, sagte Christine.

»Also meine Lieben, das ist ein wunderbares Beispiel für *So sollte man es nicht machen*! Ich will es euch erklären. Die Abdrücke von den Postlern sind klar zu erkennen. Logisch. Aber es gibt noch andere Abdrücke, die nicht ganz so klar sind. Ich vermute ganz stark, der Absender des Päckchens hatte Vinylhandschuhe an.« Manssen machte eine Kunstpause. Er strahlte. Beide Frauen sahen ihn aufmerksam an.

»Diese Handschuhe aber, und das ist eben der Clou, wurden schon öfter getragen. O Mann, dass mir so was mal unter die Finger kommen würde! Ein Traum! Egal. Jedenfalls wird das ohnehin schon dünne Material, weil für den Einmalgebrauch gedacht, durch häufigeres Tragen natürlich dünner. Was der Träger, oder ...«, er grinste, »... die Trägerin natürlich nicht vermutete. Durch häufiges Benutzen dieser Art von Handschuhen ist es nämlich möglich, dass die Finger Abdrücke hinterlassen. Beim Klo-Reinigen und im Haushalt ist das natürlich vollkommen egal. Aber ...« Manssen wedelte erfreut mit beiden Händen. »Wenn jemand mit solch abgenutzten

Handschuhen ein Päckchen packt ... Da hat er schon verloren.« Er erhob sich vom Schreibtisch. »Wie gesagt, diese Abdrücke sind nicht ganz so deutlich, aber wir werden sie zweifelsfrei zuordnen können. Nun brauche ich nur noch die Abdruckproben eurer Verdächtigen, dann kann ich euch vielleicht schon den Absender nennen.« Manssen trank einen großen Schluck. »Die Abdrücke von Diersen und der Sekretärin haben wir ja schon im Museum genommen, die werden gerade einem Vergleich unterzogen. Ihr müsst jetzt nur noch die anderen Leute herschicken, von denen ihr meint, dass sie was mit der Sache zu tun haben könnten.«

»Ach, Manssen, dafür könnte ich Sie umarmen!« Das meinte Christine zutiefst ehrlich. Endlich schien es voranzugehen.

*

Henner Diersen betrachtete die Fotos, die vor ihm auf dem Schreibtisch lagen. Pornografische Bilder mit jungen, sehr jungen Mädchen. Die einer seiner Mandanten naiverweise ins Internet gestellt hatte. Da würde er ziemlich vom Leder ziehen müssen, um ihn rauszuboxen, obwohl, eine wirkliche Chance sah er nicht. Der Kerl war ein Blödmann. Heutzutage wusste jeder Laie, dass es Fahnder gab, die speziell nach solchen Bildern im Internet suchten. Da musste man damit rechnen, erwischt zu werden, auch wenn es nur für einen Tag in einem privaten Online-Album war. Am liebsten hätte Diersen den Fall abgelehnt, doch der Mandant war nicht nur ein langjähriger Klient, sondern zudem noch ein guter Bekannter.

Er schob die Fotos beiseite. Widerlich, so etwas. Hätte er von Carlo überhaupt nicht gedacht. Der tat immer, als könnte er kein Wässerchen trüben.

Sein Telefon klingelte.

»Die Polizei für Sie«, sagte seine Sekretärin und stellte durch.

»Wagner hier. Moin, Herr Diersen.«

Na klasse, die zickige Polizistin. Heute war wohl wirklich nicht sein Tag.

»Wir haben frohe Kunde für Sie. Der *Petrus* ist wieder da.«

Diersen lehnte sich zurück. »Ach nee.«

»Doch, doch. Und raten Sie mal, wie er aufgetaucht ist.«

»Beim Staubputzen hinter dem Schrank gefunden?« Diersens Stimme troff vor Ironie.

»Nicht ganz. Per Post.«

»Per Post?« Er gab sich Mühe, wirkliche Verwunderung an den Tag zu legen, während er mit dem Daumennagel der rechten Hand die Nägel der linken säuberte.

»Und es kommt noch besser.« Das Frohlocken in der Polizistinnenstimme machte ihn stutzig. Er ließ das Reinigen der Nägel sein.

»Auf dem Paket sind natürlich jede Menge Fingerabdrükke, aber auch auf dem *Petrus* sind welche. Wir sind also ein ziemliches Stück weiter. Wollte Sie nur kurz darüber informieren. Und natürlich ...«, Diersen spürte das Grinsen der Kommissarin wie Sirup in sein Ohr fließen, »... werden wir Ihre Fingerabdrücke als Erstes mit denen auf dem *Petrus* vergleichen. Schönen Tag noch.«

Damit war die Leitung tot.

So eine Scheiße aber auch.

Diersen schlug mit der flachen Hand auf den Tisch, stand auf und trat mit dem Fuß gegen die Wand. Ein hässlicher schwarzer Striemen blieb zurück. Konnte die dumme Kuh nicht mal das? Ohne Abdrücke zu hinterlassen ein Paket verschicken?

Er ging zurück zum Telefon, wählte und schon nach zweimaligem Läuten hörte er: »Hellmann?«

»Sag mal, Sandra, was hast du denn da gemacht?«, brüllte er in den Hörer. »Kannst du denn nichts richtig erledigen?« Er blieb stehen, die Gelassenheit zu sitzen hatte er nicht.

»Wie? Was ist los?«

»Ich habe dir doch gesagt, du sollst Handschuhe anziehen, wenn du das Ding verpackst. Aber nein, Madame hält sich nicht an Vorgaben. Packt die Figur einfach so ein.« Diersen versuchte, seine Lautstärke zu reduzieren, was ihm jedoch nicht ganz gelang.

»Hast du 'ne Macke?« Auch Alexandra Hellmann wurde sauer. »Ich habe Handschuhe angehabt, mein Lieber, die Fingerabdrücke müssen von den Postangestellten stammen. Und den *Petrus* habe ich auch gründlich abgewischt.«

»Schmier dir dein ‚mein Lieber' sonst wo hin. Natürlich sind da mehrere Abdrücke drauf, aber eben auch deine. Kannst du mir das erklären?«

»Nein.« Alexandra war hörbar verblüfft. »Ich habe Handschuhe angehabt. Ganz bestimmt. Die, die ich immer nehme, wenn ich putze. Da können keine Abdrücke von mir drauf sein.«

»Scheiße.« Nun ließ Diersen sich in den Schreibtischsessel fallen, das Leder gab ein knirschendes Geräusch von sich. Er griff nach seinem Becher Kräutertee, von dem er hoffte, dass er ihn beruhigte. Kaffee hätte seinen Herzschlag nur noch mehr beschleunigt, das Rasen während des Telefonates mit der Kommissarin hatte ihm gereicht.

»Kann sein, dass sie bei dir nun auch noch auftauchen«, sagte er gehässig, »immerhin warst du seine Geliebte. Haben sie deine Fingerabdrücke eigentlich auch schon?«

*

»Das Beste ist, Tomke geht für eine Zeitlang mit dir nach Spiekeroog«, sagte Annegret, als sie um neunzehn Uhr aus dem Krankenhaus zurück waren und gemeinsam im Wohnzimmer saßen. Es hatte weiter geschneit. Das Fahren war zwar keine Rutschpartie gewesen, aber es ging nur im Schnekkentempo voran, denn die Stadt Wilhelmshaven streute nur eingeschränkt. Im Villenviertel wurde sowieso nie gestreut. Bei Eisglätte fuhr nicht mal ein Taxi hierher, denn das alte Steinpflaster war mit den Jahren derart zu den Bürgersteigen hin abgesackt, dass die Autos bei Eis unweigerlich entweder an die Bordsteinkante oder an ein dort parkendes Auto rutschten.

Der Blick in den Garten des Hauses bot ihnen eine vollkommene Winterlandschaft. Unberührte weiße Fläche, schneebedeckte Bäume und dieses so eigene Licht, genau wie man es sich an Weihnachten wünschte. Nur war Weihnachten in Wilhelmshaven in den seltensten Fällen weiß, eher regnerisch, mild und schmuddelig.

»Du meinst, dann ist sie erst mal aus der Schusslinie?« Ein sattes »Plopp« ertönte, als Max den Korken aus einer Flasche Merlot zog.

»Ja. Auf Spiekeroog kann sie wieder zur Ruhe kommen und du bist bei ihr. Ich denke, das ist es, was sie jetzt braucht. Abstand und Ruhe. War alles etwas viel in letzter Zeit. Erst der Krankenhausaufenthalt, dann der Tod ihres Vaters, nun wieder das Krankenhaus ... Vielleicht sollte sie beim *Wilhelmshavener Kurier* kündigen. Sie kann doch übergangsweise bei dir als Zimmermädchen oder an der Rezeption oder auch in der Küche arbeiten.« Annegret griff nach ihrem Glas und ließ den Rotwein darin kreisen, bevor sie es an den Mund setzte. »Außerdem ist sie dann außerhalb der Reichweite der Nienhauer. Es hat mir gar nicht gepasst, dass Ina heute wieder im Krankenhaus war.«

»Aber Mama, Ina und Tomke sind doch gute Freundinnen. So oft, wie Tomke im Museum war ... Ina meint es immer gut mit Tomke.« Max schenkte sich ein zweites Mal das Glas voll.

»Ich weiß, Max, aber mir ist diese Verbindung zu eng. Ich kann nicht wirklich an Tomke rankommen, wenn Ina immer dazwischenfunkt. Von daher ist es besser, sie geht mit dir. Sobald ich kann, komme ich nach. Wir werden auf der Insel schon wieder zueinander finden.«

*

»Da kannst du erst mal nur cool bleiben«, schlug Gudrun am Telefon vor.

Christine saß auf der Couch, hielt den Hörer mit der linken und das Weinglas in der rechten Hand.

»Du kennst Frank schließlich am besten«, sagte Gudrun. »Durch Heulerei wird er sich nicht erweichen lassen. Er braucht jetzt in dir die taffe, selbstständige Frau. Das kleine Mädchen hat er ja in der Tussi. Halte dich zurück, nimm ihm keinerlei Dinge mehr ab, sei jetzt einfach eigenständig und auch egoistisch. Geh locker mit der Sache um, das ist das Einzige, womit du ihn zurückholen kannst.«

»Du kannst recht haben. Aber was, wenn er in mir das Weibchen vermisst, das er in der Tussi zu finden glaubt?«

»So, wie du sie schilderst, wenn es denn überhaupt die richtige Jasna war, sucht er in ihr keine Frau, sondern eher ein Mädchen. Eines, das er noch nach seinen Maßstäben formen kann. Das kannst du ihm sowieso nicht bieten. Deine Chance sehe ich nur darin, ihm zu zeigen, was für eine Frau er für das Mädchen aufgibt. Vielleicht ist er das Jugendliche an der Tussi bald leid und er erkennt, was er an dir hat. Aber entscheiden musst du natürlich, das kann dir keiner abnehmen. Aber vielleicht …« An dieser Stelle machte Gudrun eine Pause. »Vielleicht solltest du dir überlegen, ob du ihn überhaupt zurückhaben willst. Wer weiß denn, ob das eine einmalige Sache bleibt, wenn er die Tussi tatsächlich sausen lässt. Ob nicht andere Jasnas folgen?«

»Ich denk noch mal drüber nach. Danke für deine Hilfe.«

»Ach, wenn ich dir doch wirklich helfen könnte.« Christine hörte Gudrun seufzen. »Kannst mich jederzeit anrufen, wenn du was hast. Das weißt du doch, ja?«

»Okay. Noch mal danke.« Sie legten auf. Christine sah ihr leeres Glas und goss sich nach.

Ich trinke zu viel, dachte sie, Wilhelmshaven bekommt mir nicht. Hier trinke ich mehr als in den Jahren in Hannover zusammen, hier stoße ich nicht nur im Job auf Ablehnung, Niksteit mal ausgenommen, hier erlebe ich auch das Ende meiner Ehe. Ob Frank wohl einfach so weitergemacht hätte, wenn ich in Hannover und unsere Ehe weiterhin eine reine Wochenendbeziehung geblieben wäre?

Sie blickte in den Garten, in dem Lichtsternchen im Schnee funkelten. Die Gedanken ließen sich einfach nicht ordnen. In ihrem Kopf herrschte Chaos. Außerdem war ihr kalt, doch das konnte nur innerlich sein, denn der Raumthermostat stand auf dreiundzwanzig Grad. Sie wollte gerade die graue Fleecedecke über sich ziehen, als sie hörte, dass sich die Haustür öffnete.

Frank kam. Er war ungewöhnlich früh. Als er ins Wohnzimmer trat, sah Christine die letzten Schneeflocken auf seinem leicht ergrauten Haar schmelzen. Wie gut er aussah! Wenn sie jetzt doch nur aufstehen und ihn in den Arm nehmen könnte. Aber sie blieb sitzen, unschlüssig, was sie sagen oder wie sie sich verhalten sollte, und sagte nur: »Hallo.«

»Hi. Hast du noch gar nicht zu Abend gegessen?« Er suchte vergeblich nach einem Brotbrett.

»Doch, aber ich habe alles schon wieder weggeräumt«, log Christine. Sie hatte keinen Hunger, das halbe Brötchen heute Mittag war genug. Psychischer Stress schlug ihr immer auf den Magen. Sie musste sich zwingen, wenigstens ein bisschen zu essen, sonst machte auch noch ihr Kreislauf schlapp.

»Ich mach mir eben was, dann setze ich mich zu dir.« Frank verschwand in der Küche.

Als er zurückkam, hatte er das Sakko ausgezogen und auch die Krawatte abgestreift.

»Wie war dein Tag?«, fragte er.

»Es geht. Und deiner?« Christine wunderte sich. Was zog Frank denn jetzt ab? Spielte das ganz normale Ehepaar, wo doch nichts mehr normal war. Wo alles in Scherben lag. Oder hatte er vielleicht mit der Tussi Schluss gemacht?

»Ich hab Jasna gesagt, dass ich heute nicht komme.« Anscheinend hatte Frank ihre Gedanken gelesen. »Ich meine, immerhin sind wir beide verheiratet und …« Er zuckte unglücklich mit den Achseln. »Ich weiß auch nicht, wie ich mich verhalten soll. Das mit Jasna hat mich total überrollt.«

Christine schnaubte, doch Frank ließ sich nicht beirren.

»Bei Jasna ist eben alles so neu. Da bin ich ein ganz anderer Mann als bei dir. Ich weiß selbst nicht, was und wie das werden soll. Aber dich liebe ich auch. Nur im Moment eben weniger. Oder anders. Ich weiß es nicht. Aber ich will dir nicht weh tun. Ich bin so durcheinander.« Frank schluckte und fing an zu weinen. »Du musst etwas Geduld mit mir haben.« Er sah sie bittend an. »Kannst du das?«

*

Oda pfiff, als sie am Donnerstagmorgen ins Büro kam. Cordes war noch nicht da, das war ungewöhnlich. Normalerweise war Frau Hochnäsig superpünktlich. Wahrscheinlich um zu beweisen, wie gut sie war. Egal, Oda nahm die Kaffeekanne von der Maschine, schnappte sich auch noch die Gießkanne und ging in die Küche. Sie kippte den Rest alten Kaffees aus und überlegte, ob sie einfach Wasser einfüllen und drüben in den Behälter geben sollte. Merkte doch eh keiner, ob die Kanne ausgewaschen war, wenn der Kaffee erst mal drin war. Doch sie besiegte ihren inneren Schweinehund und griff zu Spüli und Bürste. Heute wollte sie anständig handeln, die Zeit des Schluderns war vorbei. Nahm sie sich wenigstens vor.

Der Abend mit Jürgen war klasse gewesen. Obwohl sie ihn die ganz Zeit mit Argusaugen beobachtet hatte, hatte es keine Anzeichen dafür gegeben, dass er tatsächlich mehr an dem Fall als an ihr interessiert war. Er hatte mit keinem Wort nach den Ermittlungen gefragt, war nicht auf das Telefonat zurückgekommen.

Nein, sie war sich sicher, Jürgen hatte mit dem Mord an Beenke nichts zu tun, das war einfach nur schräge Phantasie ihrer Kollegin gewesen.

Gestern Abend hatte Jürgen sie das erste Mal geküsst. Vor der Haustür. Wie die Teenies. Oda hatte ein weiches und kribbelndes Gefühl im Unterleib verspürt und es ein wenig bedauert, dass Jürgen nicht noch mit hoch gekommen war. Doch das lief ihnen ja nicht weg. Dazu blieb genügend Zeit, wenn sie Beenkes Mörder hatten und Jürgen auch in Cordes' Augen frei von jedem Verdacht war.

Oda schüttelte den Kopf. Warum war ihr wichtig, ob Cordes Jürgen für verdächtig hielt? So ein Quatsch.

Bei der Cordes allerdings schien es im Moment wohl nicht so gut zu laufen, dachte sie, als sie, zurück in ihrem Büro, Wasser und Kaffeemehl in die Maschine gab. Die geschwollenen Augen letztens, das war sicher keine Allergie. Überhaupt schien ihr Kampfeswille verschwunden zu sein. Auf der einen Seite freute sich Oda natürlich darüber, andererseits bedauerte sie es auch. Sie hatte es genossen, sich kleine Schlachten mit der Neuen zu liefern. Nun aber war der Reiz weg, es wurde langweilig.

Na ja. Vielleicht war die Cordes ja heute wieder besser drauf. Wäre irgendwie schöner als dieses, ja, was war das … Apathische.

Fünf Minuten später gab die Kaffeemaschine mit einem

Gurgeln das Ende ihrer Tätigkeit bekannt. Oda schenkte sich einen Becher ein und trank den ersten heißen Schluck im Stehen. Sie goss gerade die Pflanze auf der Fensterbank, als Manssen eintrat.

Er lehnte sich gegen den Türrahmen. »Wir haben jetzt den Absender des Päckchens.«

Sie hatten gestern per Anruf Annegret und Max Beenke ebenso wie Alexandra Hellmann aufgefordert, in die Polizeiinspektion zu kommen und sich die Fingerabdrücke abnehmen zu lassen. Auf Tomkes hatten sie verzichtet, da sie im Krankenhaus war. Wenn alle anderen im Vergleich nicht zu den sichergestellten Spuren passten, wäre immer noch Gelegenheit gewesen, Tomkes Abdrücke zu bekommen.

»Diersen?«, frohlockte Oda.

»Fehlanzeige. Hellmann. Hab gedacht, ich sag es dir am besten selbst.« Er drehte sich um und stieß beinahe mit Cordes zusammen, die gerade eintreten wollte.

*

»Die Hellmann also.« Siebelt rieb sich über das Kinn, als sie im Besprechungszimmer saßen. Der schwere Duft seines Aftershaves erfüllte derart den Raum, dass es Christine übel wurde. Wie konnte ein Mann in seiner Position so aufdringlich mit Duftwässerchen umgehen!

»Ich denke, da haben wir endlich die Verbindung zu Diersen«, sagte sie. »Bei unserem Gespräch hatten wir ja schon den Eindruck, dass sie ihn schützen wollte. Jetzt schickt sie die Figur zurück. Ich bin gespannt, wie sie uns das erklären wird.«

»Ich hätte nicht gedacht, dass die da mit drinsteckt«, meinte Wagner. »Ich habe fest mit Diersen gerechnet. Doch die Figur allein heißt ja noch nicht, dass sie Beenke auch ermordet hat. Oder?«

»Findet's heraus, Mädels.« Siebelt stand auf. »Wir treffen uns nachher, ich muss mich sputen, denn ich …«

»… habe einen Termin außer Haus«, beendeten unisono die beiden Frauen seinen Satz.

Siebelt nickte und verschwand. Christine blickte Wagner

an. Das erste Mal seit ihrem Amtsantritt in Wilhelmshaven lächelten beide gemeinsam.

*

Alexandra Hellmann war unsicher. Erst hatte sie zur Polizei fahren und dort ihre Fingerabdrücke nehmen lassen müssen. Heute Morgen war dann der Anruf gekommen, dass sie sich zur Verfügung halten sollte. Man konnte ihre Abdrücke doch gar nicht auf dem Paket und der verdammten Figur gefunden haben, schließlich hatte sie die Handschuhe getragen. Das war sicher nichts als ein Bluff. Dennoch hatte sie gemerkt, wie Panik in ihr aufstieg, und zum Hörer gegriffen, um Henner anzurufen.

Henner, dem der Name Alexandra zu lang und Alex zu herb war.

»Sandra ist doch auch eine Abkürzung von Alexandra«, hatte er gesagt und sie von da an Sandra genannt. Sie hatte das witzig gefunden; zwei Männer, zwei Namen.

Als sie schon den Hörer in der Hand hatte, war ihr das gestrige Telefonat mit Henner eingefallen. Sie hatte rasch wieder aufgelegt. Er hatte sie benutzt. Aber was weitaus schlimmer war: Sie hatte sich benutzen lassen.

*

Ina Nienhauer starrte auf die bunten Fische, die den Bildschirmschoner ihres PC's bildeten. Sie hatte schlecht geschlafen. Verdammt schlecht. Die ganze Nacht hatte sie sich hin- und her gewälzt und auch jetzt ließen die Gedanken sie nicht in Ruhe.

Aber was war denn schon gewesen? Nichts. Ein Streit mit John, klar, umgebracht hatte sie ihn jedoch nicht. John hatte noch gelebt, als sie nach dem Streit mit ihm aus dem Museum gerannt war.

Sie atmete tief, als sie an die Auseinandersetzung dachte, ausgelöst dadurch, dass sie ihn auf die Hellmann angesprochen hatte.

John war handgreiflich geworden. John, dem sie so etwas nie zugetraut hätte. Er hatte sie so grob beiseite gestoßen, dass sie gestolpert und mit dem Brustkorb gegen die Schreibtischecke gestoßen war. Gott sei Dank hatte sie sich noch abfangen können, aber seitdem schmerzten ihre Rippen. Und alles nur, weil sie ihn gewarnt hatte.

»Ich werde Tomke sagen, dass du mit der Hellmann ein Verhältnis hast«, hatte sie geschrien, als er auf vernünftiges Reden nicht reagiert hatte.

»Das weiß sie wohl schon.« Seine Antwort war eisig. Als sie auf ihn zutrat, hatte er sie weggestoßen. »Und das wird wohl auch der Grund für ihren erneuten Selbstmordversuch gewesen sein. Wenn ich dahinterkomme, dass du durch dein Gerede daran schuld bist, dann gnade dir Gott.«

John hatte sich wieder an den Schreibtisch gesetzt, als sie sich keuchend aufrichtete.

»Du Schwein«, hatte sie unter Schmerzen hervorgestoßen. »Du bist doch schuld, dass Tomke im Krankenhaus ist. Du bist schuld, dass Max nichts auf die Reihe kriegt, weil du ihm nie etwas zugetraut hast. Und du bist schuld, dass Annegret mehr Tabletten als Nahrungsmittel zu sich nimmt. Alle, die mit dir in Berührung kommen, machst du kaputt.«

Eigentlich wollte sie danach raus aus dem Büro, alles hinter sich lassen und nie wieder zurückkommen, doch bevor sie an der Tür war, hatte John noch etwas gesagt.

»Kaputtmachen? Meine liebe Ina, du warst doch schon kaputt, als ich dich kennen lernte. Du kannst froh sein, dass ich dir überhaupt Zeit geschenkt habe. Dass ich dir die Zuneigung gab, die du für dein bisschen Selbstachtung brauchtest. Und hinterher habe ich dir die Brocken zugeworfen, die dich am Leben erhalten. Was würdest du denn ohne mich machen?«

Ohne zu überlegen, hatte sie das gläserne Schiff ergriffen, das sie John vor Jahren als unauffälliges Zeichen ihrer Liebe geschenkt hatte. In sein höhnisches Lachen hatte sie geschlagen. Einmal. Gegen die Stirn. Dann hatte sie das Schiff fallen lassen, entsetzt über sich selbst, und war aus dem Büro gelaufen. John hatte sich das Blut weggewischt und ihr nachgerufen, damit sei sie für alle Zeit erledigt. Dafür werde er sorgen.

*

Christine bemerkte den Geruch sofort, als sie Alexandra Hellmanns Wohnung betraten. Der Glückstee! Diesen Geruch hatte sie also in Diersens Büro wahrgenommen, ohne ihn jedoch zuordnen zu können. Das war die nächste Verbindung zu dem Anwalt. Beim ersten Gespräch war ihr nur aufgefallen, dass die Hellmann nicht mit in das Anti-Diersen-Horn stieß, obwohl doch auch sie stocksauer auf den Mann hätte sein müssen, der ihrem Geliebten die Arbeit erschwerte. Und nun der Glückstee. Die Bestätigung, dass Alexandra Hellmann den *Petrus* von Diersen und nicht von Beenke erhalten hatte, würde sie sicher auch gleich bekommen. Und eine Erklärung dafür. Das spürte sie.

Die Hellseherin wirkte unsicher, gab sich jedoch Mühe, das zu überspielen.-

Sie saßen zusammen wie bei einem Teekränzchen.

»Ja, ich habe den *Petrus* verschickt«, gab Alexandra Hellmann zu. »Ich habe mich da leider reinziehen lassen.« Sie stieß die Luft aus und atmete tief, als brauche sie Kraft für die kommenden Worte. »Ich lernte John auf einer Vernissage kennen. Irgendwie sind wir nicht nur ins Gespräch gekommen, sondern fühlten, dass die Fäden zwischen uns schwangen. Mich faszinierte seine Arbeit, und so war ich oft im Museum. Und in seinem Büro. Ich genoss es, mit ihm über Kunst zu sprechen, mir von ihm die Exponate erklären zu lassen. Mit der Zeit wurden die Gefühle intensiver und ... na ja, ich wurde seine Geliebte. Seine Frau war zu keiner Zeit ein Thema für uns. Es gab sie, aber das war's. John nahm überhaupt keine Rücksicht darauf, dass er verheiratet war. Das hätte mir sicherlich zu denken geben müssen, wenn ich denn nicht so blind gewesen wäre. Henner Diersen habe ich auch zum ersten Mal im Museum getroffen. Henner kann durchaus charmant sein, wenngleich ganz anders als John.«

Alexandra stand auf und lief im Zimmer umher. »Irgendwann im Zuge seiner Recherchen stieß John auf den verschollenen *Bernstein-Petrus*. Wir haben darüber gesprochen, was für eine Sensation es wäre, könnten wir ihn für die neue Ausstellung auftreiben.« Sie blieb stehen und hielt ihren Stuhl an der Rückenlehne umfasst. »Das war vor über einem Jahr. Es dauert so lange, eine Ausstellung vorzubereiten, wissen Sie.« Sie ließ die Stuhllehne los und ging zum Fenster. Als sie weitersprach, blickte sie hinaus. »Ich weiß nicht mehr genau, wann ich mit Henner über den *Petrus* sprach und darüber, dass wir ihn für das *Nordseemuseum* gewinnen wollten, aber Henner rief mich einige Wochen später an. Zu dieser Zeit gab es die ersten Unstimmigkeiten mit John. Ich hatte bemerkt, dass ich John nicht so wichtig war wie er mir. Das hat mich sehr verletzt, schließlich hatte ich geglaubt, in ihm meinen geistigen und körperlichen Gegenpart gefunden zu haben. Wie Yin und Yang, wenn Sie verstehen. Jedenfalls haben Henner und ich uns getroffen. Henner versicherte mir, er könne den *Petrus* beschaffen. Wie, das habe ich da noch nicht gefragt.«

Alexandra setzte sich wieder und trank ihren inzwischen kalten Tee. Sie schenkte allen dreien nach, bevor sie weitersprach. »An jenem Abend fühlte ich mich durch Henners Versicherung, er könnte die Skulptur beschaffen, wie beflügelt. Ich sah in ihm denjenigen, der helfen konnte, Johns Traum zu verwirklichen. Und der mir half, John an mich zu binden.« Alexandra lachte. »Was für eine naive Idee.«

Christine und Wagner schwiegen, ließen ihre Tassen unberührt stehen. Christine konnte gut nachvollziehen, was in Alexandra vor sich gegangen war. Sie erlebte diese Art der Ablehnung von Liebe doch derzeit hautnah.

»Als ich Henner begeistert vorschlug, sofort bei John anzurufen, wehrte er ab. Das sei nicht klug, meinte er, John würde ihn als Konkurrenten sehen, nicht als Gleichgesinnten. Das konnte ich nicht verstehen, schließlich ging es doch allein um das Museum. Dachte ich. Aber Henner schaffte es, mich zu überzeugen. So entstand die Idee, dass ich durch meine hellsichtigen Fähigkeiten die Hinweise auf den Aufenthaltsort des *Petrus* geben sollte. Zunächst war mir das nicht recht, es widerstrebt meiner gesamten Arbeit. Ich sei kein Scharlatan, sagte ich Henner, doch der beruhigte mich, ich täte es ja nicht für mich, sondern für das Museum und für John.« Ein bitteres Schnauben folgte. »Das habe ich geglaubt.«

»Und dann?«, fragte Christine.

»Der Rest war einfach. Ich habe John ein wenig von Meditationserlebnissen vorgegaukelt, gezielt die Hinweise von Diersen weitergegeben, und es dauerte nicht lange, bis John tatsächlich auf den *Petrus* stieß. Zu der Zeit wusste ich noch nicht, dass Henner den Leihgeber von früher kannte und das Ganze eine abgekartete Sache war, angeleiert, um John öffentlich bloßzustellen. Ich habe nur daran gedacht, dass John mir dankbar sein müsste und entdecken würde, wie viel wir zusammen erreichen können. Aber auch als der *Petrus* eingetroffen war, änderte sich sein Verhalten nicht. Da wurde mir klar, dass ich für ihn eine Episode war.« Alexandra schluckte. »Ich habe mich aus verletzter Eitelkeit auf Diersen eingelassen.«

»Aber das Verhältnis mit Beenke beibehalten?«, fragte Christine.

»Man gibt die Hoffnung ja nie auf, oder?«

»Kommen wir zurück zur Skulptur. Warum war die bei Ihnen und warum haben Sie sie zurückgeschickt?«

»Also, das war so ...« Alexandra Hellmann fuhr sich durchs Haar. »Als ich Henner damals von dem *Bernstein-Petrus* erzählte, muss ein Groschen bei ihm gefallen sein, denn er kannte die Figur. Sie stand bei seinem Freund in Ascona. Bis zu diesem Zeitpunkt hatte er sich nie Gedanken darüber gemacht, ob die Figur, die in seinen Augen nur ein Ausdruck von Gläubigkeit war, überhaupt einen Wert hatte. Ich weiß das alles übrigens auch erst seit kurzem. Jedenfalls setzte er sich mit seinem Freund in Verbindung und erfuhr die ganze Geschichte. Wie Henner selbst früher auch, lebte die Familie seines Freundes in Hooksiel. Der Großvater des Freundes ist bei der SS gewesen, und als damals alles drunter und drüber ging, stahl er die Figur. Jahrelang hielt er sie versteckt, doch nach einem Urlaub in Italien stand sie plötzlich in seinem Wohnzimmer. Es war aber nicht der Original-*Petrus*, sondern eine Kopie, die er aus Muranoglas hatte anfertigen lassen. Kein Mensch wusste davon, Henners Freund hat es auch erst nach dem Tod des Großvaters erfahren. Dem gefiel diese Posse – ein wertvolles Stück, von dem niemand wusste, in seinem Tresor und die Kopie deutlich sichtbar in seinem Wohnzimmer zu haben. Henner konnte seinen Freund überreden, beide Stücke nach Wilhelmshaven kommen zu lassen; John erhielt das Original, das von einem Experten auf Echtheit überprüft wurde, Henner die Kopie. Nachdem der Experte die Echtheit bestätigt hatte und bevor John den *Petrus* wieder in den Tresor sperrte, gelang es mir, den echten *Petrus* gegen die Kopie auszutauschen.«

»Ach so!« Christine hatte begriffen. Sie sah von ihrem Notizblock auf. Also hatte Diersen doch Dreck am Stecken. Und zwar gewaltig.

*

»Puh, das war ja nicht ohne«, sagte Oda, als sie zurück ins Büro fuhren. Wie fast immer saß Cordes am Lenkrad, klar, diesmal waren sie auch mit deren Flitzer gefahren. Oda konnte nicht verstehen, was Cordes an so einem Auto fand, bei dem man sich schon beim Einsteigen zusammenfalten musste. Wenn sie sich je wieder ein eigenes Auto zulegen würde, dann wäre es ein Van, bei dem man höher saß und gute Sicht hatte. Ein Renault oder Citroën oder so. Dieser Flitzer war nur etwas für verwöhnte Möchtegernladies, die damit nach außen hin ihren Kontostand zu demonstrieren suchten, fand sie.

»Sie sagen ja gar nichts, Frau Cordes.«

»Mir tut die Hellmann leid.«

Täuschte sich Oda jetzt, oder waren da wirklich Gefühle bei der Cordes zu hören?

»Da glaubt die Frau, auf die Liebe ihres Lebens getroffen zu sein, und erlebt so etwas.«

»Na, nun machen Sie mal 'nen Punkt. Schließlich wusste die Hellmann, dass Beenke verheiratet war. Da war sie eben zu naiv.«

Die Ampel, an der sie warteten, sprang auf Grün. Cordes gab Gas. Ein wenig zu viel, wie Oda meinte, es hörte sich fast wie ein Kavalierstart an.

»Eigentlich müsste ich mich ja für Frau Beenke freuen, dass

ihr Mann sie nicht eiskalt abserviert hat«, sagte Cordes mit einem kleinen Schniefen. »Aber irgendwie verstehe ich auch die Hellmann.«

»Das kann ja wohl nicht wahr sein«, regte Oda sich auf. »Also, das, was die Hellmann da zusammen mit Diersen abgezogen hat, geht doch wohl über das normale Maß an verletzter Eitelkeit hinaus.«

Cordes antwortete nicht, und als Oda einen Blick zur Seite warf, bemerkte sie die zusammengekniffenen Lippen ihrer Kollegin. Ja, Cordes, diese Überfrau, hatte offenbar selbst Eheprobleme. Ein Teil von Oda rieb sich die Hände. Doch der andere Teil, der in der letzten Zeit schöne Stunden mit Jürgen erlebt hatte, fühlte sich unwohl. Konnte die Cordes sich denn nicht zusammennehmen?

*

»In groben Zügen sieht es folgendermaßen aus«, begann Christine.

Sie hatte sich inzwischen wieder gefangen. Gemeinsam mit Siebelt, der gerade zwischen zwei Außer-Haus-Terminen in der Polizeiinspektion war, saßen sie im Besprechungsraum.

»Diersen zieht die Hellmann auf seine Seite und die gibt den Aufenthaltsort des *Petrus* an Beenke weiter. Doch statt dass der sich nun aus Dankbarkeit oder endlich erkannter Liebe zu Hellmann von seiner Ehefrau trennt, lockert er die Beziehung zu Hellmann, denn er will beruflich höher hinaus. Er hofft auf eine Museumsleiterstelle in einer Großstadt, und die macht sich seiner Ansicht nach besser mit einer lang Angetrauten. Da ist die Hellmann zutiefst betrübt. Der ebenfalls verheiratete Diersen spendet Trost, wobei beiden in diesem Fall klar ist, dass sie nur eine Affäre haben.

Diersen versteht es, Hellmann gegen Beenke aufzustacheln. So wird Hellmann Teil des Planes, den Diersen schon seit längerem hegt: Beenke bekommt zwar zunächst den richtigen *Bernstein-Petrus*, doch der wird gegen eine Glaskopie ausgetauscht. Bei der Vernissage von *Kirche, Kunst und Küste* wollte Diersen die Echtheit des *Petrus* anzweifeln, einen Gutachter bestellen und Beenke nicht nur als Lügner dastehen lassen, sondern ihn gleichzeitig aus dem Weg räumen.« Christine lehnte sich zurück.

»Und was wäre mit dem echten *Petrus* passiert?« Siebelt kratzte sich am Kopf.

»Den wollte Diersen an seinen Freund zurückschicken.« Wagner griente, zog eine Zigarette aus Siebelts Schachtel und pustete den Dunst in die ohnehin schon miefige Raumluft. »Und beide, Diersen und der ominöse Freund, hätten einen Mordsspaß gehabt.«

»Also ist Diersen raus?« Siebelt legte das Feuerzeug wieder auf die Schachtel. Er hatte so seine Eigenarten, und Ordnung gehörte auch in Kleinigkeiten dazu.

»Das würde ich so nicht sagen.« Christine erhob sich, um ein Fenster zu öffnen. »Wir können jedoch davon ausgehen, dass der Mord nicht geplant war, wenn Diersen es denn gewesen ist.«

»Hat die KT schon herausgefunden, ob einer der beiden *Petrusse* die Tatwaffe gewesen sein kann?«

»Das schließt Manssen definitiv aus. Zwar hat die Figur ebenfalls Kanten, aber die passen nicht zu den Spuren am Schädel des Opfers. Sind zu kurz.«

»Und – glaubt ihr, was die Hellmann euch aufgetischt hat? Oder war das nur ein Versuch, sich aus der Affäre zu ziehen? Vielleicht hat sie ihn ja umgebracht und den *Petrus* eingesackt.« Siebelt sah beide Frauen an.

Christine schüttelte den Kopf. »Nein. Das glaube ich nicht. Außerdem hat sie den *Petrus* zurückgeschickt.«

Auch Wagner nickte. »Tja, Chef, die Hellmann ist aus der Sache raus. Die hat Beenke nicht auf dem Gewissen.«

»Na, dann fühlt mal dem Diersen auf den Zahn. Immerhin hat der die Sache mit den zwei *Petrussen* eingefädelt. Ob Beenke doch dahintergekommen ist und Diersen ihn deshalb umgebracht hat? Außerdem steht ja auch noch die Aussage dieses Leihgebers im Raum, dessen Gemälde angeblich beschädigt wurde. Habt ihr bei der Versicherung mal nachgefragt? Ihr hattet doch den Eindruck, dass dieser … wie hieß er noch?«

»Holzer«, sagte Christine kleinlaut.

»… Holzer mit Diersen unter einer Decke steckte. Dass es den Transportschaden gar nicht gab, dass er Diersen lediglich als Vorwand diente, um an den Tresor zu gehen. Wenn tatsächlich ein Schaden gemeldet wurde, wird die Versicherung das überprüft haben. Wenn aber nicht, muss Diersen derjenige gewesen sein, der die Glaskopie aus dem Tresor geholt hat.« Siebelt steckte Zigaretten und Feuerzeug ein und erhob sich. »Stellt sich bloß die Frage, warum hat er ihn nicht gleich wieder gegen den echten ausgetauscht?«

»Warten Sie einen Moment, bitte.« Christine blätterte in einem der vor ihr liegenden Aktenhefter. Sie holte das Handy aus ihrer Tasche, die über der Stuhllehne hing, und wählte, während sie auf den Hefter sah. »Ich gebe zu, ich habe versäumt, bei der Versicherung nachzuhaken. Aber das kann ich sofort nachholen. Tut mir leid.«

*

»Also?«, fragte Oda und sah ihre Kollegin an.

»Also los«, sagte Cordes. Beide erhoben sich.

Es hatte wieder zu schneien angefangen, als sie aus dem verputzten Gebäude traten, doch der Verkehr auf der Peterstraße lief noch flüssig. Die dicken, winterlichen Flocken passten so gar nicht zu Odas Stimmung. Sie erlebte privat den Frühling und genau so wollte sie auch das Wetter. Sonne, wärmere Temperaturen, Radtouren am Jadebusen entlang bis nach Dangast, oder in die andere Richtung nach Hooksiel und Schillig – alles zusammen mit Jürgen, der, wie sie inzwischen wusste, ein ebenso begeisterter Radfahrer war wie sie.

Cordes fuhr wieder ihren Privatwagen. Diesmal hatten sie grüne Welle, mussten nur an der Ampel Peter-/Ecke Gökerstraße halten, wobei Cordes einen schrägen Blick auf die Benzinanzeige warf. »Erinnern Sie mich bitte daran, dass ich nachher tanke«, bat sie Oda. Die nickte und guckte auf die Aushängeschilder der Aral-Tankstelle an der Ecke. Irre, wie die Benzinpreise gestiegen waren. Sie würde sich wohl doch keinen eigenen Wagen leisten können. Außerdem war ihr Rad ja auch viel umweltfreundlicher.

*

»Du kannst morgen schon raus«, überraschte Annegret nachmittags ihre Tochter. Tomke war noch immer blass, kein Wunder, allein schon der Geruch in Krankenhäusern machte Annegret fast krank. Dazu flogen sicherlich viele Grippeviren durch die Luft, die vom Personal oder den Besuchern angeschleppt wurden.

»Ja?« Tomke klang nicht übermäßig begeistert. »Und dann müsst ihr mich gleich zum Psychiater schleppen, oder habt ihr euch für die bequemere Variante entschieden und steckt mich in die Geschlossene?« Sie drehte den Kopf weg, so dass Annegret ihr nicht in die Augen sehen konnte. »Immerhin habt ihr was vorzuweisen. Zwei Suizidversuche in kurzer Zeit. Da greift doch jede Klapse mit Freuden zu.«

»Nun hör aber mal auf.« Annegret wurde liebevoll energisch. Natürlich verstand sie, dass Tomke in Selbstmitleid badete, das hatte sie selbst ja auch lange genug getan, doch es wurde Zeit, sich den hoffentlich positiven Dingen des Lebens zuzuwenden. Sie griff nach Tomkes Hand. »Morgen früh nach der Visite kannst du raus. Max holt dich ab. Ich packe ein paar Sachen zusammen, damit ihr die Nachmittagsfähre nach Spiekeroog nehmen könnt. Es wird dir gut tun, eine Zeitlang etwas anderes zu sehen, dir die Inselluft um die Nase wehen zu lassen. Außerdem ist derzeit nicht so viel Betrieb auf Spiekeroog, da habt ihr zwei ein wenig Zeit für euch. Ich komme nach, sobald ich kann.«

»Max soll also den Aufpasser spielen?« Tomke drehte zornig den Kopf und schaute ihre Mutter an. »Glaubt ihr denn, ich bin ein kleines Kind, das sich verschicken lässt? Oh nein. Ina war vorhin da, ich habe alles mit ihr besprochen. Ich werde zunächst ein paar Tage bei Ina wohnen.« Sie entzog ihrer Mutter die Hand. »Ina ist für mich da. So wie sie all die Jahre für mich da war, als du dich hinter Tabletten verkrochen hast, um dich nicht mit mir und Papa auseinandersetzen zu müssen. Ich gehe zu Ina. Basta.« Tomkes Tonfall wurde noch ein wenig kühler. »Ich habe dir schon gesagt, Mutter, du kannst nicht so tun, als ob nach Papas Tod alles in Ordnung ist. Das ist es ganz bestimmt nicht.«

*

Schwungvoll riss Oda die Tür zu Diersens Kanzlei auf und stapfte hinein. Cordes kam langsamer hinter ihr her. Der verblüfften Stilettoträgerin rief Oda im Vorbeigehen zu: »Sie brauchen uns keinen Kaffee zu bringen, Herr Diersen wird auch keinen wollen. Und bitte: keine Störungen!« Dann öffnete sie ebenso schwungvoll Diersens Bürotür.

»Was zum Teufel erlauben Sie sich?« Erbost stand der Anwalt auf.

»Setzen Sie sich, Herr Diersen, nun ist es Zeit für die Wahrheit.« Oda öffnete den Reißverschluss ihrer Jacke und warf sich auf den Besucherstuhl. Cordes saß wieder damenhaft, doch das störte Oda im Moment nicht. Cordes war nun einmal so, daran würde sie sich gewöhnen müssen.

Einen Moment taxierte Diersen sie, dann nahm er relativ entspannt hinter seinem Schreibtisch Platz.

»Was haben Sie denn Herrn Holzer für seine Falschaussage geboten?« Oda sah das leichte Zucken in den Augen des Anwalts.

»Wie bitte?«

»Och, Herr Diersen. Ich bitte Sie. Lassen wir das Katz-und-Maus-Spiel. Wir wissen Bescheid. Es gab keinen Transportschaden. Wenigstens ist keiner bei der Versicherung gemeldet worden. Auch wenn Herr Holzer uns am Telefon vom Gegenteil zu überzeugen versuchte.« Oda verkniff sich einen zynischen Seitenblick auf Cordes. Sie hätten schon viel eher wissen können, dass es den Transportschaden nicht gab – wenn Cordes ihre Arbeit richtig gemacht hätte. Aber egal, nun wussten sie Bescheid. Außerdem hatte Siebelt Cordes' Fehler mitgekriegt. Das hatte ja durchaus etwas für sich.

»Außerdem hat uns Frau Hellmann von der Sache mit dem *Petrus* berichtet. Nicht gerade die feine englische Art, finden Sie nicht?« Mit vor der Brust verschränkten Armen lehnte Oda sich zurück.

Diersen rieb sich die Nase. »Wie man's nimmt«, sagte er kühl. »Ich wollte Beenke loswerden und das schien mir die eleganteste Art zu sein. Außerdem bin ich ein Spieler. Ich spiele gern mit hohem Einsatz.« Er zuckte mit den Schultern. »Dieses Mal habe ich eben verloren. Kann man nichts machen.«

»Beenke hat also den Austausch gemerkt, Sie zu sich bestellt und dann ist es zum Streit gekommen?« Cordes hatte den unvermeidlichen Block auf dem Schoß.

»Nein.« Diersen schüttelte den Kopf. »Wie ich schon gesagt habe, es gab zwar ein Gespräch mit Beenke, auch den üblichen kleinen Streit, aber der hatte nichts mit dem *Petrus* zu tun. Beenke lebte noch, als ich ging. Ich meine auch, dass Frau Nienhauer das bezeugen kann.«

»Bislang hat sie nichts davon gesagt, aber wir werden das natürlich noch einmal nachprüfen.« Oda beugte sich vor. »Kommen wir noch mal zum *Petrus*. Sie waren derjenige, der ihn aus dem Tresor gestohlen hat?«

Diersen lachte kurz. »Es blieb mir ja nichts anderes übrig. Der Austausch war dazu gedacht, Beenke bloßzustellen. Den lebenden Beenke. Nicht den toten. Darum bin ich nach seinem Tod an den Tresor gegangen und habe die *Petrus*-Kopie rausgenommen.«

»Warum haben Sie die nicht gleich durch den echten ersetzt? So haben Sie sich zusätzlich verdächtig gemacht.« Cordes knipste ungeduldig mit dem Kugelschreiber.

»Warum, warum«, schnaubte Diersen. »Meine Güte, das Ganze war ein Spiel, Schach mit echten Menschen, wenn Sie es so wollen. Beenke störte und sollte weg. Aber auf die elegante Art. Stattdessen war ich plötzlich in Mordermittlungen verwikkelt. Das Erste, was ich dachte, war: Die Kopie muss weg. Also habe ich sie geholt. Erst im Nachhinein habe ich meinen Fehler bemerkt, aber da konnte ich ihn nicht rückgängig machen. Darum habe ich Sandra, ich meine Frau Hellmann, beauftragt, den echten *Petrus* ans Museum zurückzuschicken.« Er lachte verächtlich. »Wenn die sich nicht so blöd angestellt hätte, wären Sie nie dahintergekommen, wie die Sache ursprünglich geplant war. Und dass ich damit zu tun hatte.«

*

Als Christine nach Hause kam, blinkte die Anzeige des Anrufbeantworters. Abgekämpft und kaputt vom Tag zog sie sich erst einmal bequeme Sachen an. Während das Teewasser kochte, drückte sie die Abspieltaste.

»Christine? Hier spricht Frank«, hörte sie die Stimme ihres Mannes. »Ja … nun bist du nicht da … Ich wollte es dir eigentlich selber sagen und nicht aufs Band sprechen … Sei mir nicht böse, aber … rechne heute lieber nicht mehr mit mir. Ich fahre nach der Arbeit zu Jasna und bleibe dort eventuell über Nacht. Ich melde mich auf jeden Fall morgen, tschüss.«

Ein Loch tat sich auf. Abgrundtief, schwarz wie ein Tunnel ohne Beleuchtung. Mitten drin sie, Christine. Weder vorne noch hinten war ein Lichtstreifen zu sehen, es ging nur noch wirbelnd bergab. Wie betäubt ging Christine in die Küche, nahm den Kocher und schüttete das Wasser in die Kanne. Erst als sie drei Minuten später den Tee in einen Becher gießen wollte, merkte sie, dass sie keine Teeblätter in die Kanne gegeben hatte.

Eine Stunde und ein langes Telefonat mit Gudrun später saß Christine mit ihrem Tee und einem Cognac am Esstisch. Vor ihr lag die Akte mit dem Obduktionsbefund. Sie musste sich ablenken. Und vielleicht hatte sie doch etwas übersehen?

*

»Und, wie war's?«, fragte Jürgen, als sie zusammen in Odas Wohnzimmer saßen. Wave-Musik kam leise aus den Lautsprechern der Aldi-Stereoanlage, Erdnüsse und Käsegebäck ergänzten den Geschmack des Rotweins, den Oda ebenfalls beim Discounter gekauft hatte.

Allerdings hatte sie diesmal eine teurere Variante genommen und nicht den einfachen, den sie sonst zu trinken pflegte.

Inzwischen waren sie so vertraut miteinander, dass Oda Jürgen auch solche beruflichen Sachen erzählte, die sie eigentlich nie einem Journalisten erzählt hätte. Und Jürgen hatte ihr Vertrauen gerechtfertigt; er hatte nichts von dem geschrieben, worüber sie mit ihm gesprochen hatte, sondern nur das, was offiziell bekannt gegeben worden war. Das war nicht viel.

Kurz fasste Oda zusammen, was das Gespräch mit Alexandra Hellmann ergeben hatte, dann kam sie auf Diersen.

»Das ist ein echtes Schwein, Jürgen«, sagte sie. »Er hat die Aussage der Hellmann bestätigt, bestreitet aber, Beenke ermordet zu haben. Beenke habe noch gelebt und sei unversehrt gewesen, als er gegangen wäre. Zu dem Zeitpunkt habe Beenke angeblich noch nichts von dem Austausch des *Petrus* gewusst.«

»Und nun?« Jürgen zog Oda zu sich heran, doch das Telefon unterbrach ihn. Widerwillig stand sie auf.

»Wagner«, meldete sie sich.

Cordes war dran.

»Moment eben.« Oda legte die Hand auf die Sprechmuschel und flüsterte in Jürgens Richtung: »Meine Kollegin.« Sie ging mit dem Telefon in die Küche.

»Was gibt's denn so spät noch?«, fragte sie, an die Arbeitsfläche gelehnt.

»Ich habe mir den Obduktionsbericht noch einmal vorgenommen. Hatte das Gefühl, ich hätte etwas übersehen.«

»Und, haben Sie?«

»Ja. Ich glaube schon. Ich habe mich gefragt, warum wurde erst vorn gegen die Stirn geschlagen und dann noch mal hinten? Also, wenn ich jemanden erschlagen würde, dann würde ich doch nicht nach dem ersten Schlag um den herumgehen. Ich würde weiterhin von vorn zuschlagen. Darum habe ich noch mal genau nachgesehen. Alle Verletzungen lagen oberhalb der Hutkrempenlinie. Doch die Schlagwinkel sind unterschiedlich. Die hinteren Winkel passen zueinander, jedoch nicht zum vorderen. Also stellt sich die Frage: Kann es sein, dass nicht eine, sondern zwei Personen zugeschlagen haben?«

»Diersen und Hellmann.«

»Nienhauer und Annegret Beenke? Aber warum Annegret? Die hatte sich mit ihrer Situation doch arrangiert. Oder ist sie eine begnadete Schauspielerin und führt uns die ganze Zeit an der Nase herum?«

»Hm. Die Nienhauer sollten wir uns in jedem Fall gleich morgen früh vorknöpfen.«

»Das sehe ich auch so. Und noch etwas ist mir eingefallen. Wir sind bisher immer davon ausgegangen, dass Tomke Beenke völlig außen vor ist. Dass sie nach ihrem Krankenhausaufenthalt erstens zu schwach war, um eine solche Tat zu begehen, und dass sie zweitens ihren Vater zu sehr liebte. Aber wir haben ihr Alibi nicht überprüft. Was, wenn sie nicht in ihrer Wohnung geblieben ist, wenn sie doch massiven Streit mit ihrem Vater hatte? Wenn sie hinüber ins Museum gegangen ist, es zu einem erneuten Streit kam und sie ihn umbrachte?«

Als sie das Telefonat beendet hatte, ging Oda zurück zu Jürgen.

»Ich fass es nicht!« Sie warf sich auf die Couch neben ihn. »Die Cordes. Ruft mich zu Hause an. Wegen des Falls. Gibt's ja gar nicht. Aber sie hat ein paar interessante Denkansätze gehabt.« Oda biss ein wenig Haut neben dem linken Zeigefingernagel ab, was ihr einen kleinen Klaps von Jürgen einbrachte.

»Lass das«, sagte er. »Erzähl lieber, was los ist.«

»Ich könnte mir selbst in den Hintern treten, dass ich nicht das Alibi der Tochter überprüft habe. So'n Mist. Und nun kommt die Cordes darauf. Wo ich das doch schon Nieksteit gegenüber mal vermutet habe, dass die Tochter da mit drinstecken könnte. Scheiße aber auch. Na, da werden wir uns die noch mal vornehmen. Die ganze Familie. Vielleicht haben Mutter und Tochter unter einer Decke gesteckt. Oder die Tochter und die Sekretärin.«

»Die Sekretärin?«

»Unerfüllte Liebe, Jürgen. Schon mal was davon gehört?« Sie grinste ihn frech an.

»Klar. Was meinst du, was ich mit dir mache, wenn du meine Liebe nicht erwiderst.«

»Ist es denn Liebe?«

»Wer weiß?« Er erstickte alle möglichen Spitzen mit einem Kuss.

*

Christine erwachte am Freitagmorgen gerädert, nachdem sie sich die halbe Nacht hin und her gewälzt hatte. Frank war tatsächlich nicht nach Hause gekommen. Was sollte sie nur machen? Wie sollte sie mit der Situation umgehen? Sollte sie

Frank den Freiraum geben oder die Konsequenzen ziehen? Wozu würde der Freiraum führen? Zu einer Rückkehr zu ihr? Zu einem Aufschieben der Trennung? Und was, wenn Frank zurückkäme … Würde es irgendwann eine andere Jasna geben?

Der Mann, den sie so gut zu kennen geglaubt hatte, wurde ihr immer fremder. Dennoch war da ihre Liebe zu ihm. Und Sehnsucht. Gefühle, die jetzt so weh taten. Aber waren das tatsächlich noch wirkliche Gefühle? Oder Gewohnheit, verletzte Eitelkeit? Sie nahm sich vor, später darüber nachzudenken, jetzt rief der Job. Sie spürte, dass sie kurz vor der Aufklärung des Mordes waren. Nach dem Telefonat mit Wagner gestern Abend hatte sie sich etwas besser gefühlt, obwohl ihr nicht klar war, warum.

Ohne zu frühstücken, fuhr Christine ins Büro. Kaffee würde sie dort trinken können, Appetit hatte sie ohnehin nicht.

*

»Dann wollen wir mal«, sagte Oda gut gelaunt, als sie die Lagebesprechung in der Polizeiinspektion hinter sich hatten.

Diesmal nahmen sie den Dienstpassat und Oda fuhr. Cordes machte nicht den Eindruck, als sei sie heute besonders stabil. Sie musste wirklich Probleme haben. Nicht gerade angenehm, das wusste Oda aus Erfahrung. Dabei hatte sie selbst damals noch einen fünfjährigen Sohn an den Backen gehabt. Das war sicherlich schlimmer. Doch in Anbetracht der Tatsache, dass es mit Jürgen und ihr so gut lief und dass sie der Cordes nun wirklich keinen leichten Einstieg in Wilhelmshaven bereitet hatte, regte sich ein Fünkchen schlechten Gewissens.

In der Nacht waren die Temperaturen wieder gesunken. Schnee lag in der Luft, Oda konnte ihn förmlich riechen.

»Vielleicht sollte ich jetzt besser die Befragung übernehmen«, schlug sie vor, als sie über die Brücke zum Museum gingen.

Cordes nickte. »Ja, vielleicht kriegen Sie mehr aus der Nienhauer raus.«

Oda stutzte. Wie? Kein: »Das ist mein Fall?« Sie frohlockte. Also, auf in den Kampf.

Ina Nienhauer blickte verärgert drein, als sie die beiden Beamtinnen sah.

»Sie? Gibt es etwas Neues?«

»Ja.« Oda blieb vor Nienhauers Schreibtisch stehen. »Das kann man wohl sagen.« Sie hockte sich auf die Tischkante, Cordes zog sich einen Stuhl heran. »Laut Obduktionsbefund könnten es auch gut zwei Täter gewesen sein, es gibt nämlich unterschiedliche Schlagwinkel.« Oda beschloss, ein wenig zu bluffen. »Dementsprechend scheinen die Täter unterschiedlich groß gewesen zu sein, und nach den Körpergrößenberechnungen«, wie und ob das überhaupt ging, hätte sie jetzt wirklich nicht sagen können, »kommen Sie als einer der Täter in Frage.«

Ina Nienhauer schluckte. Wischte sich mit der linken Hand über Nase und Mund.

Beide blickten sie stumm an. Warteten.

Nach bestimmt zwei Minuten brach Ina Nienhauer das Schweigen.

»Ja. Ich habe zugeschlagen.« Sie schniefte. »Aber nur einmal.« Sie erzählte, was am letzten Montag vorgefallen war. »Dann bin ich weggelaufen. Weil ich so erschrocken über mich selbst war.«

»Und das Schiff? Wo ist das jetzt?« Auch Oda hatte sich inzwischen einen Stuhl an den Schreibtisch gezogen. »Wo haben Sie es versteckt?«

»Ich habe es nicht. Es lag auch Dienstag früh nicht mehr hier. Ich weiß nicht, wo es ist. Aber …« Ina stand auf. »Ich kann Ihnen zeigen, wie es aussah.« Sie ging zum Büroschrank. Zwischen den Ordnern kramte sie ein Foto heraus, das einen lachenden John Beenke hinter seinem Schreibtisch zeigte. Das Bild musste im Sommer aufgenommen worden sein, denn Beenke trug ein kurzärmeliges Hemd und der Hintergrund zeigte durch das Fenster hellblauen Himmel. Viel interessanter war jedoch das Schiff, das neben dem PC-Bildschirm stand.

»Warum zum Teufel haben Sie uns das nicht eher gesagt?«, entfuhr es Oda. »Da suchen wir nach der Tatwaffe und Sie wissen die ganze Zeit, dass es dieses Ding hier war!« Sie warf das Foto auf den Schreibtisch.

»Ich war durcheinander. Konnte nicht klar denken. Habe befürchtet, wenn ich Ihnen sage, dass das Schiff weg ist, fällt der Verdacht auf mich. Heute weiß ich, dass es Unsinn war, denn der Täter muss es ja benutzt und dann mitgenommen haben. Aber so weit konnte ich Dienstag wirklich nicht denken.«

»Hm.« Oda verzog die Lippen.

»Eines noch«, sagte Cordes. »Dann haben Sie aber doch gesehen, das Diersen nach dem Gespräch mit Ihrem Chef wegging. Warum haben Sie uns auch das verschwiegen?

»Weil es ja sein kann, dass Diersen noch mal zurückgekommen ist. Ich habe nämlich gehört, wie John kurze Zeit, nachdem Diersen weg war, telefonierte. Da sagte er etwas wie: ‚Wir müssen doch noch mal darüber reden.' Ich dachte, dass er mit Diersen telefonierte.«

»Meine Güte, Frau Nienhauer!« In Oda brodelte die Wut. Sie sprang auf und stemmte die Hände in die Seiten. »Das hätten Sie uns doch alles sagen müssen! Verdammt!«

»Außerdem haben Sie sich geirrt.« Auch Cordes stand auf. »Beenke hat nicht mit Diersen, er hat mit seiner Geliebten telefoniert.«

*

Es war kurz vor elf, als sie an der Haustür der Beenkes klingelten.

Wie immer öffnete Annegret Beenke, und wieder war sie weiß und fließend gekleidet. Doch etwas war anders. Das Durchscheinende, Watteähnliche war weg.

»Ich habe gerade Kaffee fertig«, sagte Annegret, als sie im Wohnzimmer waren. »Warten Sie einen Moment, ich hole ihn. Sie trinken doch eine Tasse mit?« Ohne die Antwort abzuwarten, war sie verschwunden.

Als sie zurückkehrte, fiel Oda auf, dass Anngret Beenke sich gerader hielt als sonst. Sie nickte ihrer Kollegin zu, als sie Platz nahmen und die Hausfrau die Tassen verteilte. Das ist dein Fall, also nimm sie ran, signalisierten Odas Augen.

*

Einen Moment stutzte Christine, als sie Wagners stumme Aufforderung auffing. Ließ die ihr tatsächlich den Vortritt?

Als Annegret Beenke sich setzte, bemerkte Christine deren wachen Blick. Das waren nicht die Augen, die vor wenigen Tagen ihr Mitleid erweckt hatten. Was hatte diese Frau so verändert? Als Christine die Witwe jetzt ansah, verstand sie nicht, dass sie überhaupt je Mitleid mit ihr empfunden hatte. Die Frau, die heute vor ihnen saß, machte nicht nur einen absolut wachen Eindruck, sie erschien auch berechnend und hart. War Annegret Beenke eine so gute Schauspielerin, dass sie Christine beim ersten Zusammentreffen derart hatte täuschen können? Wenn ja, warum tat sie es jetzt nicht? Oder hatte der Tod ihres Mannes Annegret aus ihrer Trance gerissen?

*

Unterdessen saß Ina Nienhauer wie ein Häuflein Elend hinter ihrem Schreibtisch. Blickte auf das Foto von John. Ihrem John. Streichelte mit dem Zeigefinger sein Gesicht. Sie schluchzte auf. Warum hatte es nicht so bleiben können, wie es war? Es war doch schön mit ihnen gewesen. Harmonisch, ausgeglichen, ruhig. Sie hätte nie Ansprüche an John gestellt. Sich immer mit der Rolle der Nebenfrau zufrieden gegeben. Warum musste John das kaputt machen, sich mit einer wie der Hellmann einlassen?

Murat kam an ihrer geöffneten Tür vorbei, sah sie und stutzte. »Hatten Sie nicht eigentlich jetzt einen Termin? Wollten Sie nicht weg?«

»Nein.« Ina schüttelte den Kopf. Der Student eilte weiter. Ina ließ für einen Moment den Kopf auf die Schreibtischplatte sinken. Eigentlich sollte sie wirklich schon im Krankenhaus sein, um Tomke abzuholen. Doch dazu fühlte sie sich nicht in der Lage.

*

Christine gab sich einen Ruck. Da sie gerade von Ina Nienhauer kamen, gab es nicht mehr allzu viele Möglichkeiten.

»Frau Beenke, warum haben Sie Ihren Mann umgebracht?«

Einen Moment lang war die Stille im Raum fast greifbar, dann lachte Annegret Beenke.

»Wie kommen Sie darauf, dass ich meinen Mann getötet haben könnte?« In ihrer Stimme lag Klarheit, genau wie in ihrem Blick. Klarheit, Wachsamkeit aber auch … ein Anflug von Panik.

»Wir haben den Obduktionsbericht noch einmal genau studiert«, sagte Christine. »Zunächst sind wir davon ausgegangen, dass der Täter – oder die Täterin – mehrmals zugeschlagen hat, um wirklich sicherzugehen. Auf die unterschiedlichen Schlagwinkel haben wir zunächst nicht so großen Wert gelegt. Doch dann drängte sich die Frage auf: Was ist, wenn zwei verschiedene Personen zugeschlagen haben?«

Wagner meldete sich zu Wort. »Wir wissen inzwischen, dass es Streit zwischen Frau Nienhauer und Ihrem Mann gegeben hat. Im Verlauf dieses Streits kam es zum ersten Schlag: Frau Nienhauer schlug mit einem gläsernen Schiff zu, das aber am Dienstagmorgen nicht mehr auf dem Schreibtisch stand.«

»Dann wird Frau Nienhauer es entfernt haben.«

»Nein, das hat sie nicht.« Christine übernahm das Gespräch. »Der Kreis schließt sich. Wir haben die Alibis Ihres Sohnes überprüft, er kann es nicht gewesen sein. Auch Frau Hellmann und Herr Diersen scheiden aus. Es kommen nur noch Sie und Ihre Tochter als Täterinnen in Frage. Denn Tomkes Alibi besteht allein in ihrer eigenen Aussage, dass sie zu Hause geblieben ist, nachdem ihr Vater sie am Südstrand abgesetzt hatte. Sie hat mit niemandem telefoniert, es gab kein Gespräch mit Nachbarn, sie hat durchaus die Möglichkeit gehabt, ins Museum zu gehen und die Tat zu begehen.«

Annegret lachte. Christine hatte den Eindruck, es klang etwas zu schrill.

»Das ist doch ausgemachter Unsinn, den Sie da von sich geben. Warum sollte Tomke ihrem Vater etwas antun? Sie hat ihn vergöttert. Und er sie ebenfalls. Und ich … nein. Warum sollte ich meinen Mann umbringen? Weil er eine Geliebte hatte?«

»Wir gehen nicht von einer geplanten Tat aus. Vielleicht hat sich die Möglichkeit ergeben und Sie haben zugegriffen?«

»Unsinn.« Annegret war wieder ganz kühl. »Ich habe vor Tomkes Haus gestanden. Ich wusste, dass sie zu Hause war, denn John hatte mich angerufen, als er sie aus der Klinik geholt hatte, und mir gesagt, dass er sie nur abgesetzt hat. Also bin ich hingefahren. Sie ist schließlich meine Tochter, ich wollte sie sehen. Doch als ich vor dem Haus stand, fiel mir das letzte Gespräch mit Tomke ein. Wie sie mich angiftete, mich nicht um sich haben wollte. Eine Zeit lang habe ich mit mir gerungen. Habe überlegt, ob ich von meinem Handy aus zumindest oben anrufen sollte, ob sie mich vielleicht doch sehen wollte. Dass ich es nicht getan habe, ist anbetracht der jetzigen Umstände natürlich sehr bedauerlich. Aber es sind eine Menge Autos vorbeigefahren. Auch einige der Mieter müssen mich gesehen haben, als sie ins Haus gegangen sind. Fragen Sie mal dort nach.«

»Das werden wir natürlich machen.« Christine sah Annegret unverwandt in die Augen. Sie wollte nicht die kleinste Reaktion übersehen. »Doch ich vermute, dass Sie lügen, Frau Beenke. Sie wollen Ihre Tochter schützen.«

Nur für einen Sekundenbruchteil lief ein Zucken durch Annegrets Körper, aber es entging Christine nicht.

*

»Ist ja irgendwie bezeichnend, dass Ina nicht gekommen ist. Will wohl doch nichts mit mir zu tun haben«, sagte Tomke, als sie ihre Sachen packte. Max stand geduldig neben ihr.

»Komm doch mit nach Spiekeroog«, bat er. »Du wirst sehen, es wird dir da ganz schnell besser gehen.«

»Ich kann nicht, Max. Auf Spiekeroog bin ich weit weg von Papas Grab. Da kann ich ihn nicht jeden Tag besuchen. Ich bleibe.«

»Tomke ...« Max fasste seine Schwester am Arm.

»Lass mich in Ruhe.« Tomke nahm die Tasche.

»Oh nein, ich lasse dich nicht in Ruhe. Du brauchst jemanden, der sich um dich kümmert. Ich kann das nicht, ich muss zurück auf die Insel. Aber ich werde dich jetzt nicht in deine Wohnung fahren, wo du Trübsal bläst und wer weiß was anstellst, ich bringe dich zu Mama. Die wird die nächsten Tage auf dich aufpassen, wenigstens so lange, bis du einigermaßen wieder auf dem Damm bist.«

»Wenn du meinst …« Tomke zuckte mit den Schultern.

*

Max bemerkte den Passat am Straßenrand nicht, als er auf die Auffahrt des Elternhauses fuhr. Er stieg aus und auch Tomke öffnete langsam die Beifahrertür. Was sie ihr wohl für Medikamente gegeben haben, fragte sich Max. Sie macht den Eindruck, als sei sie nicht ganz bei sich. Er hoffte, dass sie tatsächlich therapeutische Hilfe in Anspruch nahm; den Arztbrief jedenfalls hatte Tomke achtlos in ihre Tasche gesteckt.

Er schloss die Tür mit seinem eigenen Schlüssel auf und schob Tomke ins Haus. Bestimmt war seine Mutter überrascht, wenn sie sah, dass Tomke nicht bei Ina war.

Doch die Überraschung war auf seiner Seite, als er im Wohnzimmer nicht nur auf seine Mutter, sondern auch auf die beiden Kriminalbeamtinnen traf.

*

»Max!« Annegret Beenke erhob sich irritiert, als ihr Sohn ins Zimmer trat.

»Ina ist nicht gekommen.« Tomke schob sich an Max vorbei ins Zimmer. »Wieder jemand, der mich im Stich gelassen hat.« Sie ignorierte die Polizistinnen und ließ sich auf einen freien Sessel fallen.

Annegret rieb sich verzweifelt den Nacken.

»Sie kann jetzt nicht allein bleiben, wenigstens nicht, bis die Therapie begonnen hat«, sagte Max, der augenscheinlich nichts von ihrer Not bemerkte. »Und da ich nach Spiekeroog zurück muss, dachte ich, es ist das Beste, sie bleibt erst mal bei dir. Das ist dir doch recht?«

Er sah seine Mutter an. Annegret brach der Schweiß aus. Das war doch alles ein Albtraum. Das konnte nicht wahr sein. Warum war Max nicht eine halbe Stunde später gekommen? Dann hätte sie alles geregelt gehabt. Aber sie unterdrückte die aufsteigende Panik, nickte, ging zwei Schritte auf Tomke zu. Ihr Versuch, Tomke zu umarmen, wurde abgewehrt; die junge Frau verschränkte abweisend die Arme vor der Brust.

»Krieg ich auch einen Kaffee?« Max setzte sich zu Tomke auf die Sessellehne.

Annegret nickte. Auf dem Weg in die Küche wirbelten ihre Gedanken durcheinander. Was sollte sie jetzt nur tun? Als sie zwei Tassen aus dem Schrank nahm, fiel ihr Blick auf die Magnetleiste über dem Herd, an der neben Pizzaschneider und Schneebesen auch die Messer hingen.

Das ist es, dachte sie. Sie nahm das schärfste Messer, versteckte es hinten im Hosenbund und ging zurück.

*

»Bevor Sie kamen, haben wir Ihre Mutter gefragt, warum sie Ihren Vater ermordet hat«, nahm Oda in leichtem Plauderton das Gespräch wieder auf.

Wie eine Giftgasblase schwebte dieser Satz einen Moment im Raum, bevor Max explodierte.

»Wie können Sie nur? Meiner Mutter so etwas zu unterstellen, ist absolut bodenlos! Haben Sie denn keinen Anstand im Leib? Was hätte meine Mutter denn vom Tod meines Vaters? Sie hat Probleme genug! Sie hätte nicht mal die Kraft, ihn zu erschlagen!« Er stand auf, wies mit der Hand zur Tür. »Verlassen Sie sofort das Haus!«

»Es wurde mehrmals zugeschlagen.« Oda blieb ruhig. Das versprach interessant zu werden. Ahnte Max wirklich nichts? Oder wollte er nichts ahnen? »Von Frau Nienhauer wissen wir, dass sie den ersten Schlag ausgeführt hat, doch der hinterließ lediglich eine Platzwunde auf der Stirn. Ihr Vater lebte nach diesem Schlag noch, das hat auch der Gerichtsmediziner bestätigt. Und da Sie, Herr Beenke«, Oda lächelte süffisant, »ein bestätigtes Alibi haben, und Ihre Schwester erst am Montag aus dem Krankenhaus entlassen wurde, bleibt nur Ihre Mutter.« Sie verschwieg, dass auch Tomke kein wirkliches Alibi hatte.

»Oder Ina hat gelogen.« Max sprach schneidend. Tomke fing an zu weinen.

»Ja, ich war's«, sagte Annegret plötzlich, »ich habe meinen Mann erschlagen.« Sie hielt Oda die Handgelenke hin. »Sie können mich festnehmen.«

»Setzen Sie sich, Frau Beenke, wir sind hier nicht in einer billigen Kriminalkomödie.« Oda bewegte sich nicht. »Wie haben Sie es gemacht? Und vor allem, warum?«

»Na ja, mit diesem Schiff. Ich habe die Klingel an der Hintertür gedrückt und John hat mir über den Summer geöffnet. Er verhöhnte mich, als ich in sein Büro kam und über die Wunde auf seiner Stirn erschrak.« Annegret setzte sich langsam und vorsichtig, mit geradem Rücken, in den Sessel. Sie war leichenblass. »‚Da kannst du mal sehen, was Leidenschaft ist', sagte er. ‚Zu so was wärst du nie fähig. Du hast ja gar keine Gefühle. Hast alles mit Tabletten weggeschluckt.' Er wollte aufstehen, doch ich war schneller. Habe das Schiff genommen und zugeschlagen.«

»Wo war denn das Schiff? Und wohin haben Sie geschlagen?«, fragte Cordes.

»Na, auf dem Schreibtisch. Wo es immer stand, nehme ich an. Und zugeschlagen? Auf den Kopf. Wo genau, meine Güte, das weiß ich doch jetzt nicht mehr. Es war ja nicht geplant, es war einfach nur ...« Annegret stand auf. »Kann ich noch kurz ein paar Sachen zusammenpacken?«

»Setz dich wieder, Mutter.« Tomke hob den Kopf. »Ich war es.« Sie sah Oda an. »Meine Mutter hat mit der Sache nichts zu tun.«

»Tomke, sei still!« Annegret sprang auf, doch Tomke sprach weiter. Ihre Stimme war belegt. »Es ist vorbei, Mutter. Ist vielleicht auch besser so. Du wirst die Fehler der Vergangenheit nicht wieder gutmachen, indem du eine Tat gestehst, die du nicht begangen hast. Ich muss ...«

»Halt den Mund!« Blitzschnell war Annegret bei der Couch, zog ihre Tochter hoch und im gleichen Moment das Messer aus dem Hosenbund. Bevor Oda wusste, was geschah, hatte Annegret Tomke das Messer an den Hals gesetzt.

Scheiße, dachte Oda.

»Wenn Sie jetzt eine falsche Bewegung machen, schneide ich

Tomke die Kehle durch.« Annegret sah die beiden Beamtinnen scharf an. »Sie werden sie nicht ins Gefängnis stecken. Das lasse ich nicht zu.« Keine Spur mehr von Hilflosigkeit. Sie hatten es mit einer Frau zu tun, die mit allen Mitteln für ihr Kind kämpfte.

Oda warf einen Seitenblick auf Cordes. Jetzt nur keinen Fehler machen, signalisierte sie ihr mit den Augen.

»Frau Beenke«, sagte Oda, »Sie machen alles nur noch schlimmer. Legen Sie das Messer weg und lassen Sie Tomke reden.«

»Damit Sie sie anschließend wegsperren? Oh nein! Max, gib mir deinen Autoschlüssel!«

»Mama!«

»Der Schlüssel, Max! Steck ihn mir in die Tasche!« Annegret ließ die beiden nicht aus den Augen. Oda überlegte krampfhaft, wie sie es schaffen könnten, Annegret zu überwältigen, ohne Tomke ernstlich zu gefährden.

»Tun Sie, was Ihre Mutter sagt«, wies sie Max an. »Wir müssen Tomke schützen.«

»Genau«, kam es verächtlich von Annegret, *»ich* will sie schützen. Sie, Sie wollen meine Tochter ins Gefängnis stecken. Ist das Ihre Art von Schutz? Max, den Schlüssel!« Sie drückte das Messer fester an Tomkes Hals, die wie erstarrt in den Armen ihrer Mutter hing.

»Wir werden jetzt gehen«, sagte Annegret. Sie zog Tomke hinter sich her. »Wenn ich bemerke, dass Sie mich verfolgen, steche ich zu. Erst Tomke, dann ich.«

Oda, Christine und Max waren aufgestanden. Wie hypnotisiert folgten sie Annegret zur Haustür.-

»Schließ die Tür von innen mit dem Schlüssel ab, Max.« Annegret schleifte ihre Tochter zum Auto.

Völlig überfordert sah Max Oda an.

»Tun Sie, was Ihre Mutter sagt.«

Max schloss die Tür. »Was nun?«, fragte er verzweifelt.

»Keine Angst, wir kriegen das schon hin.« Oda wies mit dem Kopf in Richtung Cordes, die bereits per Handy die Kollegen informierte. »Wir werden sie stellen, die Wache schickt Steifenwagen los. Wir machen eine Ringfahndung.«

»Wird ihnen nichts geschehen?«

»Das kann ich leider nicht versprechen.«

Sie hörten den Wagen aufbrausen, davonfahren, drehten blitzschnell den Schlüssel um und rissen die Haustür auf.

»Schnell«, rief Oda Cordes zu und spurtete zum Auto. Max Beenke rannte mit. »Sie bleiben hier«, kommandierte Oda, als Cordes den Motor startete.

*

»Verdammt, Mama, was soll das?«, schrie Tomke ihre Mutter an, als Annegret Beenke mit überhöhtem Tempo in den Mühlenweg einbog.

»Halt den Mund, Tomke!« Annegret raste auf die gelbe Ampel zu, drückte auf die Hupe, als aus Gelb Rot wurde. Seitlich kommende Autofahrer traten in die Bremsen, versuchten, einem Zusammenstoß auszuweichen. Das Ineinanderkrachen der Autos hörte Annegret nur noch von fern.-

»Die werden dich nicht kriegen.« Annegret drückte das Gaspedal tiefer durch. »Lieber bringe ich uns beide um!«

*

Gerrit Bayer kam gerade vom Klo zurück und spähte aus dem Brückenwärterhäuschen auf die Maade. In einiger Entfernung konnte er den angekündigten Kutter *Elke* sehen, der die Schleuse passiert hatte und nun in den Rüstersieler Hafen einfahren wollte. Ein paar Minuten würde es noch dauern, bis Gerrit die Brücke des Friesendammes öffnen musste.

Er liebte seinen Job. Hier hatte er nach der Pensionierung eine Aufgabe gefunden. Eine wichtige Aufgabe. Freitags bis sonntags gab es feste Zeiten, unter der Woche kam nur selten ein Notfall über den Pieper herein. Für heute hatte er einen genauen Plan, es gab zu dieser Jahreszeit nicht viele Schiffe, die in den Hafen wollten. Deshalb freute er sich auf die Ausnahmen, die Abwechslung.

Die *Elke* kam näher. Gerrit sah aus dem Fenster. Er überprüfte erst den Spiegel, der auch den toten Winkel zeigte, bevor er seinen Code in die Schalttafel tippte. Sekunden später sprang die Ampel an. Gelb. Rot. Die Schranken beidseitig der Klappbrücke senkten sich. Noch einmal warf Gerrit einen Blick in den Spiegel. Die Straße war leer. Er drückte den Knopf, der die Hydraulik in Gang setzte. In drei Minuten würde das Straßenstück oben sein, dann könnte die *Elke* ungehindert durchfahren.

*

»Wo fahren die hin? Was hat sie vor?« Oda hielt sich am Griff oberhalb des Fensters fest. Cordes jagte dem voranfahrenden Wagen nach. Die Polizeisirene röhrte.

Oda drückte die Ruftaste des Funkgerätes. »Dreizehnfünfzig an Zentrale. Kommen.«

»Kommen«, knackte es aus dem Lautsprecher.

»Wie viele Wagen sind im Einsatz?«

»Fünf.«

»Sie fahren den Ölhafendamm runter. Ist da einer in der Nähe?«

»Hier dreizehnachtzig.« Es knackte erneut. »Sind am Südstrand.«

»Dann seht zu, dass ihr euren Arsch in diese Richtung bewegt! Scheiße!« Cordes musste einen parkenden LKW überholen und Oda flog gegen die Scheibe.

»Hier zwölfsiebzig.« Es knarzte. »Kommen von Voslapp. Nehmen die Osttangente.«

»Wir müssen sie kriegen«, rief Oda, und Cordes nickte grimmig.

*

»Mama, halt an!«, kreischte Tomke. »Lass mich raus!«

Annegret raste in die Kurve zum Friesendamm. Sie konnte den Wagen nur mit größter Mühe halten, aber sie drückte das Gaspedal durch. Die Tachonadel schlug aus. 120 km/h. 150.

»Mama!«

180. Die Bäume flogen nur so vorbei.

»Mama!«

Rechts die Abzweigung Zum Ölhafen. Zum *Nordseehotel*. Das letzte Hochzeitstagsessen mit John.

»Mama, halt an, ich habe Angst.« Tomke schluchzte.

Weg hier, wir müssen weg. Die werden uns nicht fassen.

»Mama!«

Nicht hinhören, nicht reagieren.

Das Messer lag links neben Annegret im Fußraum. Sie verstärkte den Druck aufs Gaspedal.

*

Gerrit Bayer winkte dem Schiffsführer der *Elke* zu, als der Kutter näher kam. Die Steigung der Brücke betrug schon fünfundvierzig Grad. Nur noch wenige Minuten, dann wäre der Kutter durch und Gerrit könnte weiter sein Kreuzworträtsel lösen.

*

»Hier zwölfsiebzig, sind jetzt auf dem Friesendamm. Bislang noch nichts vom flüchtigen Fahrzeug zu sehen.«

Das Funkgerät steckte wieder in der Halterung, konzentriert starrten Christine und Wagner auf die Straße.

Nicht mehr lange, dann hätten sie Annegret.

»Dreizehnachtzig, sind jetzt auf der Jachmann-Brücke.«

Gib Gas, spornte sich Christine an, du hast sie bald.

*

»Mama! Die Brücke!« Tomke schrie, als sie das sich hebende Asphaltstück sah. Sie warf einen schnellen Blick zur Seite.

Doch Annegret reagierte nicht. Schaute starr nach vorn.

Dann soll es eben hier sein, dachte sie, und in diesem Moment war sie völlig ruhig. Alle Angst fiel von ihr ab. Dann sterben wir gemeinsam. Hier. Jetzt. Sie sah die rote Ampel, die herabgelassenen Schranken und die aufsteigende schwarze Wand.

Ohne das Tempo zu drosseln, hielt Annegret darauf zu.

*

»Hier zwölfsiebzig. Die verdammte Brücke an der Maade geht hoch!« Quietschen vermischte sich mit der Stimme. »Mist, ich sitze hier fest. Tut mir leid.«

*

Krachend durchbrach der Wagen die Schranke, die Windschutzscheibe zerbarst, Splitter flogen durch die Fahrgastzelle. Tomke schrie gellend, als der Wagen über die Kante raste.

»Ich liebe dich, mein Kind«, war das Letzte, was sie von ihrer Mutter hörte.

*

»Schei – ße!«

Fassungslos sahen Oda und Cordes zu, wie Annegret Beenkes Auto die Schranke durchbrach und die Brückensteigung emporraste. Schrankensplitter flogen ihnen entgegen, schlugen gegen die Frontscheibe.

Tausende kleiner Scherben wirbelten durch die Fahrgastzelle.

»Bremsen! Du musst bremsen!«, schrie Oda.

Cordes trat in die Eisen.

*

Blaulicht flackerte auf der anderen Seite, als die Straße wieder freigegeben war. Neugierige Autofahrer fuhren im Schritttempo an der Unfallstelle vorbei und störten sich nicht an den Streifenbeamten, die sie durchzuwinken versuchten.

Christine und Wagner liefen wie in Trance auf die andere Seite der Brücke.

Etwas stach Christine bei jedem Schritt, doch merkwürdigerweise tat es nicht wirklich weh. Starren Blickes ging sie hinüber, fixierte das Autowrack. Wagner lief schweigend neben ihr her.

Mit lautem Signal kamen Kranken- und Notarztwagen angefahren, stoppten an der Unglücksstelle.

Das Fahrzeug, in dem Annegret Beenke und ihre Tochter gesessen hatten, war nur noch Schrott, unten alles weggerissen.

Am liebsten wäre Christine umgedreht, hätte Wagner und den Kollegen den Rest überlassen. Ihr war übel bei dem Gedanken an das, was sie nun erwartete.

Als sie das Wrack erreichten, hatten die Sanitäter Annegret Beenke schon herausgezogen. Vom Kopf lief Blut herab, in ihrer linken Wade steckte das Messer, das der Fahrschein in Tomkes neues Leben hätte werden sollen.

»Ist wie ein Wunder, aber sie kann es schaffen.« Auch der Sanitäter war erschüttert. »Aber die Beifahrerin ...« Er schüttelte stumm den Kopf.

Christine trat näher und warf einen Blick ins Innere des Wagens. Das Auto war mit voller Geschwindigkeit die Brücke hoch gerast. Der enorme Schub hatte es über die Lücke zwischen den beiden Brückenteilen hinauskatapultiert, dann war es auf der anderen Seite mit derselben Kraft auf der Straße aufgeschlagen.

Von Tomkes Kopf war nicht mehr viel zu erkennen.

Christines Magen rebellierte endgültig. Sie wandte sich im letzten Moment ab und erbrach sich ins Gras.

*

Hendrik Siebelt war sichtlich erschüttert, als Oda und Cordes zu Ende geredet hatten. Auch Niemsteit und Lemcke schwiegen. Sie saßen zusammen im Besprechungsraum, in dem Siebelt von sich aus, ohne auf Cordes' Mahnen zu warten, das Fenster geöffnet hatte. Kalt war jedem von ihnen sowieso, da spielten die Außentemperaturen keine Rolle mehr.

»Meint ihr, dass Annegret Beenke durchkommt?« Siebelt zündete sich eine weitere Zigarette an.

»Es wäre ihr zu wünschen, dass sie es nicht schafft«, entgegnete Oda ruhig. »Was hat sie denn noch? Mal ehrlich betrachtet: Ihre Ehe war in den letzten Jahren eine Farce, ihre Tochter bringt im Affekt den Vater um, der Versuch, die Tochter vor dem Knast zu retten, endet mit deren Tod – nein, man kann Frau Beenke wirklich nur wünschen, dass sie nicht überlebt.«

»Seid ihr denn sicher, dass es die Tochter war?« Nieksteit griff ungefragt zu Siebelts Zigarettenpackung und zündete sich ebenfalls eine an.

»Leider ja«, sagte Oda. »Wir haben Tomkes Tagebücher in ihrem Appartement gefunden. Es sind digitale Tagebücher – alles aufgezeichnet mit ihrer Stimme. Echt gruselig. Da kann man alles hören. Es ist erschütternd, mit welcher Liebe Tomke an ihrem Vater hing. Es war fast eine symbiotische Beziehung. Tomke und ihr Vater gegen den Rest der Welt. Max und Annegret liefen in dieser Familie nebenher. Kein Wunder, dass Annegret zu Tabletten griff.«

»Aber wie ist es so weit gekommen?«, fragte Lemcke. »Wieso hat Tomke ihren Vater erschlagen?«

»Als Tomke das erste Mal merkte, dass John Beenke eine Geliebte hatte, Ina Nienhauer, war sie wie vor den Kopf geschlagen. Sie hatte gedacht, sie könnte ihrem Vater alles das geben, was er brauchte. Zu dieser Zeit fing sie an, sich Schnitte beizubringen, sich selbst zu verstümmeln. Das war ihre Art, ihren Vater wieder auf sich aufmerksam zu machen, aber er bemerkte es nicht. Die Mutter allerdings sprach sie darauf an, wollte Tomke zum Psychologen schicken, doch Tomke weigerte sich. Als Beenke ihr weiterhin wenig Aufmerksamkeit schenkte, kam ihr zum ersten Mal die Idee, einen Suizidversuch zu begehen. Sie wollte sich nicht wirklich umbringen, es war nur ein Hilferuf.«

»Der Erfolg hatte«, vervollständigte Cordes den Bericht. »Beenke ließ von der Nienhauer ab und kümmerte sich rührend um Tomke. Bis irgendwann die Hellmann auf dem Plan erschien. Er verbrachte immer weniger Zeit mit seiner Tochter, und seine Ausflüchte wurden immer dünner … Bis Tomke kein anderes Mittel mehr sah als einen erneuten Suizidversuch. Doch diesmal hatte sie die Rechnung ohne ihren Vater gemacht. Der war nämlich langsam hinter Tomkes Denkmuster gekommen und hat ihr im Krankenhaus klar gemacht, was er von ihr hielt.«

»Das ist ja alles ganz interessant«, sagte Siebelt, »aber wieso hat Tomke nun ihren Vater getötet?«

»Beenke holte Tomke zwar aus dem Krankenhaus, hielt ihr jedoch eine ordentliche Standpauke, bevor er sie vor ihrer Wohnung absetzte und ins Museum fuhr«, sagte Oda. »Tomke war so traurig, dass sie die Sache nicht unausgesprochen lassen wollte, und ist ebenfalls zum Südstrand gelaufen. Dort hat sie gesehen, wie die Nienhauer aufgelöst das Museum verließ, und ist durch die noch nicht geschlossene Tür hineingeschlüpft.

Als sie ihren Vater blutend in seinem Büro vorfand, wollte sie ihm helfen, wurde jedoch erneut abgewiesen.« Oda dachte schaudernd an die Tonaufnahme, den blechernen Klang, den Tomkes Stimme gehabt hatte. »Na ja, um es kurz zu machen: Tomke flehte ihren Vater an, alles doch wieder so sein zu lassen wie früher, aber der warf ihr vor, ein egoistisches Wesen zu sein, das seine Liebe nicht verdienen würde. Diese erneute Zurückweisung ohne jegliche Aussicht auf Wiederherstellung der einstigen Beziehung war für Tomke zu viel. Sie nahm das Glasschiff, das noch auf dem Schreibtisch lag, und schlug zu, als ihr Vater ihr gerade den Rücken kehrte. Nicht, weil sie ihn töten wollte, sondern weil sie wollte, dass er still war, nicht mehr solche Dinge sagte. Könnt ihr euch gern anhören, wenn ihr wollt. Geht einem durch und durch.« Oda zog sich ebenfalls eine Zigarette aus der Packung, die auf dem Tisch lag. Sie inhalierte den Rauch, als könne er die Erinnerungen an das elektronische Tagebuch auslöschen.

»Und wo ist dieses Schiff geblieben?« Niesteit kratzte sich an der Schulter.

»Wir haben es im Altglascontainer vor Tomkes Haus gefunden«, sagte Cordes. »Nachdem wir die Aufzeichnung gehört hatten, haben wir jemanden hingeschickt.«

»Warum ist die Mutter nicht ausgestiegen?«, fragte Siebelt. »Sie parkte doch am Südstrand und wartete auf ihre Tochter.«

»Sie sah wohl, dass Tomke völlig abwesend wirkte.«

»Gerade dann hätte sie doch aussteigen und ihr helfen müssen.« Niesteit wirkte fassungslos.

»Sie war zu feige. Hat sich nicht getraut.« Oda zuckte mit den Schultern. »Es ist eine verkorkste Familie, nicht mit normalen Maßstäben zu messen.«

»Unbegreiflich«, sagte Siebelt.

»Ja. Aber das erklärt auch, warum Annegret Beenke bei unserem ersten Besuch so abwesend war. Sie hat geahnt, dass etwas nicht stimmt, und als Frau Cordes und ich an ihrer Tür klingelten, hat sie blitzschnell die Schlussfolgerungen gezogen.«

»Aber warum hat sie dann nicht gleich behauptet, sie selbst wäre es gewesen?«

»Ein wenig Glücksspiel? Hoffnung, dass es doch anders gewesen sein könnte? Keine Ahnung.« Auch Oda ging die Angelegenheit ziemlich an die Nieren. Hinzu kam noch, dass Tomkes Zusammenbruch nach der Beerdigung kein Versehen gewesen war. Tomke hatte sich dieses Mal wirklich umbringen wollen. Die Dosis dafür war jedoch zu gering gewesen. Sie hatte, kurz bevor Ina kam, sämtliche Tabletten geschluckt, die sie noch zu Hause gehabt hatte. Sie wollte nicht mehr leben, nachdem es keine Chance mehr auf ein Leben mit ihrem Vater gab. Auch das hatte Tomke auf die Mini-Disc gesprochen.

Wenn es doch nur geklappt hätte, dachte Oda bedrückt. Nun ist sie zwar tot, aber sie hat ihre Mutter mit in den Abgrund gerissen.

*

Christine blieb allein im Besprechungsraum zurück. Sie fühlte sich leer, ausgelaugt, fertig. Am liebsten hätte sie sich jetzt unter ihrer Bettdecke verkrochen und sich alles von der Seele geweint. Arme Tomke, arme Annegret und … ja, arme Christine. Alles war kaputt, nichts so, wie es nach außen hin schien. Überall nur Lug, Trug und Verletzung. Sie zog ihren Schuh aus, denn erst jetzt registrierte sie, dass es immer noch stach. Blut. Wie bei Aschenputtel. Ruckedigu, Blut ist im Schuh … die rechte Braut sitzt noch daheim … Ein Schluchzen stieg in ihr auf, als sie den Glassplitter aus dem Fuß zog, der beim Zerbersten ihrer Windschutzscheibe den Weg in den Pumps gefunden hatte. Die rechte Braut … das war im Moment eine andere für Frank. Sie stützte die Ellbogen auf den Tisch und legte die Stirn in ihre Hände. Nur einen Moment sammeln, bevor es weiterging. Nur einen Moment.

*

Oda sah ihre Kollegin durch die halb geöffnete Tür, als sie in die Personalküche gehen wollte. Hatte Cordes wohl ganz schön mitgenommen, die Sache. Aber da musste noch was anderes im Spiel sein, sie schätzte Cordes als ziemlich abgehärtet ein. Ein Anflug von Mitleid stieg in Oda auf. Eigentlich war

Cordes ja wirklich nicht so schlimm. Im Prinzip konnte sie ganz froh sein, weibliche Unterstützung bekommen zu haben, die zudem noch kompetent war. Weshalb also hatte sie sich derart zickig angestellt?

Wollen wir sie mal wieder aufbauen, dachte Oda. Sie öffnete die Flasche Sekt, die seit Silvester verschlossen im Kühlschrank stand, nahm zwei Wassergläser aus dem Hängeschrank, ein Pflaster aus dem Erste-Hilfe-Kasten und ging zurück in den Besprechungsraum.

»Es gibt Tage«, sagte sie, als sie Cordes das Pflaster hinlegte und der Sektkorken mit einem leisen »Plopp« aus der Flasche kam, »da muss man sich über Dienstverordnungen hinwegsetzen.« Sie goss beide Gläser voll, schob eines ihrer Kollegin rüber und setzte sich.

»Lass uns auf das ‚Du' anstoßen«, sagte sie. »Und wenn du dich ein wenig hergerichtet hast, können wir ja zum Italiener beim Kino gehen und was Leckeres essen. Dann können wir ungestört miteinander reden und uns besser kennen lernen. Was hältst du davon?«

Christine wischte sich mit der Hand durch das verheulte Gesicht. »Gute Idee, Oda«, sagte sie.

NACHWORT

Der Niederländer Adriaen de Vries (1556-1626), dem ich in dem vorliegenden Roman den *Bernstein-Petrus* unterstellt habe, gilt als berühmtester Bildhauer seiner Zeit. König Philipp II von Spanien, Christian IV von Dänemark, Wallenstein, und allen voran Kaiser Rudolph II zählten zu seinen Auftraggebern.

Europaweiten Ruhm erlangte de Vries durch zwei besonders prachtvolle Brunnenanlagen mit dem Handelsgott Merkur und dem Hydratöter Herkules, die er in Augsburg schuf. (Quelle: www.froehlichundkaufmann.de)

Dass de Vries jedoch vor der Küste Hooksiels Schiffbruch erlitt und gerettet wurde, entspringt einzig und allein meiner Phantasie, darum gibt es auch den im Roman erwähnten *Bernstein-Petrus* nicht.

Und selbstverständlich sind sämtliche Personen des Romans frei erfunden.

Das Gebäude, in dem ich das *Nordseemuseum* angesiedelt habe, gibt es tatsächlich, zur Zeit jedoch steht es leer.

Informationen zur Borderline-Störung habe ich unter anderem auf der website www.rotetraenen.de gefunden.

Ein ganz großes DANKE geht an die Kriminaloberkommissarin Petra Leh, die mir geduldig Einblicke in die Welt der Polizeiarbeit gegeben hat. Auch an meine »Mitschwestern« bei den Sisters in Crime, die zu eigentlich jeder Frage schnell die kompetenten Antworten lieferten, und natürlich an meine Lektorin Maeve Carels für die hilfreichen Anmerkungen, die dem Roman den – hoffentlich – abrundenden Schliff gegeben haben. Ein besonderes Danke geht an Christine, Regine, Lilo, Cäcilia und Petra, – ihr wisst schon, wofür.

NACHWORT

Christiane Franke

Foto: Daniela Schworm

geboren 1963, gelernte Bankkauffrau, lebt und schreibt in Wilhelmshaven. Sie ist Mitglied im *Verband deutscher Schriftsteller (ver.di/VS)*, im internationalen Kriminetzwerk *Mörderische Schwestern*, der Autorenvereinigung *Syndikat* und im *Arbeitskreis Ostfriesischer Autorinnen und Autoren*. Ihre Kurzgeschichten erschienen unter anderem im Leda-Verlag: *Farben meiner Stadt* in der Anthologie *Schiefer als Pisa* (2003); *Der Tod kommt nach Hooksiel* in *Fiese Friesen* (Leda 2005); *Strandkorb 1547* in *Strandkorbgeschichten* (Leda 2006). Die Story *Schlafes Schwester* (Tatort Eifel, 2003) wurde für den für den Deutschen Kurzkrimipreis nominiert.
Gemeinsam mit Regine Kölpin und Manfred C. Schmidt gab sie als TrioMortabella den Band *Liebe, Laster Leichen. Im Altersheim ist nicht gut Kirschen essen* heraus (Leda-Verlag 2009).
Homepage: www.christianefranke.de

Ulrich Hefner
Der Tod kommt in Schwarz-Lila
Inselkrimi
ISBN 3-934927-43-2
336 Seiten; 9,90 Euro

Ulrich Hefner
Die Wiege des Windes
Inselkrimi
Taschenbuch
978-3-934927-69-8
336 Seiten; 9,90 Euro

Ulrich Hefner
Trevisan und der Tote am Kai
Krimis
978-3-934927-97-1
8,90 Euro

Regine Kölpin
Krähenflüstern
OstFrieslandkrimi
978-3-934927-95-7
8,90 Euro

TrioMortabella
Liebe, Laster, Leichen
978-3-939689-28-7
224 S.; 8,90 Euro

Manfred C. Schmidt
Gut Schuss
Ostfrieslandkrimi
978-3-939689-39-3
256 S.; 9,90 Euro

Ulrike Barow
Baltrumer Bärlauch
Inselkrimi
Baltrum
9,90 Euro

Regine Kölpin
Muschelgrab
Inselkrimi
Wangerooge
978-3-939689-59-1
9,90 Euro

Klaudia Jeske
Erben ist
menschlich
Heidekrimi
978-3-939689-52-2
8,90 Euro

Ulrich Hefner
Das Lächeln der
toten Augen
Frieslandkrimi
978-3-934927-69-8
9,90 Euro

Maeve Carels
Zur ewigen
Erinnerung
OstFrieslandkrimi
978-3-939689-08-9
9,90 Euro

W. W. Domsky
Ehre,
wem Ehre ...
Kriminalroman
978-3-939689-33-1
9,90 Euro

Tatjana Kruse
Wie klaut man
eine Insel?
Inselkrimi
978-3-934927-96-4
8,90 Euro

Regula Venske
Juist married oder:
Wohin mit Schwiegermutter?
Inselkrimi
ISBN 3-934927-85-8
8,90 Euro

Regula Venske
Bankraub mit
Möwenschiss
Inselkrimi – Juist
978-939689-18-8
208 S.; 8,90 Euro

Wolke de Witt
Sturm im Zollhaus
Ostfrieslandkrimi
Leer
978-3-934927-77-3
8,90 Euro

Barbara Wendelken
Berbertod
Ostfrieslandkrimi
Leer
978-939689-25-6
9,90 Euro

Mischa Bach
Rattes Gift
Ostfrieslandkrimi
Leer
978-9-939689-23-2
9,90 Euro

Peter Gerdes (Hrsg):
Mordkompott
Kriminelles zwischen
Klütje und Kluntje
ISBN 3-934927-01-7
12,70 Euro

H. & P. Gerdes (Hrsg):
Friesisches
Mordkompott
Herber Nachschlag
978-3-939689-20-1
9,90 Euro

H. & P. Gerdes (Hrsg):
Friesisches
Mordkompott
Süßer Nachschlag
978-3-939689-21-8
9,90 Euro

H. & P. Gerdes (Hrsg):
Mordkompott
Meerumschlungen
SchleswigHolstein
978-3-939689-68-3
9,90 Euro

Peter Gerdes (Hrsg.)
Fiese Friesen
Kriminelles zwischen
Deich und Moor
ISBN 3-934927-58-0
12,70 Euro

Peter Gerdes (Hrsg):
Inselkrimis
Kriminelles zwischen
Strand und Düne
ISBN 3-939689-56-0
9,90 Euro

Ulrike Barow
Baltrumer Dünengrab
Inselkrimi
978-3-939689-62-1
9,90 Euro

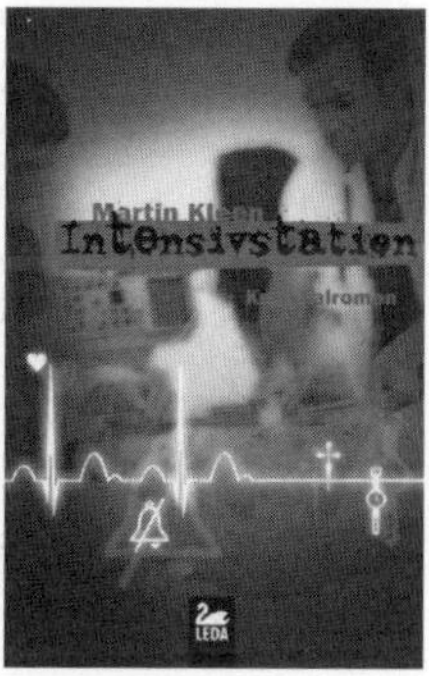

Martin Kleen:
Intensivstation
Kriminalroman
Leer
978-3-939689-57-7
9,90 Euro

Kerstin Körte
Dass ich dich besser fressen kann
Leer
978-3-939689-37-9
8,90 Euro

Peter Gerdes
Solo für Sopran
Inselkrimi
Langeoog
978-3-939689-63-8
9,90 Euro

Peter Gerdes
Sand und Asche
Inselkrimi
Langeoog
978-3-939689-15-7
9,90 Euro

Peter Gerdes
Wut und Wellen
Inselkrimi
Langeoog
978-3-939689-34-8
9,90 Euro